„Das Leben ist zu kurz,
um schlechten Wein zu trinken."

Johann Wolfgang Goethe,
aber auch schon Martin Luther zugeschrieben

*„Und was ist das Leben,
da kein Wein ist?"*
Jesus Sirach 31,27

JOHANNES GÖNNER

DIE MICHELANGELO VERSCHWÖRUNG

KRIMINALROMAN

benno

Bibliografische Information der Deutschen Nationalbibliothek
Die Deutsche Nationalbibliothek verzeichnet diese Publikation in der
Deutschen Nationalbibliografie; detaillierte bibliografische Daten sind im
Internet unter http://dnb.d-nb.de abrufbar.

Besuchen Sie uns im Internet:
www.st-benno.de

Gern informieren wir Sie unverbindlich und aktuell
auch in unserem Newsletter zum Verlagsprogramm,
zu Neuerscheinungen und Aktionen.
Einfach anmelden unter www.vivat.de.

ISBN 978-3-7462-6292-5

© St. Benno Verlag GmbH, Leipzig
Umschlaggestaltung: Ulrike Vetter, Leipzig
Covermotiv: © stock.adobe.com/Veronika Galkina(Florenz), © stock.adobe.com/InnaBor (Büste)
Gesamtherstellung: Kontext, Dresden (A)

Hauptpersonen der Handlung und Erzähler

Stefan ist seit über zehn Jahren Pfarrer der Canisius-Gemeinde in Wien. Nebenbei interessiert er sich für Archäologie und sammelt – im bescheidenen Rahmen seiner finanziellen Möglichkeiten – altertümliche Gegenstände. Er ist gerade sechzig geworden und spürt das auch. Energie und Ideen scheinen langsam nachzulassen. Oder braucht er nur eine neue Herausforderung?

Arnold war bis vor Kurzem noch ein erfolgreicher Persönlichkeitstrainer, dessen Seminare international oft nachgefragt wurden. In Pension hält er sie nur noch, wenn sie ihn besonders interessieren. Ansonsten lässt er es sich gut gehen und unterstützt seinen Freund Stefan bei der Pfarrarbeit, aber auch privat. Sein Sohn Benjamin hat als Geiger eine internationale Karriere gestartet.

Gerald ist Priester wie Stefan und einer seiner besten Freunde seit Studienzeiten. Im Gegensatz zu Stefan verfügt er über Insiderwissen und gute Kontakte zur diözesanen „Zentrale". Probleme löst er möglichst mit Humor, mit dem er Stefan auch gerne auf die Schaufel nimmt.

Lena steht wie ihr Freund **Gregor** vor ihrem Studienabschluss. Beide sind seit Jahren in der Begleitung Jugendlicher und deren Treffen engagiert. Auf die beiden kann man sich stets verlassen, aber wenn nötig, sagen sie Stefan schon auch mal deutlich ihre Meinung.

Eberhard war als Ordensmitglied Praktikant in Canisius, zog mit seiner wiedergefundenen Jugendliebe Marcella jedoch nach Kreta. Er ist ausgewiesener Weinkenner und schnell zur Stelle, wenn es gilt, Raritäten auf diesem Gebiet zu verkosten.

Oberinspektor **Ruhandl** kam bereits in mehreren Kriminalfällen mit Canisius und Pfarrer Stefan in Kontakt. Die beiden schätzen einander, sodass man sie schon fast als Freunde bezeichnen könnte. Was es ihm nicht immer leicht macht, ganz objektiv zu bleiben.

Kapitel 1
Stefan
Samstag, 28. August

Diese Stimme! Jetzt ist sie ganz nah – und unausweichlich. Eine Stimme, die ganz Österreich kannte. Nein, immer noch kennt, ob du's willst oder nicht. Selbst wenn die Person von der Bühne abtritt, die Stimme bleibt. Durchdringend. Und deshalb war es ja bisher auch ein Leichtes, sie immer schön auf Distanz zu halten, sie immer auf der anderen Seite unseres Spielplatzes zu wissen, der heute das Hochzeits-Buffet beherbergt. Sich nie umdrehen zu müssen und doch immer die halbe Gesellschaft als Puffer dazwischen.
Ich hab einfach keinen Zugang zu bekannten Leuten, zu Promis, bin selbst weder besonders schön noch ansatzweise reich, nicht weithin bekannt, geschweige denn berühmt, nicht einmal in den sozialen Medien, in denen ich bestenfalls eine Randerscheinung abgebe. Aber das ist gar nicht der wahre Grund, warum ich schon seit gut einer Stunde instinktiv gegenläufig zu dieser Stimme rotiere. Ich weiß, was sonst kommen wird. Unausweichlich. Und jetzt ist es wohl doch so weit. In einem leuchtend roten Sommerkleid, leicht wie der Sommerwind, steht sie vor mir.
„Ach, Hochwürden, da sind Sie ja!" Natürlich muss ich mich umdrehen. „Oder … aber sind Sie überhaupt ein Pfarrer, also ein richtiger?"
Ich wusste fast Wort für Wort, was kommen würde. Wie schon ein ums andere Mal fällt mir nichts anderes ein, als mich dumm zu stellen: „Sie waren doch in der Kirche, wir haben uns doch schon gesehen, also wissen Sie doch, dass ich …"
„Ja aber ein *richtiger* Pfarrer, der hat doch diesen … Kragen?"
Ich bin also ein falscher.
„Also wenn Sie das Kollar meinen, so was steht mir nicht, passt nicht zu mir."
„Ja wie Sie meinen, aber ich denke doch, einem Pfarrer …" Das Brautpaar hat sich uns genähert. „Manuela, lass dich anschauen, du siehst umwerfend aus. Ach, da möchte man doch auch wieder so jung sein!"

Weg ist sie. War das jetzt schon das vierte Mal mehr oder weniger wortwörtlich derselbe Dialog? Die Stimme gehört zum Umfeld einer Familie, mit der ich schon so manche Taufe gefeiert habe. Und immer wieder dasselbe Thema, locker-süffisant vorgebracht. Ich kann mich nicht erinnern, dass wir jemals über etwas anderes geredet hätten. Promis, Adelige, Betuchte – irgendwie ... nein, das wird nichts mehr. Da fehlt mir jeder Draht. Soll doch der Dompfarrer!
Noch ein Applaus für das Hochzeitspaar, und schon sind sie mit der Fotografin verschwunden. Und mit ihnen auch immer mehr Gäste, sodass sich der Platz langsam leert, restliche Brötchen und Kuchen nach und nach abgetragen werden. Da ich zur Tafel nicht eingeladen bin, könnte ich den Abend mit einem Pfeifchen feiern, sobald die Sonne meinen Balkon verlassen hat. Vorher noch eine Dusche wäre auch nicht übel.
Im Vorbeigehen schnappe ich mir noch eines von diesen köstlichen Lachsbrötchen und stehe bald danach vor meiner Wohnungstüre.
Ein Paket? Tatsächlich, vor meiner Wohnung liegt ein Paket. Ein ziemlich großes sogar. Voluminös, wie es meine Zusendungen mit archäologischem Inhalt ja oft auch sind. Meist aber viel leichter, als sie aussehen. Und vorsorglich mit viel Dämmmaterial zum Schutz von Keramik, ja, manchmal sogar römischen Gläsern. Zum Glück hat es der Bote einfach abgestellt, wahrscheinlich irgendetwas hingekritzelt auf sein Display, auf dem man seine eigene Unterschrift ohnehin nicht wiedererkennen kann. Er hätte es ja auch in irgend so einem Handy-Shop deponieren können, der jetzt im Sommer meist geschlossen hat. Danke für die Unkorrektheit!
Auf meinen ersten Griff hin bleibt das Paket einfach, wo es ist. Es ist so schwer, dass ich es erst beim dritten Versuch hochbekomme. Dann noch einmal abstellen muss um aufzusperren. Was ist das denn? Absender? Fehlanzeige. Noch seltsamer: Auch ich und meine Adresse kommen da nirgends vor.
Egal, zuerst einmal unter die Dusche. Von wegen „Erfrischen im Kirchenraum", wie diese Initiative der Diözese heißt und Hitzegeplagten offene Kirchen offeriert. In unserer Kirche hat es 27 Grad – und nicht den geringsten Luftzug. Das ist Canisius. Und

dann noch festliche Messgewänder! Nein, das Paket muss warten. Ahh! Herrlich, da bleibe ich jetzt eine Weile.

Immerhin, das war jetzt doch eine richtige Hochzeit. Auffallend junges Paar, also zumindest für Wiener Verhältnisse, sehr engagiert und liebevoll vorbereitet. Zwei große Familien, viele junge Leute, wie es sich gehört. Kinderwägen, die sogar einen Stau verursachten. Und gerade schon laufende Winzlinge. Und niemand, der schief schaut, wenn einer davon hinfällt und nach der Mama schreit. Und jede Menge bekannte Gesichter bei der anschließenden Agape. Manche, die ich seit Langem das erste Mal wiedergesehen habe, endlich zurückgekehrt aus der häuslichen Isolation oder aus dem Häuschen am Lande, aus permanentem Home Office. Da lag gerade eben so etwas wie ein klein wenig Neubeginn in der Luft.

Nach diesem verpfuschten Sommer. Der Sommer an sich wäre ja ganz okay gewesen. Aber wegen der zahlreichen aufgeschobenen Feste, vor allem wegen der Hochzeiten, bin ich durchgehend in Wien geblieben. Wenn ich gewusst hätte, dass bis auf eine ja doch alle wieder abgesagt würden! Oft zum zweiten Mal wieder um ein Jahr verschoben, weil irgendetwas doch nicht passte oder nicht ganz so ... Die meisten haben ja ganz fixe Vorstellungen: diese Kirche, dieser Pfarrer, dieses Gasthaus, dieses Hotel für die bleibenden Gäste, eine bestimmte Sängerin oder Band in der Kirche, jene für nachher ... Und wenn die alle auf einen Termin vereinbar wären, der ganz bestimmte Fotograf aber nicht Zeit hat, dann muss alles wieder um ein Jahr verschoben werden. Eine Taufe im kleinen Rahmen, eine goldene Hochzeit und eine Geburtstagsfeier im Kreuzgang. Und dafür hab ich meinen ganzen Urlaub heuer gestrichen!

So, aber das hat jetzt gutgetan, beides, die Hochzeit und die Dusche. Die Sonne biegt schon um die Ecke. Also raus auf den Balkon. Auch wenn der Tabak schon recht trocken ist. Schnell noch die E-Mails: nur eine, abgesehen vom ewiggleichen Spam. „... wollte doch nur sehen, wann ich zu einer Messe bei Ihnen vorbeischauen könnte. Das hat sich ja jetzt wohl erübrigt."

Ach so, der von gestern. Unter seinem Namen der einer katholischen Organisation, die vor allem durch dicke Hochglanzbroschüren auffällt, in denen sie all die Wichtigen aus Politik, Wirtschaft, Wissenschaft und

Journalismus kolportieren, die sie für ihre Diskussionsveranstaltungen geködert haben. Innenstadt-Adresse, für die sich kein Ministerium schämen müsste. Geld kein Thema, und woher? Beschwert sich ziemlich ruppig, warum man auf unserer Homepage keine Mess-Termine finden könne ... Entschuldigung: erste Seite, bester Platz. So what? Bevor ich noch antworten konnte, schon wieder eine Mail: Nach „intensivem Suchen" hat er es dann doch gefunden, aber „er muss schon sagen ..." Statt einer Entschuldigung. Ich habe geantwortet, dass wir nicht mehr tun können, und ihn gefragt, wer ihn dazu beauftragt hätte, uns zu kontrollieren und zu maßregeln. Darum also seine heutige patzige Reaktion. Ja, normalerweise bin ich netter, geduldiger und nicht so angriffslustig. Ich bin einfach gereizt in letzter Zeit. Hätte ich mir sparen können.

Das Paket! Fast hätte ich es vergessen. Ich habe schon zuvor bemerkt, dass es ... gluckst! Wahrscheinlich wieder einmal ein Kanister mit Desinfektionsmittel. Von unserem Sekretär bestellt. Haben wir inzwischen nicht schon mehr als genug davon herumstehen?

Gute Theorie, aber schnell widerlegt: Als ich die Styropor-Hülle entfernt habe, kommt eine Holzkiste zum Vorschein, sehr edel sogar. Mit eingeprägter Inschrift – französisch? Noch dazu in geschwungenen, altmodischen Lettern: „Fraternité mondiale Saint-Barthélemy des plus illustres Passionnés de vin 1572". Bitte wer? Eine Bruderschaft, weltweit ... heiliger Bartholomäus, der Apostel? Sehr illustre Weinliebhaber ... 1572? Das kann doch nicht das Gründungsjahr sein! So alt? Das Einzige, was ich mit Sicherheit verstehe: Wein!

Tatsächlich, das Paket enthält Weinflaschen, sorgfältig verpackt, zwölf Flaschen, immer zwei gleiche: 70er-Jahre, 80er-Jahre, zwei sogar von 1959! Älter als ich! Die Etiketten aber alle in gutem Zustand. Ausschließlich Rotweine ... alle Merlot. Beigelegt ist noch ein Brief, handgeschöpftes Papier, mit klassisch rotem Siegellack versiegelt, wie spannend!

„Conserver ..." Also da brauche ich jetzt den Google-Übersetzer: „Lagern bei 12 Grad Celsius." Aha, das hat wohl der Besitzer eines Weingutes geschrieben mit entsprechendem Keller oder ein Schlossherr. Aber sicher kein Bewohner eines Betonbaus aus den 60er-Jahren. Zwölf Grad, wo soll ich die denn finden? Einen kühlen Keller haben wir hier nicht, und der Kühlschrank ist zu kalt. Außerdem: zwölf Flaschen!

Das kann sich doch nur um eine Verwechslung handeln. Ich kenn doch blind gerade einmal einen Weißen von einem Roten auseinander, mit etwas Glück! Aber mein Name auf dem Umschlag ist eindeutig. Also wer bitte schenkt mir, Rechnung liegt ja keine bei, ausgerechnet mir solche bestimmt erlesene Weine? Eine französische Bruderschaft aus dem Jahr 1572? 1572, was war denn da? Wikipedia ... Die Spanier töten den letzten Inka-Herrscher Túpac Amaru. Die Bartholomäus-Nacht bedeutet das Ende der Hugenotten in Frankreich. Tycho de Brahe beobachtet als erster Europäer eine Supernova, die er als Entstehung eines neuen Sternes deutet, was das herrschende Weltbild seit Aristoteles aushebelt, der die Sternenwelt für ewig unveränderlich hielt. Francis Drake wütet in der Karibik, muss sich nach schwerer Beinverletzung aber zurückziehen ... Hat alles nichts mit Wein zu tun. Aber mit Bartholomäus? Die werden doch nicht die Bartholomäus-Nacht feiern? Unsinn.

Ich könnte es mit dem Kühlschrank unten in der Küche versuchen. Der hat ein Gemüsefach, vielleicht lässt sich das so ungefähr auf zwölf Grad trimmen. Aber heute liegen dort noch Getränke von der Hochzeitsfeier. Hoffentlich leidet der edle Wein bis morgen nicht.

Nach gut einer Stunde Internet-Recherche bin ich nicht viel weiter. Nur auf einer auf mich recht dubios wirkenden Seite über Verschwörungstheorien und Geheimgesellschaften werde ich fündig: „... angeblich vom 16. Jh. an bestehende Gemeinschaft, wahrscheinlich bestehend aus franz. Weingut-Inhabern. Spätestens seit der Franz. Revolution keine Hinweise mehr für weiter bestehende Existenz." Das war's! Statuten, Zielsetzung, Rituale, Vermögenswerte ... Fehlanzeige. Dann ist diese Kiste hier also der erste Hinweis auf die „Bruderschaft" seit der Französischen Revolution? Na immerhin.

Sehen wir's mal positiv: Jemand schenkt mir guten, wahrscheinlich auch teuren Wein, einfach so. Und das größte Fest bei uns seit eineinhalb Jahren durfte ich heute leiten. Wenn das kein guter Tag ist! Das muss ich jetzt aber Gerald, meinem Freund und Kontaktmann zur „Zentrale" am Stephansplatz, unbedingt erzählen! Im Vergleich zu mir ist er ja geradezu ein Hauben-Sommelier. Und vielleicht bringt ja er noch etwas mehr in Erfahrung über diese spendablem Wein-Brüder. Ja, und vorher noch eine Mail-Anfrage an Eberhard. Der lebt und arbeitet jetzt zwar auf Kreta. Aber keiner, den ich kenne, versteht mehr von Spitzen-Rotweinen als er. Ich schicke ihm Fotos von den Flaschen. Und habe den Verdacht, das wird sein größtes Interesse wecken.

Kapitel 2
Gerald
Montag, 30. August

„Na, alter Schwede, wie stehen die Canisius-Aktien? Lass dich anschauen, so blass, und das Ende August?" Ich muss ihn einfach aufziehen, so ungeschickt und miesepetrig, wie Stefan diesen Sommer für sich selbst ungenutzt verstreichen ließ.
„Baust einen ja richtig auf, nach all dem …"
„Aus! Schluss! Bloß keine Jammergeschichten mehr!" Davon hab ich heuer wirklich genug. Jedes Telefonat, und wir hatten wirklich genug davon, voller Selbstmitleid und düsteren Prognosen und Selbstzweifeln. „Hast dich denn nicht einmal auf deinen Balkon gesetzt?"
„Irgendwie war mir nicht danach. Und wenn ich einmal wollte, schon kam der Regen."
„Hör bloß auf! Themenwechsel: Wo ist denn dieser Wein? Wo sind sie denn, deine sagenhaften Flaschen, die du mir angekündigt hast? Alte Franzosen? Na los, zeig her!"
Was ich zu sehen bekomme, beindruckt schon sehr. All diese Chateaus mit klingenden Namen und fast einschüchternden Jahreszahlen.
„Also wenn die echt sind, aber hallo!"
„Du glaubst?" Er sieht mich entsetzt an.
„Nein, nein! Solche Etiketten, wo kriegst denn die her? Schon alt, müssen aber gut gelagert worden sein. Und? Welche gönnen wir uns?"
Schon wieder sieht er mich so erschrocken an: „Nein, halt, jetzt doch noch nicht! Ich soll sie lagern – bis zum 12. September!"

„Sagt wer?"
„Na ja sie eben, diese ‚Fraternité'. Ich weiß ja auch nicht so recht, wer die sind."
Irgendetwas hindert mich daran, ihn weiter aufzuziehen. Er wirkt heute so völlig wehrlos. Ich muss ihn wieder aufbauen. „Hast ja recht. Wir kommen nur dahinter, wenn wir tun, was sie sagen. Es ist eh zu heiß für schweren Rotwein. Ich hab einen hiesigen ‚Gemischten Satz' mitgebracht. Gut vorgekühlt."
Wir stoßen „auf bessere Zeiten" an, auch wenn ich die aktuellen gar nicht so schlecht finde, und betrachten gemeinsam Kiste und Brief.
„Also wenn du dem Grafen von Hohen-Dingsda schreiben ... oder ihm ein Präsentchen schicken wolltest, genauso stell ich mir das vor. Schon edel, hat was, besonders das Siegel. Aber, mal ehrlich, warum schreibt der ausgerechnet *dir*? Dem König der Sommeliers schlechthin?"
„Frag ich mich ja auch. Jeder, der mich kennt, weiß doch, dass jede Flasche über fünf Euro an mir verschwendet ist."
„Und der 12. September? Was ist denn da?"
„Ferienende, auch in den anderen Bundesländern ... und der alte Trott geht wieder los."
„Pensionsreif? Oder depressiv, das ist hier die Frage. Was ist denn los mit dir?" Aber darauf will er jetzt sichtlich nicht eingehen. „Also gut, ich hab ein wenig recherchiert, also das mit dem Jahr 1572, so seltsam das auch klingt, das könnte schon hinkommen. Das war gerade die Zeit, als das mit der ‚Weinkultur' so langsam aufkam. Also was die davor getrunken haben, das willst du nicht wirklich wissen, geschweige denn kosten. Nur ein paar Süßweine, die waren wohl okay, da kann man ja auch nicht viel falsch machen. Tokajer oder Sherry, die wurden auch international gehandelt. Aber alles andere war ‚Landwein', der nur im Umkreis getrunken wurde. Weitere Transporte lohnten sich da nicht und das Gerumple auf den damaligen Straßen, das hätten diese Weine auch kaum überstanden."
„Und danach?"
„... hat man dann doch dazu gelernt: Sauberes Geschirr, richtige Keller, kontrollierte Lagerung, das macht schon was aus. Na und

eben auch Kunden, die das zunehmend zu schätzen wussten. Mit dem Burgunder dürfte es angefangen haben."
„Und du meinst, solche Gemeinschaften schafften diesen Quantensprung, teilten ihre Erfahrungen und Keller-Geheimnisse?"
„Möglich. Zeit und Land passen."
„Und diese ... Bruderschaften, die existieren bis heute?"
„Warum nicht? Adelige sind nun mal Traditionalisten. Wenn sie nicht politisch wurden, also keinem der Mächtigen in die Quere kamen ..."
„... dann leben sie noch heute." Endlich lächelt er, ein wenig.
„Möglich, Stefan, und dann handelt es sich um sehr alte Familien, hochgebildet und kultiviert, soweit es der jeweilige IQ eben zulässt, ja, und schwerreich, keine Frage. Gut vernetzt, versteht sich von selbst. Wenn schon Seilschaft, dann unterwegs auf den 8000ern dieser Erde, also in den Aufsichtsräten sehr bekannter Konzerne. Warum nicht eine Wein-Bruderschaft? Angenehmes mit dem Nützlichen verbinden: altvordere Rituale und knallhartes Business, für die kein Widerspruch."
Er schaut mich an wie ein Kind den Weihnachtsbaum: „Also ganz wichtige Leute?"
„Genau die, denen du und ich nie begegnen werden. Es sein denn, wir wechselten zum Opus Dei, dann vielleicht.
„Sind wir aber nicht, und trotzdem ... Was wollen die dann ausgerechnet von mir?"
„Dir ein Angebot machen, das du nicht ablehnen kannst?"
Er zuckt zusammen: „Mafia? Hier in Wien?"
Jetzt hab ich's zu weit getrieben: „Stefan, vergiss es!"
„Was soll ich denn tun? Zurückgeben? Ja, aber an wen denn?"
„Gar nichts. Abwarten und ... Wein trinken. Und in diesem speziellen Fall ... wenn möglich mich dazu einladen."
Es klingelt. Dieser nervige E-Mail-Ton.
Er schaut auf seinen Monitor: „Eberhard! Warte ... er schreibt, er kommt sofort nach Wien. Nicht im Ernst, nicht jetzt, wo auf Kreta endlich wieder Wandergruppen bei ihnen gebucht haben. Er will nur sagen, dass diese Weine absolute Legenden sind, bis auf zwei davon nirgends im Handel erhältlich, nicht einmal im teuersten Segment,

bestenfalls bei ganz speziellen Auktionen. Aber auch dann: nicht diese Jahrgänge! Einzelne Kisten vielleicht, aber eher nur einzelne Flaschen, alle paar Jahre mal. Keine Flasche unter 500 Euro oder eben ... unbezahlbar!"
Was uns bisher nur seltsam und rätselhaft erschien, wird mit einem Schlag richtig unheimlich. Wir sind sprachlos. Bis er entgegnet: „Für solche Preise würde es sich dann aber schon lohnen, derartige Etiketten zu fälschen."
Wie auch immer: Ich verspreche ihm, eine Bekannte vom Historischen Institut zu kontaktieren. Eine Spezialistin für Geheim-Gesellschaften, Zünfte, Bruderschaften, religiöse und spiritistische Zirkel. Und für die entsprechenden Verschwörungstheorien. Übrigens: Dieser Gemischte Satz, ja, der hat schon auch was.

Kapitel 3
Stefan
Montag, 6. September

Erster Schultag. Und er fühlt sich auch wieder an wie sonst immer. Am Wiener Gürtel der gute, alte Morgenstau. Auf den Straßen reges Treiben. Und auch das Wetter hat pünktlich auf kälter und erstmals richtig herbstlich umgestellt. Das ist heute mein Tag! Vielleicht sogar mein wichtigster, mit dem ich in die Geschichte eingehen könnte – so wie diese angeblichen Hirtenkinder von Qumran, als sie die berühmten Schriftrollen fanden. Die ja eigentlich Beduinen waren, die dort Schmuggler-Ware deponieren wollten. Egal. Was ich da in meiner Tasche trage, vielfach verpackt und weich gepolstert, das hat das Zeug dazu!
Ich bin ja ein nüchterner, eher naturwissenschaftlicher Typ und habe gelernt, allzu Schwärmerischem weiträumig aus dem Weg zu gehen. Was ja auch für die meisten in Canisius gilt. Aber gerade deswegen, weil alles so logisch ist, bin ich jetzt unterwegs zu unserem Diözesanmuseum. Ich trete durch die Glastüren ein und sie erwartet mich bereits. Ob ich das Museum nach seiner Umgestaltung schon

kenne? Peinlich, nein … Einen kurzen Rundgang mit ihr schiebe ich beiseite: „Nachher, vielleicht." Aber nachher, da wird nichts mehr so sein wie jetzt.

Sie begleitet mich in ihr Büro und räumt ihren Schreibtisch leer für das, was ich jetzt sorgsam auspacke. Ihr Blick ist vieldeutig, viel habe ich ihr ja noch nicht verraten. Und natürlich wird sie zuerst einmal enttäuscht sein. Und dann steht er zwischen uns beiden: ein kaum zehn Zentimeter hoher Tonbecher von sichtlich beträchtlichem Alter. Es ist deutlich zu erkennen, dass er schon einmal in zahlreiche Teile zerbrochen war. Und dann wieder restauriert wurde. Aber so, dass drei kleinere Teilstücke fehlen, also Löcher bilden in diesem an sich schon unansehnlichen Artefakt. Seit Jahren stand dieser Becher in einem Regal meiner archäologischen Sammlung, meist unbeachtet von meinen Gästen, entbehrlich zwischen weit attraktiveren Stücken. „Aha. Das also ist er?" Sie sieht mich an, wie Papst Sixtus dreingesehen hätte, wenn ihm Michelangelo eine Kinderzeichnung vorgelegt hätte als Entwurf für seine „Kapelle". Das war ja auch abzusehen. Aber jetzt kommt es!

„In der Reliquienkammer nebenan, also im Stephansdom, da wird ein Stück vom Tischtuch des letzten Abendmahles aufbewahrt …" Sie lächelt gelangweilt. Ironisch. „Zumindest stammt es nach der Art des Gewebes und C14-Analyse aus der Zeit Jesu. Und laut Untersuchung der darin eingewobenen Pollen aus Judäa. Unter spezieller Beleuchtung finden sich auf diesem Tuch zwei praktisch identische Ringe. Sie stammen chemisch gesehen von Rotwein. Es muss sich dabei also um Abdrücke eines Gefäßes handeln, aus dem Wein getrunken wurde, zweimal abgestellt." Sie blickt mich an wie einen Alien, immerhin nicht mehr gelangweilt. „Und dieses Gefäß hatte auf seiner Standfläche drei Fehlstellen, beide Male identisch. Es ergeben sich daraus folgende geometrischen Parameter: Innen- und Außendurchmesser dieser Ringe, Breite, Ausrichtung und jeweilige Winkel der Fehlstellen, entweder abgeschlagen oder schon beim Töpfern eingedrückt, eher Ersteres."

„Herr Pfarrer, Sie wollten mir doch etwas über diesen Becher erzählen – und nicht über so ein mysteriöses Tuch!" Gerade, dass sie nicht auf ihre Uhr schaut.

„Natürlich. Wenn Sie die Standfläche dieses Bechers betrachten, was sehen Sie da?"
„Zeigen Sie her! Also ich sehe *vier* Kerben oder diese für so alte Stücke typischen Abschläge. Herr Pfarrer: vier! Nicht drei, wie Sie sagten ... auf diesem Tuch. Also?"
„Der Becher hatte ja immerhin seither noch fast 2000 Jahre Zeit, um auch noch diese vierte Kerbe abzubekommen. Aber drei davon sind in allen Einzelheiten exakt identisch mit den Spuren auf dem Tuch, selbstredend auch die Durchmesser."
„Ein Zufall?"
„Frau Gartmeier, das alles stimmt so exakt überein, das ist so irrwitzig unwahrscheinlich. Also wenn das ganze Universum nur aus solchen Bechern bestünde, es gäbe keine zwei derart gleichen davon ... also gut, das mag jetzt übertrieben sein, das Tuch mag ja ein wenig verzerren. Aber für das gesamte Sonnensystem träfe es zu. So einen Zufall gibt es nicht!"
„Ich bin ja keine Mathematikerin, aber das erscheint mir schon reichlich ..."
„Zumindest das ist nicht widerlegbar: Dieser Becher stand auf diesem Tuch. Und er war dabei mit Wein gefüllt."
„Aber Sie wissen doch, was im Mittelalter so alles gefälscht wurde. Die taten doch alles, um an solche ‚Reliquien' zu kommen!"
„Möglich für dieses Tuch, das liegt seit dem 15. Jahrhundert hier im Dom. Aber der Becher, der lag seit der Antike tief in der Erde. Bei einer Notgrabung in Ost-Jerusalem, an einer Stelle, in der wieder einmal eine Siedlung gebaut werden soll ..."
„Dort wurde er ausgegraben? Im Zuge der Bauarbeiten?"
„Genau, also schon vor fünf oder sechs Jahren inzwischen. Gefunden in einem frühchristlichen Grab aus dem späten zweiten Jahrhundert innerhalb eines kleinen Gräberfeldes. Solche Allerweltsstücke gibt der Staat Israel zum Verkauf frei, sobald alles dokumentiert ist."
„Und das ist gesichert?" Hat sie jetzt endlich Lunte gerochen?
„Staatliches Zertifikat. Hier, bitte! Ich habe sogar den Grabungsbericht mit schlagenden Argumenten für ein *christliches* Gräberfeld. Ist damals ja noch schwer unterscheidbar. Und jetzt wird es wirklich spannend: Dieser Becher wurde schon in der Antike repariert. Er

war in etwa fünfzehn Teile zerbrochen und wurde laut Spektralanalyse sorgfältig mit einem Harzkleber repariert, was damaligem Standard entspricht. Nicht jedoch dort, wo sich die Löcher befinden. Diese Fehlstellen bestanden also schon damals, als dieser Becher einem Christen mit ins Grab gegeben wurde."
„Zugegeben, schon eigenartig! Eine derart mickrige Grabbeigabe. Waren andere Beigaben …" Jetzt hat sie endlich angebissen!
„Nein, nur dieser Becher, ja also einen einfachen Bronzering hatte er noch am Finger, sonst nichts. Jetzt frage ich mich schon … also heute wäre das eine Cola-Dose, aber eine leere und zusammengetretene. Das ist doch beispiellos für die Antike. Mit Toten trieb man doch keinen Spaß! Also, was soll ich sagen? Die Indizienlage ist schlüssig. Ein Becher voll mit Wein, der auf einem Tuch stand, das die Überlieferung dem letzten Abendmahl zuschreibt … und der etwa 150 Jahre später einem Christen mit ins Grab gelegt wird. Von so einfacher Machart und miserabler Erhaltung, dass ihn jeder sofort weggeworfen hätte, wäre es nicht …"
„… ein Becher vom letzten Abendmahl gewesen?" Sie schaut immer noch skeptisch.
„Vulgo …?"
„Nein, nicht …"
„Doch!"
„Der Heilige Gral?"
„Vergleichen Sie doch diese Beweislast mit diversen ‚Heiligen Gralen', wie sie in Valencia oder in León verehrt werden. An die muss man wirklich glauben – ohne triftigen Grund."
„Aber das ist … also der ist doch viel zu klein!"
„Was mich vermuten lässt, dass es zwölf oder dreizehn solcher Becher gab, für jeden einen, eingegossen aus einem Krug. Abgesehen davon: Diese Schale in Valencia fasst auch kaum mehr."
„Und die anderen? Verloren? In unentdeckten Gräbern?"
„Durchaus möglich."
Sie betrachtet meinen um lächerliche 78 Euro ersteigerten Schatz von allen Seiten, lange, sehr lange, lässt sich nichts anmerken … Und dann, Minuten später, entschlossen und mit festem Blick:
„Herr Pfarrer, wissen Sie was? Packen Sie diesen … dieses Ding da

wieder ein, packen Sie es bitte ganz schnell wieder ein und nehmen Sie es wieder mit! Ich will es hier nie wieder sehen!"
„Aber …"
„Bitte!! Sie waren nie hier damit, haben Sie mich verstanden? Es hat uns hier niemand gesehen. Niemand, verstehen Sie? Das hier ist ein Kunstmuseum, von mir aus ein Museum religiöser Kunst. Aber kein Ort für mystische oder mysteriöse Objekte. Was glauben Sie denn? Jetzt haben wir dieses Museum jahrelang umgestaltet, modernisiert, für zeitgemäße Ausstellungen adaptiert und mehrere Preise gewonnen, sind auf dem besten Weg … Wenn das der Heilige Gral ist, wie … Glauben Sie, wir wollen hier Busse voller Wallfahrer? Aus Polen, Kroatien, wer weiß von wo … den Philippinen vielleicht? Dann geht das alles hier den Bach hinunter. Haben Sie mich verstanden. Sie … waren … niemals … hier!"
Entschlossen starrt sie mich an, jedoch eher zitternd und angsterfüllt. Ich nicke verstört, nicke immer weiter. Packe ihn zugleich wieder sorgsam ein und gehe wortlos. Höre hinter mir ein Aufatmen oder bilde mir das zumindest ein.
Draußen auf dem Stephansplatz atme *ich* tief durch. Sollte ich nicht den Kustos der Reliquienkammer informieren? Denn wenn dieser Becher … dann ist ja auch „sein" Tuch …! Ich habe ihm damals die letzten Forschungsergebnisse nicht mitgeteilt. Er hat auch nie wieder nachgefragt. Nein, eine zweite Abfuhr brauche ich heute nicht mehr! Die Leute glauben jeden Mist, ist ja wahr! Die allerdümmsten Verschwörungstheorien finden fanatische Anhänger. Es sei denn, es kommt eine noch blödere. Auch Menschen, die ich bisher für intelligent gehalten habe. Manche sind sicher überzeugt davon, dass seit meiner Impfung in meinen Adern diese Mikrochips von Bill Gates herumschwimmen. Aber wenn du ihnen etwas beweist, ihnen eine lückenlose Indizienkette unter die Nase hältst? Schon werden sie aggressiv oder halten sich die Ohren zu.
Sicher, ich selbst hab mich nie sonderlich für Reliquien interessiert, hab ja auch manchen Witz darüber gerissen. Auch dieses Relikt in meiner Tasche ist für mein Lebensglück und meinen Glauben nicht wirklich ausschlaggebend. Ist das Grab von Tutanchamun ja auch nicht. Aber historisch faszinierend allemal.

Zu Hause angekommen liegt da ein Brief in meiner Post, und was für einer! Dasselbe edle Büttenpapier, nur diesmal ohne Siegel, adressiert an „Hochwürdigster Herr Pfarrer".
Oben angekommen muss ich es natürlich sofort wissen! Eine Schrift, die einen geschulten und geübten Kalligrafen verrät:
„Hochwürdigster Herr Pfarrherr von Sankt Canisius! Die Bruderschaft des Einsamen, der drei Erhabenen und der zwölf Ehrenwerten entbietet Ihnen ihre vorzüglichsten Grüße. Kraft eines einstimmigen Beschlusses im Ehrenrat der Ehrenwerten, bestätigt durch die Zustimmung der Erhabenen und besiegelt durch das Wohlwollen des Einsamen wurden Sie gnädigst dazu auserwählt, als einer der ganz wenigen Hoffnungsvollen an unseren oinologischen und kunstsinnigen Festsitzungen teilzunehmen. Entsprechend Ihrer Heimatstadt soll dies zum ersten Mal geschehen am Festtag der glorreichen Befreiung Wiens aus der Hand barbarischer Muslime durch den heldenhaften und rechtgläubigen König der Polen, Jan Sobieski, am 12. September. Dieses Fest wird auf den Wunsch des Einsamen hin der edlen Traube des Merlot gewidmet. Eine kleine Auswahl erlesener Seltenheiten ist ja bereits bei Ihnen eingelangt. Bewahren Sie diese Früchte des Weinstocks und menschlicher Arbeit unbedingt vor jeder Erschütterung und öffnen und dekantieren Sie diese unwiederbringlichen Raritäten aus dem verborgenen Keller der Fraternité um 18 Uhr des Siegesfestes.
Ihre Teilnahme ist selbstredend nur über die Verbindung des modernen Datennetzes möglich. Sie werden eine Mail erhalten, die Ihnen ab 21 Uhr den Zutritt zur Versammlung gewähren wird. Keinen von uns werden sie mit dem wahren Angesicht erblicken und erkennen. Wir üben seit jeher äußerste Diskretion gegenüber allen, die nicht im vollen Sinne Mitglied sind oder wie Sie auch nie sein werden. Die moderne Technik, über deren Spitzen-Errungenschaften wir selbstredend verfügen, wird uns andere Gesichter verleihen, jede noch so feine Regung unserer Mimik jedoch in dieses zweite Gesicht einfließen lassen. Die Sprache der Fraternité ist nach alter Tradition das Französische. Was aber nichts über die Nationalität unserer Mitglieder aussagt. Da Sie dieser wunderbaren Sprache jedoch leider nicht mächtig sind, werden alle Beiträge des ehrenwerten Kollegiums für Sie übersetzt.

Um irritierenden Missverständnissen und Verstimmungen vorzubeugen, ersuchen wir Sie mit dem gebührenden Nachdruck, den Stil und die gediegene Qualität Ihrer Kleidung dem hohen Anlasse entsprechend auszuwählen.
Wie allen unseren Mitgliedern gewährt der Einsame auch Ihnen, was ihm selbst selbstredend verwehrt ist, noch eine zweite Person Ihres Vertrauens an Ihre Seite zu laden, die aber, wie Sie selbst ja auch, zu alleräußerster Verschwiegenheit verpflichtet ist. Machen Sie keinerlei Aufzeichnungen und versuchen Sie nicht, unsere Identitäten auszuforschen. Dies ist ohnehin unmöglich. Sorgen Sie aber dafür, dass Ihr Anschluss nach den besten heute möglichen Standards gegen Abhörversuche unliebsamer Ohren geschützt ist.
Die heiligen Regulatorien unserer Fraternité wurden in all den Jahren noch sehr selten gebrochen. Darum mussten wir auch noch ganz selten zu schwerwiegenden Konsequenzen greifen. Sie werden hiermit auf unbestimmte Zeit und provisorisch in eine Gemeinschaft vielfach von Gott begnadeter und auserwählter Persönlichkeiten aufgenommen, die ihr Leben sonst in für Sie unerreichbaren Sphären verbringen. Seien Sie sich dieser Ehre bewusst und sehen Sie diesem festlichen Abend mit tief empfundener Vorfreude im Herzen entgegen."
Darunter keine Unterschrift, eh klar. Aber hier doch wieder das Siegel mit der Figur des Apostels Bartholomäus. Ob die mich jemals auserwählt hätten, wenn sie wüssten, welchen Wein ich normalerweise trinke? Schon ziemlich geschraubt, diese Gesellschaft, aber wer solche Kostbarkeiten einfach so verschenken kann … In solcher Gesellschaft war ich noch nie. Adelige Familien haben schon etwas, ja doch, allein schon ihre familiär gegebene Weitläufigkeit und vielsprachige Bildung. Sicher keine Nationalisten darunter. Und aus alter Tradition heraus meist auch gläubige Menschen. Viele von ihnen sind doch auch karitativ tätig in großem Stil. Und über alle Konflikte hinweg mit ganz selbstverständlichem Familiensinn und Solidarität füreinander.
Ja warum denn nicht? Warum soll ich nicht auch einmal hineingenommen werden in diese kultivierte Welt? Wenn auch nur virtuell. Dumm nur, dass es hier um Weingenuss und Weinkultur geht. Nur

von japanischen Manga-Cartoons verstehe ich noch weniger. Aber mit Gerald ... und später im Herbst mit Eberhard zur Seite kann ich diese Klippe meiner Unfähigkeit hoffentlich umschiffen.
Bleiben also zwei To-dos offen: Ich muss jetzt wohl einiges Geld in meine Kleidung investieren, um in diesem kultivierten Kreis nicht abzustinken. Und: Wo krieg ich so schnell eine perfekte EDV-Absicherung her? Am Mittwoch trifft sich jetzt diese Alt-Jugend-Gruppe wieder: Gregor, Lena, Tommy und mit ihm noch zwei, drei echte IT-Freaks. Die müssen mir da helfen.

Kapitel 4
Lena
Mittwoch, 8. September

„Das ist so eine intrigante Kuh, das kann sich kleiner vorstellen! Soll doch endlich aus meinem Leben verschwinden, diese hinterhältige ... Und jetzt auch noch das! Das kann nur sie gewesen sein, lässt mein Konto sperren, also meinen Rahmen. Zero credit! Bin doch immer zwei, drei Monate hinten nach – is halt so, immer schon, na und? Muss ja ständig was investieren in neues Equipment! Innerhalb einer Woche alle Rückstände nachzahlen, sonst kommt der Inkasso-Typ. Alles nur wegen dieser ...!"
„Aber woher weißt du denn, dass sie das war?" Ich möchte ihn ein wenig beruhigen, erreiche damit aber gerade das Gegenteil.
„Wer denn sonst als diese Hure! Wer hat denn im Bankensektor die Möglichkeit, so was mit links zu bewirken, einfach so? Na wer? Hat doch ihre gierigen Finger dort überall drinnen!"
„Leute, nicht bös' sein, aber ‚Hure' ... das ist doch nicht unser Umgangston hier." Stefan steht plötzlich in der Türe unseres Clubzimmers, hat offensichtlich mitgehört, was bei Marcos aufgeregter Lautstärke aber auch kaum zu verhindern war.
„'tschuldigung, aber wenn's wahr ist! Die hat doch einen nach dem anderen, obwohl sie ... ach was. Okay, Geld nimmt sie sicher keines, hat sie ja selbst genug. Aber Gegengeschäfte, das sicher."

„Und sie hat ihm ja schon des Öfteren die Hölle heiß gemacht!",
komme ich ihm zu Hilfe. Marco ist jetzt natürlich etwas gehemmt,
weil Stefan ... halt ein Pfarrer ist. Die beiden kennen einander ja
kaum. Aber sein Ärger gewinnt dann wieder die Oberhand.
„Die Stelle in der Werkstatt, die war schon fix, alles durch mit dem
Chef. Kein Lehrabschluss war dem egal. Zwei so Schrauber-Typen
hat der eh schon. Aber einer mit meinem Know-how in Sachen
Elektronik? Da sind die doch alle unterbelichtet darin. Und zwei
Tage vor meinem Einstieg lässt diese bitch ihren Schlitten ausgerechnet dort reparieren. Einfach blöder Zufall. Sieht mich und
macht mich beim Chef voll runter, dass ich faul bin und unzuver-
lässig und in allem die volle Niete, dass sie ihn nur warnen kann und
ihren Wagen sicher nicht einem wie mir anvertrauen würde ... Vor
mir! Macht mich voll zur Schnecke. Und weg war der Job."
„Und die Polizei hat sie ihm auch noch an den Hals gehetzt. Hausdurchsuchung bei ihm und seiner Clique wegen Rauschgift-Besitz",
ergänzt Tommy, „Die volle Nullnummer natürlich, aber die Bullen
im Haus, auch gleich bei seinen Freunden, sind ja so eine Art WG,
die volle Arschkarte!"
Stefan versteht nicht ganz: „Das muss dann doch für sie extrem
peinlich gewesen sein, so eine falsche Beschuldigung ...?"
„Na ja, nicht ganz, Eigenbedarf halt, bei mir und beim Klaus, der
das Zeug irgendwo im Waldviertel anbaut. Nicht strafbar, vom An-
bau haben die ja nichts geckeckt. Aber sie konnte sich aufplustern
und mich überall als ‚Kiffer' schlechtmachen. Deshalb hab ich keinen Job, nur deshalb! Aber ich mach mich jetzt eh selbstständig –
und da lässt sie mir das Konto sperren, ausgerechnet jetzt!"
„Aber ... Entschuldigung, um wen bitte geht es denn hier eigentlich?", will Stefan wissen.
„Na wieder mal um seine Tante, diese Bankerin – oder Ex-Ban-
kerin?"
Stefan sieht die Chance zum Themenwechsel: „Ach so. Ja. Ich hätte
da ein Anliegen, wo ihr mir sicher helfen könnt."
Und dann vereinbarte er eben mit Marco, wem sonst, die Errich-
tung einer Firewall, „um die dich die CIA beneiden wird. Echt, so
gut sind die gar nicht, wie man schon gesehen hat!" Er wird sich

noch heute Nacht bei ihm einklinken und das alles online installieren. „Wenn du morgen aufwachst, bist du abgesichert wie Fort Knox."
Irgendwie macht mich das jetzt neugierig: „Sag einmal, Stefan, wofür brauchst du denn diese Mega-Absicherung? Hast du Angst, dass dich die anderen Pfarrer hacken und dir deine Predigten klauen?"
„Nein, aber es … hat mich jemand gebeten … also jemand, mit dem ich Daten austausche … und eigentlich weiß man ja nie, also diese Leute, die dir alles verschlüsseln, hab ich gehört, und die dann Lösegeld verlangen für meine Daten, irgendwie eine ungute Vorstellung …"
Ich weiß immer gleich: Wenn Stefan so herumredet … also da stimmt etwas nicht. Aber ich krieg's schon noch heraus.

Kapitel 5
Gerald
Sonntag, 12. September

Wie soll ich bloß mein Lachen zurückhalten? Es ist einfach zu komisch!
„Stefan, bist du's? Ich glaub's ja nicht! Das ist doch tatsächlich von HERMÈS? Ich deute auf das feine Tüchlein, das er anstelle einer Krawatte oder Fliege um den Hals geschlungen hat.
„Kann sein, weiß nicht, teuer war's jedenfalls."
Dunkelblaues Jackett, etwas hellere Hose, hellblaues Hemd mit farblich abgesetzten Knöpfen und – ich glaub's schon wieder nicht – goldenen Manschettenknöpfen, nicht zu übersehen. Ein zum Halstuch passendes Stecktuch und ein prächtiger Siegelring.
„Sag jetzt nicht, der ist aus deiner Sammlung?"
„Wer kann, der kann. Mit Karneol-Reliefbild der Göttin Victoria, zweites Jahrhundert, schlecht?"
„Willst wohl unter all den Snobs nicht auffallen? Verzeih, dass ich nur im dunklen Anzug komme. Hoffentlich mach ich dir keine Schande!"

„Na ja, ob du viel ins Bild sollst ... weiß ich nicht so genau. Also deine Rolle ist so in etwa die – versteh mich nicht falsch, das sagen *sie* so – die eines Butlers."
„Butler? Na klar, wenn es die noch gibt, dann bei diesen Komikern."
„Jetzt red nicht so abfällig, das sind hochkultivierte Leute, denk ich mal, sehr aufmerksame Leute, mit Stil eben! Und sehr großzügig."
„Schon gut, hast du den Wein schon ...?"
„Um Gottes willen, nein, wie konnte ich denn das vergessen? Ist ja schon nach sechs! Hilfst du mir? Zu blöd, daran hätte ich denken müssen: Ich hab doch keine sechs Dekanter!"
„Wer hat das schon?"
„Na *die* schon!"
„Los, deine Wasserkaraffen tun es auch. Müssen ja nicht groß ins Bild."
Technisch von gestern, wie Stefan nun einmal ist, besitzt er bis heute keinen Laptop. Dafür hat er seine gesamte PC-Anlage ins Wohnzimmer transferiert samt Kamera und extragroßem Bildschirm. Auch eigens für heute angeschafft? An der Wand im Hintergrund hat er sein einziges einigermaßen wertvolles Bild platziert: einen Dritt-Druck von Chagall. Wird diese „Erhabenen" nicht vom Sessel werfen, fürchte ich. Nicht mal wenn sie's für einen Originaldruck halten.
Immerhin, für diese zum Teil ja schon sehr alten Weine ist der kräftig rote Farbton schon erstaunlich. Müssen sich hinter keinem Rubinschmuck verstecken. Nicht die geringste altersbedingte Bräunung – und das Bouquet schon jetzt ... atemberaubend. Freu dich drauf! Ich sollte noch Weißbrot besorgen. Hab ich auch. Nur das ist erlaubt zwischen diesen Geschmacks-Erlebnissen. Alles andere würde nur stören.
Als alles bereitsteht, als er auch den PC eingeschaltet und den Link aufgerufen hat, legt sich Stefans Nervosität ein wenig. Dabei sind es noch fast zwei Stunden, bevor wir „eintreten" dürfen.
Jetzt erst fallen mir seine Schuhe auf: „Stefan, Budapester? Jetzt sag bloß nicht ... nach Maß?"
„Wäre sich doch nicht mehr ausgegangen. Arnold hat mit beim Einkauf geholfen, passen aber gut!"

Arnold ist einer seiner Freunde hier, ein mehr oder weniger pensionierter „Persönlichkeitsentwickler und -coach", führt den Vorsitz im Pfarrgemeinderat und weiß das Leben zu genießen, in mancher Hinsicht. Und hat ganz bestimmt schon ein Auge auf jene Zweitflaschen geworfen, die wir heute nicht trinken werden.

Er schaut auf seine Uhr: „Ist noch Zeit. Hast du irgendetwas rausbekommen?"

„Stefan!"

„Was? Was ist denn?"

„Die Uhr! Nimm die ab! Wenn deine feinen Brüder die sehen. Besser keine als die!"

Fast erschrocken folgt er meinem Rat.

„Ja, also einen Zipfel des Geheimnisses konnte ich lüften. Aber erwarte dir nicht zu viel! Seit Jahrhunderten haben die gelernt, im Verborgenen zu agieren: lautlos, unsichtbar ... Also wie ich schon vermutete, entstanden damals, also wirklich so um 1570 herum, die ersten wirklich gepflegten Weingüter. Nicht nur mehr einfache Bauern kelterten Schreckliches, sondern Adelige von Rang nahmen die Sache damals erstmals selbst in die Hand. Und die schwer erarbeiteten Keller-Geheimnisse teilte man damals nur mit ein paar Freunden von Seinesgleichen. Und wenn sich so eine illustre Runde regelmäßig trifft, wird sicher auch bald einmal politisiert, werden Pläne geschmiedet, gewiefte Handelsgeschäfte ausgeheckt. Und selbst jene, die wirklich nur Weine verkosteten und das Feedback der anderen suchten, konnten in Verdacht geraten, Intrigen zu spinnen und Umsturz zu planen. Also hielt man diese Treffen bald nur noch geheim ab, auch die ganz harmlosen."

„Schön und gut. Aber diese spezielle Bruderschaft, diese ‚Bartholomiten' oder so, ist von denen irgendetwas bekannt geworden?"

„Wenig. Und das nur indirekt. Also ... aus der Französischen Revolution ist ein Register erhalten geblieben, in dem verdächtige Gemeinschaften aufgelistet wurden. War aber alles irgendwie Adelige verdächtig damals. Da wird auch eine ‚Bartholomäus-Bruderschaft' erwähnt. Keine Rede von Wein zwar, aber ihr Zentrum wurde in einem typischen Weingebiet vermutet."

„Und? Was wurde aus denen – also nach der Revolution?"

„Fehlanzeige, nichts. Seither fehlt jede Spur von ihnen."
„Kann heißen: Sie wurden tatsächlich aufgespürt, verfolgt und ausgerottet. Oder sie schafften es, ganz tief in den Untergrund zu verschwinden. Was Adelige jahrelang sowieso mussten, wollten sie überleben. Also wenn du mich fragst: doch eher dürftig, was?"
„Eins noch, wenn auch wieder nur sehr vage: 1844 starb Louis-Gaspard Estournel mit 91 Jahren. Sein Lebenswerk war das berühmte Weingut Château Cos d'Estournel im Bordeaux-Gebiet. Nicht nur was den Wein anging, machte der auf ganz dicke Hose. Er reiste mit seinen Weinfässern nach Afrika, Arabien und bis Indien, kehrte einmal sogar mit einer immens kostbaren Türe aus dem Harem des Sultans von Sansibar zurück. Und als er einmal nicht alles verkaufen konnte, bemerkte er, dass der durchgeschüttelte Wein besser war als zuvor … wer's glaubt! Immerhin riss man ihm diesen jetzt um Unsummen aus den Händen. Im Alter wurde er größenwahnsinnig, verlor sein gesamtes Vermögen und starb völlig verarmt. Und kinderlos. Und – jetzt kommt's – hinterließ eine Familienchronik. Die mit all seinem Besitz versteigert wurde und erst vor wenigen Jahren wieder auftauchte."
„Ja und was steht da?"
„Der Autor hält da um 1660 fest, dass einer seiner Vorfahren mit Freunden immer wieder legendäre Feste ausgerichtet hätte, die jedes Mal, wenn er selbst Gastgeber war, beträchtlich Löcher ins Budget seines Haushaltes gerissen hätten. Die von Estournel waren damals offensichtlich noch nicht annähernd so wohlhabend wie später. Ja und … wieder das besagte Weingebiet wie in der Liste."
„Na immerhin."
„Moment, noch etwas. Diese Chronik wurde bei einer Auktion versteigert, an einen Unbekannten – und ist seither unzugänglich. Nur ein paar Zitate in einer Dissertation sind erhalten, mehr nicht."
„Also, wenn es die wirklich noch gibt, dann handelt es sich um sehr verschwiegene und kluge Köpfe. Glaubst du, die selbst haben … diese Chronik ist wieder in ihren Händen?"
„Kann schon sein. Aber keine Ahnung, kann auch ein Zufall sein."
Die letzte Stunde vor der Eröffnung des Jan-Sobieski-Festes ging quälend langsam herum. Ohne Uhr jetzt fragte er mich ständig nach

der Zeit. Bis es so weit war – und auch ich meine Uhr abnehmen musste. Selbst für einen Butler nicht fein genug!
Dann ein tiefer Atemzug, ein nervöses Zurechtrücken seines Halstuches und ein simpler Mausklick auf den verheißungsvollen Link. Der uns schon von der Weinkiste her vertraute barock geschwungene Schriftzug erscheint, darunter das Siegel mit dem Apostel Bartholomäus und einer prallen Weintraube. Pünktlich um neun dazu noch eine ebenfalls barocke Fanfare. Dann ein prächtiger, wohl goldgewirkter Vorhang, der sich langsam auftut. Dahinter ein mächtiger, massiver Tisch, hinter dem drei würdige Gestalten mit fein barbierten Bärten sitzen, gekleidet in Tweed-Jacketts, was in dieser Gesellschaft wohl schon als „casual" angesehen wird. Offensichtlich befinden sie sich in einem klassischen Weinkeller mit Ziegelgewölben.
Alle drei nicken uns freundlich zu. Ob sie wirklich Bärte tragen? Ihre Gesichter sollen ja elektronisch verfälscht ins Netz gehen. Was kaum zu glauben ist, auch wenn sie ein ganz klein wenig unscharf und künstlich wirken, sobald sie sich rascher bewegen, was diese würdigen Herrn aber selten tun. Der gesamte Raum scheint nur vom Licht zahlreicher Kerzen erleuchtet.
Der mittlere und würdigste der Brüder wird durch seinen thronartigen Stuhl hervorgehoben. Er erhebt das Wort: „Meine hochgeschätzten und hochwohlgeborenen Mitbrüder der Fraternité! Was für eine erlesene Freude, euch auf dem Landsitz von Perceval, unserem heutigen Gastgeber, begrüßen zu dürfen." Der zu seiner Rechten verbeugt sich gemessen, bescheiden und doch auch huldvoll zugleich. „Nur weil heute erstmals seit Langem ein Gast aus dem Volke in unsere Runde geladen ist, möchte ich Bruder Looiïs zu meiner Linken vorstellen, der den weiten Weg hierher nicht gescheut hat. Und mich selbst, den man ‚den Einsamen' nennt, den 49. seit Gründung der Fraternité. Wenn ich mich mit ‚Archimbald' vorstelle, ist das selbstredend mein mir bei meinem Eintritt vor langer Zeit verliehener Bruder-Name. Dir, hochwürdigster Gast aus dem Volke, verleihe ich hiermit den Bruder-Namen ‚Venceslaus'."
Ich muss laut herauslachen, drehe mich aber schnell weg: „Venceslaus!" Hoffentlich hat man es nicht durchs Mikrofon gehört.

„Venceslaus, du weißt, du siehst uns hier alle nur ‚wie in einem Spiegel', wie es der Apostel so trefflich ausdrückt, wie in einem antiken Bronze-Spiegel. Denn ‚von Angesicht' wirst du uns nie zu Gesicht bekommen, es sei denn in der Ewigkeit. Dein persönlicher Gast darf die Freuden dieses Abends mit dir teilen, wird aber nie ins Bild treten, wie dies ja auch unter uns alter Brauch ist. Dein Urteil, lieber Venceslaus, ist uns sehr wichtig, ansonsten bitten wir dich, nur das Wort zu erheben, wenn ich, der Einsame, dich dazu ausersehe und ermutige. All unser Tun und Leben ist vergänglich, unser Bemühen ist äußerste Verschwiegenheit. Darum bitten wir mit Dringlichkeit, keinerlei Aufzeichnungen unserer Treffen auch nur zu versuchen. Unsere längst ausgefeilte Technik würde es ohnehin schon im Ansatz verhindern."

Mann, was für ein arroganter Schnösel! Ein Screenshot wird ja wohl doch noch erlaubt sein! „Das ist ja wie bei den Buddenbrocks: Das Kind spricht bei Tische nur, wenn es eigens gefragt wird."

Stefan schaut mich irritiert an, hält den Zeigfinger an den Mund. Und blickt gespannt, ja geradezu entzückt auf seinen Monitor, wo bald schon eine Art Butler, nur nicht ganz so britisch, eine unserer Flaschen in die Kamera hält. Ich reiche die leere Flasche und die Karaffe an Stefan weiter, gieße dem Butler gleich ein wenig in unsere Gläser. Zum Glück hab ich ihm die erst zu Weihnachten geschenkt. Inzwischen hält der „Erhabene Bruder Looiïs" ein kleines Referat über die Eigenschaften des idealen Merlot-Glases – und wendet sich dann kritisch, aber doch auch mit feinem Lächeln an Stefan: „Bruder Venceslaus, du solltest doch noch ein wenig an deinem Gläser-Sortiment arbeiten. Entscheidend ist die Form, es gibt da ja auch durchaus erschwingliche Gläser ... für jedermann."

Frechheit! Für diese geschraubte Partie sind wir doch nur Pöbel! Aber diesmal sage ich nichts. Zu glückselig schwenkt Stefan den Wein in seinem Burgunder-Glas. Das sanfte Rubinrot strahlt auch im Licht einer simplen Glühbirne verheißungsvoll. Im Gleichschritt mit unserem Gastgeber stecken wir unsere Nasen ins Glas und erriechen mit ihm jeden auch noch so „feinen und hintergründigen, ganz leicht femininen Gewürzton", den er uns suggeriert, bis dann ja ... endlich! Bis dann der erste kleine Schluck!

Das Zeug ist wirklich fantastisch! So was Volles, Vielstimmiges, von vorne bis ganz nach hinten Stimmiges ... also nein, so was ... hab ich noch nie getrunken! Dabei ist dieser Merlot mindestens 30 Jahre alt. Oder gerade deshalb?

Stefan hat längst andächtig seine Augen geschlossen, blickt verzückt ... ins Unendliche? Stefan, der Weinignorant schlechthin!

Inzwischen sind auch der zweite „Erhabene" und die zwölf „Ehrenwerten" und zwei weitere Gäste ins Bild getreten beziehungsweise zugeschalten worden, alle natürlich mit Bild und Stimme elektronisch „maskiert" und wie der „Einsame" elektronisch simultan-übersetzt. Der Gastgeber richtet das Wort an „Venceslaus": „Nun! Was ist dein geschätztes Urteil?" Stefan hat sich nicht sofort angesprochen gefühlt, zuckt jetzt zusammen. Es kommt, wie es kommen musste: Jetzt sitzt er in der önologischen Falle. Doch noch bevor ich ihm soufflieren kann ... Nein, er blickt immer noch ganz versonnen vor sich hin ... ein beinahe entrückter Blick.

„So etwas Großartiges, rundum Faszinierendes habe ich noch nie getrunken!"

No na! Wie denn auch? Aus dem kleinen Supermarkt nebenan? Ich will ihm gerade einsagen ...

„Und schmeckt ... irgendwie ... nach abendlich warmen, vollreifen Feigen!"

Der „Einsame" und die beiden „Erhabenen" blicken einander erstaunt und fragend an. Auf einen Wink des „Einsamen" hin tritt der Butler mit der Karaffe wieder ins Bild, schenkt ein wenig nach. Auf den baugleichen Wink hin schenke ich Stefan nach.

Und während die obersten der Brüder noch genussvoll forschend schlürfen, abwechselnd ihre Augen verdrehen und wieder schließen, raunt mir Stefan zu: „Klar, Feige!"

Nach kurzer, intensiver, doch nonverbaler Besprechung blickt der „Einsame" versonnen direkt in Stefans Wohnzimmer: „Feige! Abendliche Feige? Erstaunlich, ganz erstaunlich. Ja doch, Feige! Ganz dezent im Hintergrund, und doch als wäre es dieses Weines Quintessenz, seines ‚Pudels Kern'. Ja! Diese Feige lächelt alle anderen Nebentöne zusammen, vereint sie, führt sie zur vollkommenen ... Das habe ich, ja das haben wir hier noch nie ... noch bei keinem unserer Weine … ja, vollreife, fast schon überreife Feige, die ganze Sonnenwärme eines Tages in sich. Als wäre dies der unbewegte Beweger dieser Köstlichkeit. Danke, Venceslaus!" Immer noch schwelgt er, kann er seine Augen gar nicht richtig öffnen, nicht genug, um Stefan dankbar anzublicken.

Was folgt, ist ein kunstvoll ins Bild gesetzter Reigen der anderen Brüder, die ihm nacheinander herzlichst applaudieren. Die Feige, diese simple Feige! Aber was für ein Einstieg! Stefan strahlt mit seiner Feigen-Sonne um die Wette, wie ich ihn noch nie strahlen gesehen habe. Und beim letzten Schluck schmecke ich sie jetzt auch, die „hintergründige" Feige. Die Frage ist nur, ob ich zuletzt auch noch Joghurt oder Lebertran herausgeschmeckt hätte nach all dieser Suggestion? Joghurt bestimmt! Auch die weiteren Merlots sind allesamt eine Wucht, mit oder ganz ohne Feige. Mal leicht und frisch, zuletzt aber so wuchtig, dass schon ein einzelner Tropfen eine ganze Geschmackswelt in dir erstehen lässt – um das Wort „Geschmacks-Explosion" doch noch im Köcher zu belassen.

Für den allerletzten lässt sich der Einsame den Bruderschaftskelch reichen. Dieser goldene Becher wurde seinen pathetisch vorgetragenen Worten nach bei jedem der bisher vollzogenen 4178 Treffen der Bruderschaft vom jeweils regierenden „Einsamen" zum Munde geführt.

Er erhebt den Becher und seine Stimme: „Auf den Bezwinger der feigen und schändlichen muselmanischen Mordsgesellen, auf den edelsten und heldenhaftesten der Könige Polens, auf Jan Sobieski, dem dieser festliche Tag gewidmet ist! Gesegnet sei dieser Wein, gesegnet der Becher der Seligen und der Heutigen!"

Und dann bittet er auch noch Stefan, „den Hochwürdigsten", um ein Segensgebet, das dieser zuerst erschrocken, dann aber sichtlich geehrt improvisiert, mit erstaunlich schönen Formulierungen, erstaunlich, da er dabei vor Aufregung richtig zittert. Dann benetzt auch der „Einsame" verzückt seine Lippen.

„Von wegen Merlot-Glas!"

Aber Stefan hört mich gar nicht, versunken in den schwersten, ältesten und dunkelsten dieser Edeltropfen. Und wohl auch schon ein wenig beschwipst. Das Weißbrot, also die vorbereiteten Scheiben für zwischendurch, die haben wir jetzt ganz vergessen.

Kapitel 6
Arnold
Montag, 13. September

Also dieser Rotwein, der lässt mir keine Ruhe. Das heißt: Eigentlich ist es dieser edle Dekanter, der passt doch so gar nicht zu Stefan. Wäre ja auch Snobismus der dümmsten Sorte, eigens für seine Drei-Euro-Weine ... Aber wie dieses Ding da funkelt, und diese zwar etwas altmodische, aber ungemein elegante Form, ein ganz klein wenig unregelmäßig, also bestimmt handgeblasen!

Aber er hat abgewunken, später! Zuerst die Arbeit, dann erst ... Also versuche ich seither, unsere Agenda mit ihm zügig abzuarbeiten. Was umso schwerer fällt angesichts dieser vielversprechenden Flasche, die ich kurz zuvor in seiner Küche erspäht habe.

„Wir dürfen niemanden vergessen, der auch nur am Rande mit Canisius zu tun hat. Wir brauchen eine Liste möglichst vieler, die weggezogen sind: Familien ins Grüne, Pensionisten hinaus aufs Land, Junge in ihre ersten eigenen vier Wände, aber auch Alte in Heimen, sofern sie noch mobil sind oder wir sie abholen können."

„Mach ich. Du, Stefan, kümmerst dich um die Musiker...innen, Florian hat alle Adressen. Für die Jungen brauchen wir aber noch was, dass sie kommen. Eine Band. Lena und Gregor wissen da vielleicht was, das darf auch was kosten."

„Musik läuft schon. Die machen was für Kinder: Vivaldi mit Puppenspiel am frühen Nachmittag, das ist fix." Stefan will immer noch mehr. Seine Idee: ein „Hüttenfest" an einem Sonntag Anfang Oktober, wo nach der Messe die unterschiedlichsten Gruppen und Familien jeweils eine „Hütte" bauen, ein Partyzelt oder Sonnendach, was auch immer, dort den Sonntag verbringen so nach Art eines Picknicks, die anderen besuchen, aber jeweils auch etwas anbieten wie Essen, Trinken, Kaffee, Kinderprogramm, Musik, sonstige Unterhaltung und sei es ein kleiner Flohmarkt oder gratis Kräuter aus eigenem Balkon-Anbau.

„Prioritätsstufe 1 für alle!", hat er schon seit Wochen ausgerufen, und „als einzige Ausrede gilt ‚verstorben', sonst wird nichts entschuldigt." Es sollen einfach alle wieder auftauchen, die seit diversen

Lockdowns und Streaming-Messen immer noch abgetaucht sind, und das sind nicht wenige. Noch ist's kein Selbstläufer, noch müssen wir beständig anschieben.

„Aber wie kann es sein, dass es Leute gibt, die noch immer nichts von diesem Fest wissen?", fragt er mich fast entrüstet.

„Unwissenheit schützt nicht vor Strafe!", stimme ich in seine aufgeregte Rhetorik ein.

„Genau!" Die Ironie hat er überhört.

So krieg ich die Kurve nicht hin, dann eben brachial: „Und deshalb will ich jetzt endlich wissen, was da in dieser Edel-Karaffe so feurig leuchtet. Wo hast du denn das bitte her?"

Er redet herum, labert etwas von einer Kiste, die heute mittags einfach so vor seiner Türe stand, wie letztens schon der Wein …

Er will und will nicht wirklich damit herausrücken, murmelt etwas von „streng geheim" und „vielleicht auch nicht ganz ungefährlich", von „äußerster Verschwiegenheit" und „jahrhundertealter Loyalität unter Brüdern". Stefan hat ja richtig Angst, auch davor, „dass alles schnell auch wieder vorbei sein könnte". Was ihn sichtlich am meisten beunruhigt.

Als ich nicht und nicht lockerlasse, was ich gut kann, bricht es plötzlich aus ihm heraus: „Die haben alles unter Kontrolle, hab's ihm ja gesagt, er soll das lassen, keine Screenshots machen, und dann das: Da war nichts! Ein Screenshot ohne Bild, nur so etwas wie ein Wasserzeichen!"

„Was war wo?"

„Na auf gut Deutsch stand da: ,,Letzte Warnung! Lasst den Scheiß!' Also auf Französisch natürlich und mit viel gewählteren Worten. Die wissen jetzt, dass … dabei wollte ich mich penibel an alle ihre Regeln halten, aber Gerald …"

Als wäre ihm ein Killer-Trupp der Mafia dicht auf den Fersen. Bis er endlich verständlicher wird: „Ich wollte Gerald ja noch davon abhalten. Die hassen es, wenn man ihnen nachspioniert! Und die haben echt alles unter Kontrolle, frag mich nicht wie. Die sind nicht nur in Frankreich oder von mir aus im Nappa Valley zu Hause, nein, die sind überall! Im Netz sowieso. Gestern noch sehen sie mein Sammelsurium an Möchtegern-Dekantern … und heute stehen schon

sechs solcher Dinger vor meiner Türe, und was für welche! Persönlich zugestellt, völlig unbemerkt."
"So, und jetzt bitte alles der Reihe nach!"
Er zögert zwar noch kurz, sieht sich um, spricht leiser. Aber jetzt endlich erfahre ich alles, was es da zu wissen gibt. Für den Moment bin ich sprachlos. Aber nur für einen Moment.
"Gut. Aha. Was für eine Ehre, hochwürdigster Abbé! Wenn diese ehrenwerten Brüder schon so spendabel sind, lasst uns das ... na ja, sei's drum, das Burgunder-Glas auf sie erheben."
"Nicht nötig, ich habe gleich heute früh Merlot-Gläser erstanden, sechs Stück um 17 Euro 90, verrat mich nicht!"
"Ob das durchgeht?"
Er gießt mit feierlichem Gehabe zwei Gläser ein.
"Ist das der ... der mit der ‚sonnenwarmen, reifen Feige'?"
"Nein, den hebe ich noch für Eberhard auf. Und nicht gleich eingeschnappt sein: Der da, der ist noch besser ... angeblich. Und wenn dann Eberhard auch die Feige schmeckt, bin ich mein Dasein als Wein-Depp vom Dienst endlich los."
Stefan strahlt richtig. Also besonders seit ich die Feige erwähnt habe. Kein schlechter Einstieg, fast schon ein Ritterschlag in dieser Runde, wenn auch sicher ein Zufallstreffer. Denn was auch immer man von seinen allzu wichtigen Herren in ihren prächtigen Kellern auch halten mag: Von Wein verstehen die bestimmt eine ganze Menge. Und ausgerechnet Stefan belehrt sie.
"Aber bitte, Stefan, nicht böse sein, wie bist ausgerechnet du auf diese Feige gekommen?"
"Ich hab beim ersten Schluck die Augen geschlossen, und da war sie auf einmal, die vollreife Feige, schon ein wenig aufgeplatzt. Einfach so!"
"Mit dem ‚inneren Auge' gesehen?"
"Ich könnte es nicht besser formulieren ... Aber jetzt!" Wir stoßen feierlich an, mit dem glockenreinen Klang von 17 Euro 90 ... durch sechs.
"Und?" Er schaut mich groß an.
"Was und? Ehrlich? Wow ... fantastisch!"
"Und? Siehst du auch was? Also dein inneres Auge?"

„Meinen Vater."
„Deinen Vater? Sonst nichts?"
„Meinen Vater ... beim Pfeiferauchen."
„Na bitte! Sagen wir mal, ‚leicht vorbeiziehende Tabak-Aromen' ... mit ein bisschen Übung, Arnold."
Soeben hat mir ein Fisch das Bergsteigen erklärt. Und zwar so überzeugend, dass ich mir heute noch Pickel und Seil zulegen werde.

Kapitel 7
Stefan
Sonntag, 26. September

Ja, da traue ich mich jetzt zu wetten, also da bin ich ganz sicher: In so einem Hosenanzug hat noch nie eine Frau bei mir die Messe mitgefeiert, 35 Jahre lang nicht. Ja vielleicht bei einer Hochzeit, kann sein, da kommt so manches vor, aber in einer Sonntagsmesse? Nein! Nicht gedecktes Rot, nicht Bordeauxrot, nein, zumindest Erdbeere, wenn nicht *noch* roter. Die Hose überlang von der Art, dass sie überhaupt nur mit sehr hohen Absätzen getragen werden kann. Und das meerblaue Top weit genug ausgeschnitten, dass darüber noch ein Collier Platz findet, als hätte da doch jemand noch vor Howard Carter Zugriff auf Tutanchamuns Schätze gehabt. Goldplättchen, Lapislazuli, Türkis und einzelne auch in Rot emailliert. Auch unsere an sich dunkle Kirche hindert sie nicht am Funkeln und Strahlen.
„Herr Pfarrer, Hochwürden, begrüße Sie! Und? Spielt sie nicht herausragend, richtig exzeptionell, meine kleine Giulia?"
Es ist aber nicht Giulias Geigen-Mutter, die mir gerade beide Hände lang und intensiv drückt. Es ist ihre „fulminante Tante", wie Giulia selbst sie nannte, als sie mir vor Wochen anbot, diese Messe zu spielen. Die geht im Hintergrund gerade noch ein paar Passagen mit Florian, unserem Organisten, durch. Der schon um acht Uhr gestellt sein musste, quer durch Wien angereist wie immer. Und dann doch eine halbe Stunde warten musste.

„Eine Katastrophe, Herr Pfarrer, eine einzige Katastrophe! Reißt ihr doch beim morgendlichen Einspielen die E-Saite! Erstmals an dieser neuen Geige. Ist ja nicht irgendein Instrument, was glauben Sie, Herr Pfarrer! Da kannst du doch nicht irgendetwas aufziehen! Niemals! Da muss der Luigi her, Luigi und kein anderer. Wohnt ja zum Glück nicht weit von hier. Kommt auch am Sonntag um sieben, der gute, ganz verschlafen noch … aber mit dem richtigen Satz Natursaiten. So ist er, der Luigi, und nur er!"
Da muss es sich wohl um den Geigenbauer oder -händler handeln. Wie man hört, war er erfolgreich.
„Ich habe mich ja noch gar nicht vorgestellt: Lucrezia. Lucrezia Bergè, Giulias Tante. Ich hab ein Auge auf sie seit dem Tod meiner Schwester, das heißt viele, viele Augen! Ein strenges, ein wohlwollendes, ein achtsames Adlerauge …"
Jetzt erst sehe ich Giulia vorn im Altarraum. Sie kommt auf uns zu. Weit weniger dramatisch trägt sie ein dunkelgrünes Sommerkleid, gerade nicht zu kurz für den Anlass. Und sie spielt barfuß. Einen Moment lang fällt mein Blick auf ihre Füße.
Was Lucrezia nicht entgeht: „Das ist ihr Tick. Sie sagt, sie braucht das, den unmittelbaren Kontakt zu dem Grund, auf dem sie steht. Alleinstellungsmerkmal gibt das aber keines mehr her: Diese argentinische Cellistin und auch eine junge Pianistin, die machen das auch. Sie haben doch nichts dagegen? Das gibt's doch auch … barfüßige Franziskaner und so, oder?"
„Nein, sicher kein Problem."
„Hören Sie doch! Wunderbar! ... Entschuldigen Sie …"
Lässt mich stehen und eilt auf die Musiker zu, kehrt aber auf halbem Wege um: „Dieses Mikrofon, das ist, nicht böse sein, eine Antiquität. Haben Sie denn kein besseres?"
Natürlich braucht Giulias Geige selbst für unsere Kirche keine Verstärkung, aber Lucrezia besteht darauf, dass jeder noch so kleine Auftritt ihres Schützlings dokumentiert wird. Ich hole für sie ein genauso altes, aber neuwertiger wirkendes hervor und sie lässt es gut sein.
Wie viele Anrufe musste ich in den vergangenen Wochen führen, um das Programm zusammenzustellen. Und hatte doch letztlich

nicht den geringsten Einfluss darauf, da beide darauf bestanden, Teile aus Giulias Wettbewerbsprogramm aufzuführen, ob das jetzt in die Liturgie passt oder auch nicht.

„Ja wissen Sie, jetzt hat sie ihr Studium abgeschlossen, mit Auszeichnung natürlich! Und dieser erste Wettbewerb, und *was* für einer gleich, der Paganini-Wettbewerb gleich, kommt ja sonst erst wieder in drei Jahren, aber bis dahin ... Sie muss sich jetzt ganz darauf konzentrieren, also Tartini ..."

Dieser Satz ist nicht nur viel zu lange für eine Messe, sondern stammt noch dazu aus dessen „Teufels-Triller-Sonate". Und wenn hier auch gleich viele sitzen werden, die von solcher Art Musik so viel verstehen wie ich von Rotwein – bisher zumindest ... Einige werden durchaus Bescheid wissen und statt einfach hinzuhören, gleich damit anfangen, eine geschliffen formulierte Kritik an dieser „Geschmacklosigkeit" zu entwerfen. Egal, die meisten werden von ihr begeistert sein.

Wie ich es dann ja auch bin, auch wenn ich bei der Gabenbereitung sehr ... sehr bedächtig vorgehen muss. Vom Ausbreiten des Tuches bis zum Trocknen meiner Hände setze ich zwischen die kleineste Handlung meditative Pausen. Danach desinfiziere ich auch noch meine Hände, was gar nicht mehr nötig wäre ... und dann dauert es doch noch weitere drei ... vier, ja fünf Minuten, bis der letzte Ton verklungen ist. Nuancenreich, natürlich intonationssicher – von intensiv bis fast unhörbar. Auch die eben erst neu aufgezogenen Saiten machen ihr ... also uns keinen Strich durch die Rechnung.

Immerhin, auch ihre nicht sehr kirchenerfahrene Tante weiß, dass hier Applaus erst am Ende angebracht ist. Sie hat schon Stil – und sicher auch eine profunde Bildung, diese quirlige Dame mit tiefschwarzem Kurzhaarschnitt. Die mich mit der Eleganz ihrer Bewegungen an eine Katherine Hepburn, mit ihrer ungebändigten Energie an die späte Callas erinnert. Beides legt sie auch in ihren Schlussapplaus, zu dem ich am Ende der Messe ermutige. Neben Lucrezia jetzt, wohl gerade erst dazugestoßen, eine Freundin? Weit größer als sie, vielleicht zehn Jahre jünger, also um die dreißig. In edelweißen Jeans mit türkiser Lederjacke auch nicht gerade unauffällig hier. Auch sie applaudiert, aber sichtlich gelangweilt.

Natürlich muss ich auch heute noch einmal mit Nachdruck auf unser „Hüttenfest" am kommenden Sonntag hinweisen. Und dass es da keinerlei Ausrede ... ich weiß schon, auf wen ich gleich nach der Messe zugehen muss, um sie noch zu motivieren. Aber kaum will ich zum Kirchentor eilen, sehe ich rot! Lucrezia, hinter ihr Giulia und die Frau in der knalligen Lederjacke.
„Herr Pfarrer, was ich ja eigentlich mit Ihnen besprechen wollte, unbedingt besprechen muss: Wir brauchen Ihre Kirche, nein alles, wir brauchen Ihre Säle, alle. Stellen Sie sich vor: Mozarts fünf Violinkonzerte mit Giulia. Und mit Orchester natürlich. Der Concentus – oder doch die Salzburger, mal sehen. Arriviert, selbstverständlich arrivierte Kräfte. Für eine Aufnahme mit allerneuester Technik, die es eigentlich noch gar nicht gibt. High End, mindestens vier Kameras, alles ausgeleuchtet natürlich, nicht so ... Sie werden ihre Kirche nicht mehr wiedererkennen!"
„Frau Bergé, einen Augenblick, ich müsste jetzt unbedingt, dringend ..." Keine Chance.
„So hören Sie doch, Hochwürden, wir mieten das *alles* hier, Anfang Dezember, eine Woche Minimum ... so viel Geld, das können Sie doch gar nicht ablehnen, was? Und *diese* Geige! Sie haben sie ja gehört, was sagen Sie ... Domenico Montagnana, um 1700. Luigi sagt, diese Montagnana steht keiner Amati oder Stradivari um irgendetwas nach! Wollen Sie ..."
Nein, ich will jetzt gerade ganz und gar nicht. Aber diese Lucrezia stellt wohl grundsätzlich nur rhetorische Fragen.
„Da, schauen Sie ... Mach auf, Giulia! 280.000 Euro wert, mehr sogar, inzwischen sicher mehr. Vorsicht! Ja ist die nicht edel? Zum Niederknien! Also abgemacht, Herr Pfarrer: acht bis zehn Tage, erste Dezemberhälfte. Wir werden uns einig werden, nicht wahr? Den Preis bestimmen Sie! Und Sie müssen mich unbedingt einmal besuchen, ein Abend, ein entspannter, mit Blick über halb Wien. Sie müssen mir die Ehre geben, unbedingt ... Ich grüße Sie! Bis bald!"
Und weg sind sie, Giulia hinterher, jetzt in flachen blauen Ballerinas, die nur mit viel Fantasie zu ihrem Kleid passen. Der Dritten ist es irgendwie gelungen, sich heimlich aus dem Bild zu stehlen.

Jetzt sind natürlich alle weg, mit denen ich unbedingt noch sprechen wollte. Super! Doch nicht alle. Herr und Frau Rauter stehen noch wie zufällig vor dem Eingang: „Schönen Sonntag, Herr Pfarrer! Denken Sie wirklich, dass das heute passend war?" – „Nächstens kommt dann wohl noch Pulp Fiction. Also ich weiß nicht!" – „Also noch einen schönen Sonntag!"
Die beiden haben natürlich auf mich gewartet, um ihr Bonmot loszuwerden. Aber warum ‚Pulp Fiction'? Ich kann mich da an die Filmmusik gar nicht erinnern … Ach so! Quentin Tarantino! Leute, die ihre ganze Eloquenz und Bildung stets nur für süffisante Kritiken verschwenden, die begleiten dich von der Primiz bis zur Pensionierung. Warum denke ich eigentlich seit Kurzem so oft an die Pension?
Drüben im Pfarrcafé treffe ich nur noch auf die Allertreuesten. Auf Lena natürlich, die mit Gregor gerade dabei ist, die „Jugend-Hütte" an ein mega-angesagtes Konzert auf der Donau-Insel zu verlieren: „Nein, wir machen schon, aber sehr voll wird unsere Hütte nicht, denn das Vorprogramm dort geht schon um drei Uhr los. Und du weißt ja, so lange war gar nichts los mit Konzerten und so … Du, übrigens, was wollte denn Marcos Tante von dir, die hat dich ja so was von okkupiert heute!"
„Von Marco? Das war doch Giulias Tante!"
„Klar, sind ja auch Geschwister! Wusstest du das nicht?"
„Über die er letztens so hergezogen ist, das ist …?"
„Na sicher doch … dieses ausgekochte Biest, diese Lucrezia eben!"

Kapitel 8
Arnold
Donnerstag, 7. Oktober

Also doch? Ich dachte schon, daraus wird nichts mehr. Obwohl man sich auf Zusagen von Stefan schon verlassen kann, bisher zumindest. Die Kiste war wieder rechtzeitig angekommen mit nichts als dem Hinweis: „14 Grad". „Mit lauter Chiantis!", hat er geschwärmt.

Und auch diesmal kam wieder Eberhards Bestätigung, dass es sich dreimal um „Extraklasse" und dreimal um „ausgesprochene Legenden" handle, verschollen geglaubt (also ausgetrunken) oder überhaupt niemals in den Handel gelangt. Und nächstes Mal sollte Eberhard dann schon in Wien sein. Aber für heute hat er mich eingeladen.

Zwischen ihm und Gerald muss es irgendeine Verstimmung geben, was eigentlich nie vorkommt. Für Stefan ist es derzeit das Highlight. Auf diese Abende lebt er hin, alle Termine, die in die Quere kommen könnten, sagt er weiträumig ab. Für ihn sind das Menschen voller Stil und Bildung – und auch ihm gegenüber überhaupt nicht abgehoben, dabei voll am Puls der Zeit, vor allem im Einsatz perfekter Technik. Gerald hingegen versicherte mir, ich solle doch ruhig „auch mal den Lakaien spielen" und mir selbst ein Bild machen. Mit diesen „g'spritzten Schnöseln" möchte er ohnehin nichts zu tun haben, schon gar nicht in der Rolle eines Butlers! Also freie Bahn für mich.

Dachte ich. Doch seit Montag ist Stefan auf Tauchstation. Hebt nicht ab, ruft nicht zurück, macht nicht auf. Sein Auto aber steht im Hof. Bei der Dienstag-Messe hat er sich vertreten lassen. Bis er sich dann heute Morgen doch noch meldete. Mir war schon klar: Die Enttäuschung über den Flop unserer Hütten-Geschichte ist die Ursache dafür. Aber ist er jetzt niedergeschlagen und depressiv? Oder einfach trotzig im Sinne von: Dann halt ohne mich, Leute, auch gut!

Ist ja auch wirklich so ziemlich alles schiefgegangen. Schon die Messe war – na ja – besucht. Aus der Musikgruppe fielen zwei aus, angeblich ein Missverständnis. Die wichtigsten zwei, sodass es auch mit mir als Gesangsverstärkung nur knapp unter der Schmerzgrenze blieb. Statt der erhofften Last-minute-Buchungen von Hütten wurden noch in letzter Minute drei fix angemeldete wieder storniert. In einer Familie war Darmgrippe ausgebrochen. Eine ist am Streit, wo Ulrike mitmachen soll, zerbrochen. Und für die „Hütte Kindergarten" fühlte sich zuletzt niemand verantwortlich, die Zusage sei „nur so eine Idee" gewesen. Was wiederum dem Puppenspiel-Kinderkonzert den Todesstoß versetzte.

Dennoch starteten wir mit sechs Hütten, die sich aber nur darin unterschieden, dass die einen Kaffee und Kuchen, die anderen hingegen Kuchen mit Kaffee anzubieten hatten. Warum die meisten zu Mittag nach Hause oder ins Gasthaus essen gingen, weiß ich bis heute nicht. Dass sie danach wegen des rascher als angekündigt eintretenden Starkregens nicht mehr wiederkehrten, war nur die logische Folge. Es war dann nur noch ein Häuflein der Unentwegten, die im einigermaßen geschützten Kreuzgang einen Holzkohlengrill in Gang brachten und die Stellung hielten. Natürlich redeten wir uns das Ganze schön und schoben die Schuld auf das Wetter, aber spätestens am Montag saßen wir alle irgendwo allein und kamen zu dem einheitlichen Urteil: „Wir sind ganz schön am Sand!" Das weiß ich, weil ich die meisten irgendwie erreichte, mit einer kleinen Gruppe auf ein Bier ging … aber Stefan? Der wollte sichtlich mit gar niemanden mehr darüber reden, auch heute mit mir nicht. Nur noch über den heutigen Abend der „Fraternité" des heiligen Bartholomäus.
„Sollten wir nicht doch noch …? Also zumindest, wie wir jetzt weitermachen?"
„Willst du mir das auch noch verderben? Also wenn du kommen willst, ist dieses Hüttenfest tabu, okay?" Auch gut. Ich soll Weißbrot mitbringen. Und ob ich Chianti-Gläser habe. Dafür soll es eigene geben. Das sei sehr wichtig in diesen Kreisen. Gut, ich besorge eigene, sollte es im neunten Bezirk welche geben. Es gab sie, zwar nur ausgeborgt bei meinem Lieblings-Italiener, aber dafür ganz echte.
Stefans Outfit konnte mich nicht überraschen. Wir haben es ja gemeinsam eingekauft. Nur beim Schuhwerk bleibt er betont leger. Wer sollte es unter dem Tisch auch sehen?
„Ich dachte, die wissen und sehen alles?"
„Wie, du meinst, ich könnte ja wirklich …!", will er schon völlig humorbefreit hinauslaufen und sicher diese unbequemen Budapester anziehen. Warum ist er denn so nervös?
„Stefan, ein Scherz!" Sein Lächeln ist keines.
Sechs Weine, alle sorgsam dekantiert in – fast – gleich geformten Karaffen. Daneben jeweils die passende Flasche und der Kork. Bolgheri 1988, „Isole e Olena", „Badia a Coltibuono", „Il Molino

di Grace" … Weine, über die man vielleicht schon gelesen hat, aber getrunken?

„Und Stefan, was feiern wir denn heute Schönes?"

„Also ich hab da so einen Verdacht … aber nur so viel: Könnte wieder etwas mit Österreich zu tun haben, aber nur indirekt. Mal sehen."

„Oder doch eher ein Bezug zu Italien? Wenn schon derartige Chianti-Größen unter uns weilen?"

„Möglich. Aber bitte keine flapsigen Bemerkungen ins Mikrofon. Und keine Fotos, Screenshots oder so, auf keinen Fall! Das bringt nur Ärger."

„Versprochen, Eure Lordschaft!"

Wie soll ich diesen Blick jetzt deuten? Als „Nächstes Mal lad' ich keinen von euch mehr ein!" – oder schlicht: „Blödmann!". Auf meine Manieren kann er sich schon verlassen. Das weiß er auch. Ich nehm's halt als Spiel. Für ihn aber liegt etwas wie heiliger Ernst in der Luft.

Kurz vor neun dann: klick!
Fanfare, Vorhang. Alles wie beschrieben. Wieder ein Keller. Wieder thront der einsame Achimbald, gerahmt vom „Ehrwürdigen" Looïs und dem heutigen Gastgeber namens Quentin. Kerzenlicht erfüllt den weiten, gewölbten und fensterlosen Raum. Und ein Bild im Hintergrund, das glatt als Caravaggio durchgehen könnte. Ja, tatsächlich! Irgendwie der berühmten „Berufung des Matthäus" ähnlich, wenn auch in der Komposition und im Lichteinfall nicht ganz so dramatisch. Der Schwerpunkt liegt stärker auf den zechenden Gästen der Schenke. Kein Jesus im Gegenlicht stört sie hier auf. Die Kamera bleibt auffallend lange auf diesem Bild, das ja gut zu unserem kommenden Weingelage passt. Bevor sie wieder den „Einsamen" ins Zentrum rückt.

Der nennt feierlich den Anlass des Festes: Den Sieg der tapferen Christen über die „osmanischen Schlächter", den Sieg des Don Juan de Austria, bei dessen Nennung Stefan lächelt. Also hat er erraten, dass uns heute die Seeschlacht von Lepanto diese edlen Weine beschert. Dieser glorreiche Sieg ereignete sich genau ein Jahr vor

Gründung der Fraternité, wird heute also bereits zum 450. Mal in edler Runde gefeiert, „allen Widrigkeiten zum Trotz", was der Einsame mit sanftem Lächeln verkündet.

Das kam ja jetzt nicht wirklich überraschend. Mit Türken und Muslimen haben die werten Herrschaften ja sichtlich nichts am Hut. Aber was jetzt folgt, erwischt Stefan am völlig falschen Fuß: „Und seit Papst Pius V. diesen Tag zum heiligen Rosenkranzfest erhob, haben die Brüder denselben auch stets vor dem Genuss der gesegneten Rebensäfte gebetet, in tiefer Dankbarkeit für die Heldentat und in hochherziger Frömmigkeit. Und niemals werden wir diese ehrwürdige Tradition brechen, dieses Gebet in lateinischer Sprache zu verrichten. Dir, hochwürdigster Herr, Bruder Venceslaus, gebührt die Ehre, unserem Gebet vorzustehen!"

Habe ich Stefan jemals schon so blass gesehen? So blitzartig erblassen bestimmt noch nie! Er greift ans Mikro, an die Kamera. Will er eine Störung vortäuschen? Er rennt um ein Liederbuch, das ja auch die Grundgebete enthält, blättert verzweifelt darin herum, natürlich abseits der Kamera, findet nichts und läuft nochmals ins Nebenzimmer.

„Nun, werter Venceslaus? So beginne er!"

„*Credo in unum Deo …*" Das bin jetzt *ich*, nicht Stefan, der gerade noch rechtzeitig mit dem richtigen, längst veralteten Gebetsbuch angerannt kommt, das auch die eingeschobenen Geheimnisse Mariens auf Latein enthält, die „glorreichen" natürlich heute: „*… qui resurrexit a mortuis.*" Ich glaube, jetzt habe ich etwas gut bei ihm!

Von da ab geben wir uns keine Blöße mehr. Zum Glück sieht man jetzt einige der ehrenwerten Brüder vornübergebeugt, das Kinn auf den verschränkten Händen, in innigem Gebet. Ihnen scheint nichts aufgefallen zu sein. Auch nicht, dass wir beide mit den Fingern immer wieder bis zehn zählen. Wo denn jetzt auch noch so schnell einen Rosenkranz herbeibekommen?

Der lateinische Text hat den Vorteil, dass er kürzer ist – und der ganze Stress schon nach 20 Minuten ein Ende findet.

„Danke, das war knapp, aber wer rechnet denn mit so etwas?", raunt mir Stefan zu. Und scheint jetzt bestens drauf zu sein, wird auch nicht ungeduldig, als Bruder Quentin, unser Gastgeber, um die

Gunst bittet, nun ganz wenige Stücke aus seiner Sammlung darbieten zu dürfen – selbstverständlich als Überleitung zu den Wein-Genüssen. Der „Einsame" nickt gnädig. Auch die drei „Ehrwürdigen" kommen nacheinander ins Bild und nicken gemessen. Worauf ihn der „Einsame" ermuntert: „Es ist uns eine Freude. Deine Sammlung historischer Kostbarkeiten ist ja der Welt ebenso unbekannt wie unter uns legendär."
Quentin holt nach und nach herbei, was Stefans ansehnlicher Sammlung selbstverständlich fehlt: Weingläser aus der römischen Kaiserzeit mit zweifarbigem Glas übereinander und herausgeschliffenen Ornamenten. Zwei attische, polychrome Kratére mit Dionyssos und Apoll, „die beiden Charakteristika des Weingenusses symbolisierend, den trunkenen und den schöngeistigen", wie uns Quentin belehrt. Dazu passend wunderbar bemalte Weinschalen und Schöpfgefäße. Mit sichtlichem Stolz, der auch durch die elektronische Maskierung durchaus erkennbar bleibt, hält er eine Kostbarkeit nach der anderen in die Kamera.
Da erhebt der Einsame das Wort, indem er direkt in die Kamera blickt: „Ohne dir zu nahe treten zu wollen, werter Bruder Venceslaus. Aber wie unseren Ohren zukam, verfügt auch deine Sammlung über durchaus interessante Stücke, wenn ihr auch keineswegs namhafte Mittel zur Verfügung stehen."
Arroganter Schnösel, aber wirklich wahr! Wer sollte denn mit euren erschlichenen, hinterzogenen oder meinetwegen ererbten Millionen mithalten? Aber Stefan neben mir strahlt auf. Als Angesprochener darf er ja jetzt sogar etwas sagen!
„Wollen ... wollt ihr Brüder etwa den Krug des israelitischen Königs Hiskija sehen, des von den Propheten gepriesenen Königs, achtes Jahrhundert vor Christus, also genau genommen ein Fragment davon?"
„Des biblischen Königs, der den Wassertunnel nach Jerusalem brechen ließ?"
„Genau der!"
Das allseitige Erstaunen scheint mir echt. Auch noch als Stefan dann nicht mehr als einen Henkel aus seiner Vitrine hervorholt: „Nur ein Henkel, der Henkel eines großen Weinkrugs, aber mit dem gesto-

chen scharfen Siegelabdruck des Hiskija. „Er hält es unter verschiedenen Winkeln in die Kamera. Minutenlang. Bis Quentin ausruft: „Althebräisch! Dem König … oder dem Königshof zugehörig! Was für ein Schatz! Fast eine Reliquie." Zugegeben, ein beachtliches Stück Geschichte. Aber dieser Quentin sitzt vor seinem Caravaggio! Erst jetzt, schon weit nach zehn, leitet der „Einsame" zum Chianti-Vergnügen über. Wir pendeln zwischen süffigem Dionysos und elegantem Apoll. Was für ein Rausch, jetzt aber ein Rausch der Sinne! Trunken, aber nicht betrunken setze ich mein Glas wieder und wieder an die Lippen, nur wenige Tropfen immer, die sich entfalten, ausbreiten, dich durch und durch einnehmen, wärmen, aufwühlen … Der letzte älter als wir beide, geschmeidig durch und durch, als kenne er dich durch und durch, all deine Jahre, die ja auch die seinen sind …

Der Abschied, die Schluss-Rituale dürften hier etwas formloser ausfallen als der feierliche Einstieg. Die Brüder nippen und kosten bald nicht mehr nur wie unsereins. Die saufen recht kräftig … was bald schon Wirkung zeigt.

„Jetzt sag einmal, Arnold, du warst ja meine Rettung, aber woher kannst du bitte …?"

„… den lateinischen Rosenkranz? Na ja, das Credo kommt doch in jeder klassischen Messe vor. Und beim Pater Cölestin mussten wir auch immer … stell dir vor, der hat es abgeprüft, bis wir es auswendig konnten. Wir haben uns darum gestritten, jedes Mal, weil es immer fünf Schilling dafür gab. Mein größter Rivale damals, der ist heute ein ganz großes Tier in der Wiener Stadtpolitik. Ich sag nicht wer, aber ein ganz, ganz großes Tier!"

„Und wie der das Siegel gelesen hat. Die sind wirklich ganz, ganz breit aufgestellt mit ihrer Bildung."

„Ist das wirklich von einem Weinkrug?"

„Keine Ahnung, irgendein Henkel eben, aber das Siegel, das ist echt. Ich hab keine 30.000 Euro für so einen Kratér wie dieser … wie war doch …?"

„Quentin?"

„Quentin! Aber in Szene setzen kann ich mich genauso gut wie der. Wüsste nur zu gerne, woher die das mit meiner Sammlung wissen!"

So gefällt er mir wieder besser, Stefan. Auch nicht mehr ganz nüchtern heute! Aber seltsam ist das Ganze schon, reichlich seltsam. Und dass ich nicht vergesse: „Eine kleine Flasche? Stefan, nur eine! Mit auf den Weg? ... Danke!"

Kapitel 9
Stefan
Freitag, 22. Oktober

Schon sieben! Dann aber schnell! Ein Neustart, wieder einmal, na mal sehen. Lena hat das eingefädelt. Soll ein neuer Versuch sein, Familien mit kleineren Kindern einzubinden. Der wievielte schon?
„Da bist du ja! Gut, dann fangen wir gleich an!" Neben Lena sitzt Hannah, die Leiterin unserer kleinen Jungschargruppe mit Kindern, die noch in den Kindergarten gehen. Ältere Kinder gibt es immer weniger bei uns im Grätzel. Mehr als die Hälfte der Familien suchen das Weite, bevor die Kinder in eine Schule gehen. Zu kleine Wohnungen, zu teuer hier, zu wenig Grün ... Sobald sich eine Gelegenheit bietet – adieu! Zwei junge Paare sind immerhin gekommen.
„Max und Luise können heute noch nicht, weil sie für uns als Babysitter einspringen."
„Der härteste Job heute Abend! Gleich sieben kleine Racker! Da können Sie gleich einmal für kommenden Kindergeburtstage üben."
Dieser Martin weiß offensichtlich, wovon er spricht, und lächelt.
Lena fasst zusammen, was sie in den letzten Wochen so alles in Erfahrung gebracht hat: „Also in den Lockdowns haben manche Familien den Sonntag neu für sich entdeckt. Mama und Papa sind durchgängig zu Hause. Homeoffice wird abgestellt, keine Shopping-Touren, keine Familienbesuche möglich. Kuscheln, Spielen, miteinander Kochen, Fernsehen ... ja manche auch unsere Messen im Stream. Kein Stress mit pünktlich in die Kirche kommen, keine saukalte Winter-Kirche. Wenn ihnen ein Lied gefällt ... retour und nochmals singen. Wenn ein Kind aufs Klo muss: Pause-Taste. Und nach der Predigt ist Schluss – oder auch schon vorher. Super!"

„Die hab ich mir dann manchmal am Montag angehört. Aber ihr hättet öfter mal was ganz speziell für Kinder machen können, so wie Adventbeginn und Nikolaus", fügt Martins Frau Eva kritisch hinzu.
„Na ja, in anderen Pfarren haben das auch Eltern selbst gemacht. Bei uns bleibt früher oder später alles am Pfarrer hängen."
Hannah greift schnell ein, indem sie mein Granteln zur Seite wischt: „Also in Breitenfeld, da gibt es Sonntage nur für Kinder, also ganz aus dem Blickwinkel der Kinder gestaltet. Die sitzen da nicht in den Bänken herum, sondern haben Spaß und laufen durch die ganze Kirche, suchen etwas, basteln und spielen. Die Erwachsenen helfen ihnen, nicht nur die Eltern, singen und tanzen ... und die Bibelgeschichten spielen sie mit eigenen Puppen. Nichts Kompliziertes, also einmal im Monat."
Allgemeines Erstaunen, allgemeine Begeisterung.
„Na da möcht' ich mir nachher die Kommentare der Rauters anhören, also Tage danach, weil die würden sicher aus Protest rausgehen."
„Entschuldigung? Wer braucht dieses eingebildete Bildungsbürgertum? Also ich nicht!", protestiert Hannah. Und die zweite Mutter, wie auch immer sie heißt, pflichtet ihr bei: „Lasst die Kinder zu mir kommen ... nicht die Pharisäer."
„Stefan, denkst du nicht auch, wir könnten ...?"
Es klopft. Eine Musikerin vom Orchester, das unten gerade probt, steckt den Kopf herein: „Entschuldigung, Herr Pfarrer, da ist ein Herr ... für Sie!"
Ein etwas blasser, jüngerer Mann im Outfit eines Bankers, also ebenso schwarz wie slim, steht hinter ihr, tritt vor sie: „Hochwürdigster Herr, ich müsste Sie sprechen!"
So beginnen die meisten vorgeblich „geistlichen" Gespräche, die dann doch schnell in Geldforderungen enden. Aber die kommen nicht abends – und nicht in diesem Outfit.
„Sie sehen doch ... ist es dringend?"
„Dringend, nein dringend nicht, aber sehr ... wichtig, wenn Sie verstehen. Wahrscheinlich, ja doch ... wichtiger als ..."
Lene und Hannah sehen ihn irritiert an. In ihren Augen: „Frechheit. Unverschämtheit!" Aber er hat es ja gar nicht ausgesprochen, dieses „... als das hier".

„Ihr müsst mich für einen Augenblick entschuldigen. Macht ruhig weiter …"

Draußen offenbart er sich: „Ich bin … mein Name tut nichts zur Sache … ein Ángelos."

„Ángelos … ein Engel?" Doch nur ein armer Spinner?

„Sagen wir doch einfacher: ein Bote … aber doch ein Bote von Rang, ein Ángelos der Bruderschaft. Einer, der Sie einweihen soll, also ein Stück weit, ein kleines Stück weit, aber immerhin!"

„Dann kommen Sie doch!" Ich weise ihm den Weg zum Lift, bringe kein weiteres Wort mehr heraus. Auch er fährt schweigsam die fünf Stockwerke hinauf.

Als ich ihn einlade einzutreten, entfährt ihm fast … ja fast fassungslos: „Ach! *Hier* wohnen Sie also? Tatsächlich?"

„Ja, kein Schloss, kein Herrensitz … 38 Quadratmeter, Mansarde, meine Dienstwohnung, ja, ausgesprochen steuerschonend. Mir gefällt's, vor allem wegen der Aussicht!"

Er geht merkwürdig gebückt, als befürchte er jeden Moment, gegen die Decke zu stoßen. Und wirkt dabei viel älter, als er ist, aber genau genommen nicht erst jetzt.

„Ein Glas Wein?" Etwas Dümmeres fällt mir nicht ein.

„Danke!" Sein erstes ansatzweises Lächeln. „Also nicht, dass Sie glauben, in mir ein Mitglied der ‚Bartholomäer' zu erblicken … Diese Herren erblickt man nicht. ‚Bartholomäer', ja auch so nennen wir uns. Nicht *man* nennt uns so, denn wer sollte über uns sprechen? Also ich bin ein schlichter Bote. Heute Bote, manchmal auch Mundschenk. Zu Ihnen gesandt, denn vieles wissen Sie noch nicht. Das meiste werden Sie auch nie erfahren, aber doch … Sie hatten die unglaubliche Ehre, bereits zwei unserer Feste mitzufeiern. Ich hoffe, es hat Sie … erfreut … und inspiriert?"

„Es war ganz außerordentlich für mich!"

„Eines haben wir zumindest gemeinsam. Wir sind katholisch! Reinen Glaubens."

Ich nicke.

„Wenn nicht sogar, wenn Sie erlauben, ein ganz klein wenig … katholischer als Sie, Abbé, nicht wahr? Natürlich haben wir Erkundungen angestellt, Sie verstehen, bevor wir *so* weit gehen!"

„Ja, selbstverständlich."

„Zuerst also zu unserem Festkreis, der bereits in den ersten Jahrzehnten unseres Bestehens festgelegt wurde. Zu meinem tiefsten Bedauern muss ich Ihnen mitteilen, dass wir den Sieg Karl Martells gegen die eindringenden Horden bei Tours und Portiers am 18. Oktober in strenger Exklusivität gefeiert haben. Alle am selben Ort. Dieser schöne Brauch stammt noch aus jener glänzenden Epoche, als alle Brüder der Fraternité Franzosen waren … es ist eben so!"

„Ja natürlich, das muss doch …"

„Aber schon am 28. Oktober gilt es, gemeinsam Konstantin den Großen zu feiern, den Jahrestag seines Sieges an der Milvischen Brücke – im Zeichen des Kreuzes! Und dann am 11. November den heiligen Martin von Tours, die Weihe des neuen Weines … keine Angst, auch da kredenzen wir selbstredend nach einem jungen nur noch gehaltvollere Jahrgänge aus dem Geheimen Keller der Bruderschaft. Es mag sich dabei um die wertvollste und reichhaltigste Sammlung unersetzbarer Weine handeln, weltweit, versteht sich. Welch eine andere dieses Zuschnittes hätte denn auch die Französische Revolution unbeschadet überstanden."

Jetzt bin ich perplex, ist ja ungeheuerlich: „Also *so* alte Weine lagern dort?"

„Mag sein. Mag sein, mein Herr. Nur bei ganz wenigen lohnt sich diese Geduld, nur bei den ganz besonderen … aber dann! Es ist einfach … indescriptible!" Er schließt die Augen für einen andächtigen Moment, um dann nach Plan weiter fortzufahren: „Ja und den 25. Dezember streichen Sie auch rot an in ihrem Kalender!"

„Natürlich, Weihnachten, bin ich zwar sonst immer bei … nein, nein, keine Frage, das lässt sich natürlich einrichten."

„Ja, Weihnachten, vor allem aber … die Krönung!"

„Die Krönung?"

Er schaut mich groß an: „Abbé! Karl der Große! Charlemagne, der Heilige, der Vater des christlichen Abendlandes! Der Überwinder der treulosen, heidnischen Sachsen. Was für ein würdiger Festtag!"

Das läuft in den Geschichtsbüchern heute doch eher unter dem Stichwort „Sachsen-Schlächter". Aber wenn man das so sieht?

Diese Sachsen brachen ja auch ständig ihre Friedensgelübde, obwohl, was blieb ihnen sonst auch übrig?
Als weiteren Festtag präsentiert er mir „Martini Entschlafung". Nie gehört. Ich rate: „Der Todestag ... da starb Martin?"
Er lächelt schon das zweite Mal: „Sie haben recht. Das heißt ... Sie meinten doch auch den Tod Martin Luthers? *Das* feiern wir, seine Entschlafung eben!"
Also auch mit christlicher Ökumene haben sie wenig am Hut, meine ... die Brüder. Gibt ja auch nicht so viele Protestanten in Frankreich, vielleicht deshalb.
Es folgt am 23. Mai „Savonarolas Tod im Jahr 1498". Ja, okay, dieser selbstgefällige Extremist ist nun wirklich auch nicht mein Fall. Und am 4. Juli der Winzer-Patron Ulrich, am 19. August der Geburtstag jenes römischen Kaisers Probus, der den Weinbau nördlich der Alpen verbreitete. Und dann setzt er neu an:
„Sie werden sich sicher schon gefragt haben, ob es Zufall ist, dass ausgerechnet jener Bartholomäus die Ehre hat, unser Patron zu sein, über den die Bibel einzig und allein weiß, dass es ihn gab. Das begründet sich im Gründungsdatum der Heiligen Bruderschaft, dem 23. August 1572!" Er wartet meine Reaktion ab, unterdrückt ganz offensichtlich sein Missfallen über meine historische Ignoranz, atmet tief durch ... „Bartholomäus-Nacht, Hochwürden? Noch nie gehört?"
Natürlich bin ich unter „1572" längst auf diese widerwärtige Bluttat gestoßen, aber wie konnte ich denn das, also diese würdigen Weintrinker ... damit in Verbindung bringen?
„Ja, ja, ein heikles Thema ... für Halbgebildete und naive Pazifisten." Für so jemanden hält er mich jetzt wohl. Aber ganz hat er mich doch noch nicht aufgegeben: „Bis man sich ernsthaft damit auseinandersetzt. Ja, das sollten Sie jetzt tun, Herr Pfarrer. Nur so viel: Was brachte Frankreich für mehr als zwei Jahrhunderte Wohlstand und inneren Frieden, die Glorie des Sonnenkönigs und das Erfolgsmodell des absolutistischen Staates? Was brachte dieser Nation Rechtgläubigkeit und schenkte den verirrten Seelen ihr ewiges Heil zurück? Eben diese Bartholomäus-Nacht! Ein Moment des Schreckens, ein scharfer Schnitt, ja ... aber wie viel humaner als die-

ser endlos wütende Dreißigjährige Krieg? Der blieb den Franzosen erspart. Im großen Horizont gesehen. Man musste sie einfach vertreiben, diese vermaledeiten Hugenotten!"
Er spricht das Wort mit sichtlichem Ekel aus. Ein Abscheu, der über zahlreiche Generationen weitergegeben kaum etwas an Schärfe verloren hat.
„Ja, aber … vertreiben? Sie wurden doch ermordet, erschlagen, erstochen … Tausende!"
„Ja glauben Sie, die wären davongelaufen, wenn irgendjemand ‚Huch!' geschrien hätte? Oder aufgrund irgendeiner Strafsteuer? Es waren Tausende, ja, ja, waren es. Aber in deutschen Landen waren es danach Millionen! Es war ein grausamer Tag – aber bei euch noch viel grausamere Jahrzehnte!"
Jetzt bin ich doch etwas verunsichert. Aber diesen Zusammenhang, den hab ich so noch nie gesehen …
„Wir bewahren Wein in unserem Keller – und großartige Kunstschätze, die die Welt noch nie gesehen hat, in unserer verborgenen Kapelle. Und unser ‚Einsamer' trinkt noch heute aus dem Gold-Pokal der ersten Sitzung. Und zur Mahnung für alle weiteren Zeiten steht unter seinem Tisch noch heute jene Truhe, die Dolche und Schwerter bewahrt … jener Männer, die mutig taten, was es zu vollbringen galt. Noch mit dem Blut an ihren Händen schworen sie ewigen Zusammenhalt, Verschwiegenheit und das Festhalten am rechten Glauben. Nur wer dieses … deren … Blut an den Händen hatte, konnte damals Gründungsmitglied werden. Die Truhe enthält ihre Waffen bis heute … mit dem verkrusteten Blut der so schrecklich Irrenden. Und sie beschlossen, fortan dem Blut abzuschwören – und sich friedlich um den Wein zu mühen. Niemand hat zum Aufkommen höchster Weinkultur mehr beigetragen, weltweit! Niemand als die ‚Bartholomäer'. Bis heute stehen sie an der Spitze, längst nicht mehr nur in Frankreich."
„Sie sprachen da noch von einer verborgenen Kapelle?"
„Mon dieu! Diese werden Sie niemals betreten. Selbst ich kann es für mich nur erhoffen. Ihr Ort ist auch mir unbekannt und ihr Tor steht nur den 16 offen. Aber glauben Sie mir, was dort steht und hängt, all das könnte auch im Louvre ausgestellt sein. Und zwar nur

in den wichtigsten Sälen, keine Frage. Ein kleiner Hinweis nur, wenn Sie erlauben: Als Rembrandt 1656 all seine Bilder versteigern musste, war Bruder Salvadore zur Stelle. Sie verstehen? Niemand hat auch nur eine Fotografie dieser Schätze gesehen, nicht einmal die Titel wurden je bekannt. Und: Haben Sie schon einmal sein ‚Festmahl des Nebukadnézar' mit dem Méne-Tékel an der Wand gesehen?"
Schon wieder eine Wissenslücke? „Nein."
„Wie auch?! Glauben Sie mir: eines der unglaublichsten Bilder der Kunstgeschichte! Was würde ich dafür geben, es einmal im Original betrachten zu dürfen! Vieles könnte ich Ihnen noch erzählen, das nirgendwo aufgeschrieben steht. Aber das wäre zu viel für diesen Abend. Nur eines noch: Es ist ja für Sie sicher nicht so leicht, das alles einfach so zu glauben. Das verstehe ich ja nur zu gut. Boten verweisen ja oft auf Zeichen. So verborgen wir auch existieren und unsere illustre Gesellschaft pflegen, wir sehen alles, was wir sehen möchten, wir hören, was uns hörenswert erscheint. Und wir sind in rätselhaften Zeichen und Bildern fast überall gegenwärtig! Sie kennen den Hernalser Friedhof?"
„Den ... ja natürlich, ich halte dort auch immer wieder Begräbnisse ab. Und eine Großtante von mir ..."
„Machen Sie doch einen Ausflug dorthin, treten Sie durchs Haupttor ein! Und dort gleich unmittelbar rechts ..."
Genau dort gehe ich doch immer vorbei, aber ... „Was soll dort sein?"
„Na sehen Sie doch einmal nach, wer dort begraben liegt!" Sein drittes Lächeln. Durchaus vergnüglich, aber wohldosiert. Mehr nicht. „Forschen Sie nach, ergründen Sie, was ich Ihnen dargelegt habe. Und Sie werden verstehen. Und freuen Sie sich auf Kommendes. Adieu, Abbé Stephane!"
Ich konnte mich nur noch kurz verbeugen, und weg war er. Und hätte ihn doch unbedingt fragen sollen, warum denn ich, ausgerechnet ich dazu komme ... wie die Jungfrau zum Kind. Ja eben! Da war doch auch ein Engel im Spiel.
Unten dann war niemand mehr. Nur noch zwei Musikerinnen standen draußen vor der Glastür und plauderten gestikulierend. Alle weg ... Aber ich konnte doch nicht, also wenn sie mir schon eigens einen ganz persönlichen ... Boten schicken!

Lena hat angerufen. Noch nicht zu spät für einen Rückruf. Sie fährt mich gleich voll an: „Super, Stefan, was hast du dir dabei eigentlich gedacht? Wie das ausschaut! Die kämpfen sich einen Abend frei – und du haust einfach ab und kommst nie wieder. Wie sollen sich die jetzt ernst genommen fühlen, und Hannah … und ich? Wer war denn dieser seltsame Typ? Für Lebensbeichte in Todesgefahr schaut der doch zu gesund aus! Was ist los mit dir?"
Viel weiß ich nicht zu erwidern, also aus ihrer Sicht. Aber sie weiß ja nicht, wer … also gar nichts weiß sie! Aber ich kann *die* doch nicht vor den Kopf stoßen, wenn sie eigens … Das muss man doch verstehen, also müsste, wenn man wüsste …

Kapitel 10
Eberhard
Donnerstag, 28. Oktober

Punktlandung. Und das bei gut drei Stunden Verspätung. Eigentlich sollte ich jetzt schon bei Stefan sein. Zu einem mindestens dreistündigen Briefing – für eine Weinverkostung! Ja wirklich! Ausgerechnet durch ihn, den Weinpapst. In zweierlei Hinsicht bin ich wirklich Profi: wenn's um Kreta geht – oder um wirklich edle Rotweine. Von dort komme ich – und zu den Flaschen bin ich unterwegs. Aber er besteht auch darauf, dass ich dazu „ordentlich gekleidet" erscheine. Und zwar nicht, was er sonst darunter versteht, sondern irgendwelche versnobten Adeligen. Sicherheitshalber hab ich mich schon bei Arnold erkundigt. Der sieht das schon differenzierter.
Unsere Miniwohnung im Neunten haben wir behalten, auch für studierende Verwandte meiner Frau Marcella. Sie wird nach der letzten Wandergruppe Mitte November nachkommen. Und meine „besseren Sachen" brauche ich auf Kreta ja nie. Da wird sich ja doch wohl etwas Adäquates finden – zumindest für einen Butler.
Ja und besonders auf „g'scheite Schuhe" soll ich schauen, man wisse ja nie. Letztens hatte er nur seine abgelatschten Slipper … ist kurz aufgestanden, nur kurz … und schon haben sie ihn ertappt. Der

Weinlieferung vorige Woche lag dann eine Visitenkarte bei: von einem Schuhmacher, der nach Maß arbeitet. In Salzburg! Wo bin ich da bloß hingeraten? Na ja, jeder Mensch ist bestechlich – ich mit Wein. Wie schau ich aus? Na ja, für den Lakaien muss das reichen. Fast schon sieben, ich muss los! Stefan öffnet so blitzartig, als habe er schon hinter der Türe auf mich gewartet: „Willkommen auf Chateau Canisiüs Royal! Zeit wird's aber auch!" Er schaut mich von oben bis unten an. „Könnte durchgehen so. Aber noble Blässe sieht anders aus!"

„Schon mal einen Bergführer mit nobler Blässe gesehen? Bei aller Noblesse, die leben doch auch nicht nur in ihren Kellern, müssen doch auch hinaus in ihre welteinzigsten Rieden."

„Wer weiß, wir blicken ja nur in Fantasiegesichter, elektronisch maskiert, aber mit verblüffend echter Mimik. Du wirst staunen."

Und was darf ich Eurer Lordschaft heute Edles kredenzen, Bruder Wenzeslaus?"

Stefan ist peinlich berührt: „Ja, das klingt schon irgendwie ... Aber woher weißt du denn das schon wieder? Arnold? Unser Kommunikations-Coach, na wer sonst!"

Ich nicke, wende mich dann aber den sechs Dekantern zu, also mehr noch den leeren Flaschen gleich nebenan: „Petrus!" Chateau Petrus! Alle sechs! Mann, das war der beste und weitaus teuerste Wein, den ich jemals getrunken habe. Auch ein Geschenk damals. Bei aller Liebe, ich gebe doch nicht ein Monatseinkommen für so eine Flasche aus. Und den von damals, den kannst du noch kaufen, wenn du dich sehr gut auskennst. Aber *diese* da? 1961, 1953 ... und, tatsächlich, die Legende unter allen Petrus-Weinen: 1945! Der beste, den es je gab: „Wer hat denn so was noch? Hoffentlich war der perfekt gelagert!"

„Davon kannst du ausgehen."

Aber jetzt, jetzt verschlägt's mir den ... „1878! Der galt bis in die Dreißigerjahre als einer der besten fünf Weine der Geschichte."

„Warum nur bis dahin?"

„Weil es den seither nicht mehr gibt, seit 80 Jahren nicht mehr gibt! Also wenn der noch ... Das wird der Abend meines Lebens! Also alle mit Marcella natürlich ausgenommen ..." Ich schnuppere vorsichtig. Das Aroma ist makellos.

„Und? Konstantin? Milvische Brücke? 312 Sieg über Maxentius … In diesem Zeichen wirst du siegen?"
„Klar, alles nachgelesen. Aber 308 war doch viel wichtiger! Damals legte der bereits abgedankte Diokletian mit den vier Herrschern des Reiches die Weichenstellungen für die Zukunft fest. Und in der Folge ließen sie dann in ihren Herrschaftsbereichen das bis dahin oft verfolgte Christentum zu. Weißt du, wo diese Konferenz stattfand, die wie kaum eine andere die Welt veränderte?"
Ich schaue ihn groß an: „Na wo schon, in Rom?"
„Mitnichten Stefan, gleich nebenan, in Carnuntum. Ob das deine edlen Brüder auch wissen? Könnten sie am 11. November gleich mitfeiern."
Allzu sehr beeindruckt ihn das nicht. Stefan ist schon total fokussiert auf das Kommende. Sein Handy hat er ausgeschaltet, sogar die Türglocke blockiert.

Der Typ links neben dem „Einsamen" hält heute Hof. Er nennt sich Roufamond. Warum das wohl „Einsamer" heißt, wo er doch stets in illustrer Gesellschaft auftritt? Mit dem Wein kann Roufamond nicht angeben, der stammte ja aus dem Geheimen Keller der Bruderschaft. Aber umso mehr mit „kleinen Kostbarkeiten aus meiner bescheidenen Sammlung": ein Mosaik des Kaisers Konstantin gleich höchstpersönlich, daneben dessen Mutter Helena, „wenn auch leider nur mehr zur Hälfte vorhanden".
„Ich dachte, so etwas gab es damals noch gar nicht! Ein zeitgenössisches Mosaik? In privater Hand? Unglaublich", raunt mir Stefan zu. Und als der eine perfekt erhaltene Goldmünze des Kaisers in die Kamera hält – „fast Prägeglanz!" –, verfällt Stefan neben mir beinahe in Ektase: „Die hab ich in Bronze, aber … die da kostet locker das Zehntausendfache!"
Zuletzt ein Schatz aus der „verborgenen Kapelle", in diesem Fall selbstredend präsentiert vom „Einsamen" höchstpersönlich. Ein Stück vom Kreuz Jesu, das ja von Konstantins Mutter Helena aufgefunden wurde, heißt es. Ein Holzstück, immerhin größer als ein Brillenetui!

„Wir haben es im Vorjahr untersuchen lassen, auf dem allerletzten Stand, MIT! Ihr versteht. Und tatsächlich: Es enthält Reste von DNA … männlicher, Blutgruppe A-positiv."
„Die Blutgruppe Jesu!", entfährt es dem Dritten im Bunde, um dann leicht enttäuscht fortzufahren: „Die häufigste!"
„Mag sein, mag sein, lasst uns diese Reliquie umso höher in Ehren halten!"
Diesmal folgt aber zu Stefans Erleichterung keine lateinische Heiligkreuz-Andacht, sondern wird ohne weitere Verzögerung zur Sache gegangen. Und jetzt war es an mir, in Ekstase zu verfallen: Was für neue Offenbarungen, Flasche für Flasche. Ein und derselbe Wein im Prinzip – und was die Kunst der besten, die sorgsame Lagerung und Reifung daraus gemacht haben. Erst jetzt durfte der 1878er geöffnet werden, da derartige Methusaleme ihren Höhepunkt oft schon nach wenigen Minuten überschreiten. Ich kann meine Begeisterung gar nicht zurückhalten – und obwohl ich meine überschwänglichen Jubelrufe ungefragt herausposaune oder auch nur flüstere … wird all das sorgsam übersetzt und erstaunt goutiert. Aber auch einen „leichten Hauch von Korkgeschmack" übergehe ich nicht.
„Ein Kenner. Urteilskraft und Begeisterung – eine seltene Paarung auf diesem Niveau." Und der das sprach, das war er höchstselbst, der „Einsame"!
Einmal wäre mir fast herausgerutscht: „Stefan! Nein, bitte trink den nicht! Nicht so viel!" Ausrechnet er. Aber auch er schien mir etwas von diesem so außerordentlichen Erlebnis mitzubekommen. Bleibt ja immer noch die zweite Flasche! Einmal nur einen Blick, nur einen einzigen Blick werfen dürfen in die Abgründe dieses sagenhaften Weinkellers, einmal nur! Ein Abend, wie … ja, wie die Philharmoniker mit Thielemann, Vierte Brahms im Großen Musikvereinssaal. Da weißt du: Mehr gibt es heute Abend nicht, nirgends, nirgendwo … genau so!

Kapitel 11
Stefan
Freitag, 29. Oktober

Ist es nicht doch ein wenig zu klein, dieses „kleine Schwarze". Das eigentlich azurblau leuchtet, also: zu kurz für den Besuch bei einem Pfarrer? Wie lange ist das denn her, dass sich eine zweifellos schöne Frau für mich so ... ja, doch: so verführerisch in Szene gesetzt hat? Oder ist es dieser strahlende Blick, mit dem sie mich schon bei der Türe begrüßt, eine Sektflasche in der einen, zwei Gläser in der anderen Hand, was sie nicht daran hindert, mich schwungvoll zu umarmen, und mich auf die Wangen zu küssen, gleich dreimal, wie das die Franzosen tun, angeblich.
„Entschuldigen Sie, Herr Pfarrer, wie ungeschickt ...", kommt sie blitzartig mit einer Stoffserviette aus der Küche zurück und wischt mir – mit welcher Hand eigentlich? – den kirschroten Lippenstift von der Wange.
„Champagner?"
Bevor ich etwas sagen kann und mich wortlos für den völlig unangemessenen Gedanken „Sekt" entschuldigt habe, perlt uns der sichtlich oft geübt entkorkte echte Franzose schon entgegen. Und ebenso viel wie *in* das Glas auch über meine ausgestreckte Hand.
„Willkommen bei Lucrezia. Auf Sie, lieber Herr Pfarrer! Oder könnten wir nicht auch ‚Du' sagen? Lucrezia!"
„Stefan!"
„Saluti! Stefan, komm doch, komm schon! Ach, die Flasche! Meine Lieblingsmarke. Na los!"
„Saluti."
Sie zieht mich auf die Terrasse hinaus. Mit einem Schlag liegt halb Wien vor und unter uns. Direkt am Donaukanal gelegen, bewohnt sie die obersten beiden Etagen, die einmal ein simples Dach waren. Der Verkehrslärm ist hier heroben milder, das Schreien der Möwen hingegen schärfer.
„Du trinkst ja gar nicht! Schau, da drüben!"
Plötzlich horcht sie irritiert auf. Schlüsselgeräusche, die Eingangstüre springt auf: „Lucy, Liebe, ich hab's doch noch geschafft ... Ich

nehm mir nur schnell ein Glas … tun mir die Füße … Ach so, du hast Besuch? Hatten wir nicht …!"
„Gar nichts haben wir, Giselle, meine Liebe … oder *hatten* wir? Ja, da musste ich umdisponieren. Könntest du uns bitte alleine lassen?"
Ich sehe im Halbdunkel nur undeutlich, aber das muss ihre Freundin aus der Kirche sein. Natürlich, diese türkise Lederjacke!
„Ach so, ich verstehe! Wieder so ein Herr Professor, Maestro – oder Juror? Natürlich. Na dann …"
Ich erkenne gerade noch, wie sie mit ruckhaften, zornigen Bewegungen wieder in ihre Schuhe schlüpft, die sie eben noch von sich geworfen hatte, und – wumm! – die Tür zuschmeißt, dass man es bis hier draußen spüren kann.
Noch bevor ich irgendetwas sagen kann, macht Lucrezia eine abwiegelnde Handbewegung: Ach, Giselle! Impulsiv wie immer. Tut ja schon so, als wäre das hier *ihre* Wohnung!
„Die *beste* Freundin?" Ich versuche, möglichst unbefangen zu lächeln.
„Beste Freundin? Nein, so eine hat man nicht nach zwanzig Jahren in meiner Branche. Chefin? Nein, auch nicht. Über mir tummeln sich schon lange nur noch Männer. Untergebene? Ja … viele Gefügige und – wenige – Gefährliche. Giselle ist einfach meine … Freundin, wenn Sie verstehen …"
Verstehe ich nicht … oder doch?
„Und eine sehr, sehr eifersüchtige noch dazu!"
Jetzt verstehe ich. Obwohl: War Lucrezia nicht mit diesem Pianisten liiert? Wer hat mir das erzählt? Eigentlich wollte sie mich ja für morgen einladen, konnte ich aber nicht. „Dann eben ganz spontan gleich heute Abend! Sie *können* nicht Nein sagen!" Tat ich auch nicht und kam dadurch dieser Giselle in die Quere.
„Dort! Siehst du? Deine Canisiuskirche, Wilheminenberg, Kahlenberg, das Riesenrad … nein da, schau!" Und gleich noch eine Treppe hinauf. „Da drinnen ist mein Schlafzimmer und mein Panorama-Bad. Zeige ich dir … natürlich nicht! Bist ja ein Pfarrer!" Sie lacht laut auf und läuft wieder hinunter … immer noch mit Flasche und Glas in den Händen, in ihren azurblauen High Heels. Dabei bestehen diese Stufen nur aus Gittern! Diese Schuhe lässt sie wohl

immer an. Und sollte sie sie doch noch ausziehen, also dann sollte ich diesen Abend wohl ganz schnell beenden.
„Du musst wissen, ich koche nie!"
Mit dieser durchaus erstaunlichen Mitteilung zeigt sie mir ihre Küche ... Küchenlandschaft. Alles da, reichlich, Designerstücke. Die durchscheinende Arbeitsplatte aus Marmor – von unten beleuchtet. Ein „Wasseraufbereitungs-Modul", wozu das denn in Wien?
„Ist mir zu kostbar, meine Zeit, du verstehst! Ich *lasse* kochen!"
Sie holt fünf oder sechs kleine Tabletts aus einem der Kühlschränke und verteilt sie in den Zimmern ringsum: „Ich finde, bloß sitzen und tafeln ist doch langweilig!"
Und so verbringen wir das Abendessen, bestehend aus diversen Häppchen mediterraner Prägung, mit einem Gang durch ihre Räumlichkeiten, von denen aus sich immer neue Ausblicke eröffnen.
„Du sammelst doch auch, habe ich gehört ..." Woher sie das wieder weiß? „Ehrwürdige, Tausende Jahre alte Stücke, faszinierend, muss ich unbedingt einmal sehen, was heißt sehen, anfassen ... Dieses Siegel dieses Bibel-Königs? Unglaublich!"
Das gibt's doch nicht! Aber bevor ich nachfragen kann, woher ...
„Also das Zentrum *meiner* kleinen Sammlung, meiner Inspiration, das ist Santa Croce in Florenz. Kennst du diese ..."
„Leider nur den Dom und ..."
„Da musst du hin, unbedingt, zum Niederknien! Ich hab da auch so eine Idee ... eine Wallfahrt, deine Gemeinde. Nach Santa Croce – unbedingt, sag ja nicht Nein! Und ich gebe euch ein Kreuz mit auf den Weg, um es dort, nur dort, feierlich zu weihen! Aber durch den Erzbischof, ich kenne ihn, nur durch ihn selbst! Ich komme natürlich mit. Dort beginnt der uralte Pilgerweg nach Assisi und weiter nach Rom! Und du weißt doch sicher, wer den Grundstein dieser Kirche gelegt hat ... eigenhändig!"
„Leider nein ..." Steh ich heute dumm da!
„Francesco, der Heilige, er selbst! Was für ein Kraftort! Und diese Grabkapelle dort, die der Pazzis! Aber das führt zu weit ... In Santa Croce sind sie alle begraben: Machiavelli, Galilei, Rossini ... und Michelangelo! Was uns zu meiner Sammlung führt."

„Moment, vorher noch: Du hast von einem Kreuz gesprochen?"
„Ach so, nein, nichts Besonderes, kaum der Rede wert. Frühbarock. Oder etwas älter. Kein großes Meisterwerk. Eigentlich ist dieser Jesus viel zu jung, ein Bürschchen von 14, 15 Jahren. Aber als ich es sah, warum auch immer: Ich mochte es! Irgendwie, trotzdem ... es hat etwas. Nur was soll *ich* jetzt damit, mit so einem großen Kirchenkreuz? Und ihr habt ja gar nichts wirklich Altes in eurer Kirche."
Da hat sie recht.
„Meine Sammlung! Nicht ablenken! Moment." Sie zieht einen Schlüssel aus ... ja woher eigentlich bei diesem engen Kleid? Schiebt ein Bild zur Seite und öffnet den Safe dahinter. Eine Mappe. Echtes Leder, aber nicht mehr.
„Wo waren wir doch gerade? Machiavelli! Mein Liebling. Wenn einmal einer *kein* Heuchler und Pharisäer war, dann der gute alte Niccolò!"
Sie nimmt vorsichtig ein Blatt Seidenpapier ab. „Ein Brief. Nichts Weltbewegendes. Aber eigenhändig ... da sieh mal: seine Unterschrift!"
Ich schaue sie groß an: „Tatsächlich? Von Machiavelli?"
Sie nickt: „20.000. Eine Mezzie, immer noch unterschätzt, der Gute. Und da: drei Briefe und ein Albumblatt von Rossini. Nette Melodie, soll ich's dir vorsingen?"
Sie lacht lauthals heraus, als sie mich ansieht. Hab ich so erstaunt oder gar entsetzt dreingeschaut?
„Nein, nein, ich tu's ja eh nicht, keine Angst! Rossini, nicht so selten, gab's schon um die Hälfte. Nur dieser Galileo, eine wirklich verzwickte Sache. Als Sammler kennst du das ja sicher: Angeblich gibt es nur noch vier Unterschriften aus seiner Hand. Sag's bitte keinem: Das hier *ist* die vierte! Er bestätigt darin die Schulden-Rückzahlung eines Freundes. Hat mich schlaflose Nächte gekostet, diese Entscheidung. Aber was soll's? So was steigt doch immer noch im Kurs. Wird's halt Giulia erben ... irgendwann."
Wir blicken das unansehnliche Stück Papier feierlich an. Und auf meinen fragenden Blick antwortet sie nur: „Diese Summe, also die reicht fast schon für eine Veranlagung in meiner Bank ..."
„Ihr habt da ein Limit?"

„Selbstverständlich, wir sind sehr exklusiv. Also eine Million, dann macht's ‚klick' – und die Tür geht für dich auf!"
„Für mich?"
Sie versucht ganz offensichtlich, nicht allzu mitleidig zu lächeln: „Galilei, ein paar schnell hin gekritzelte Worte, immerhin. Fehlt nur noch Michelangelo!" Ich lache, sie auch, aber hintergründiger: „Der fehlt ... noch. Den Mozart und den Beethoven, die zeig ich dir nächstes Mal. Lass uns ein Glas Wein trinken. Komm! Na komm schon!"
Im Lift, der ihr exklusiv gehört, geht es acht Stockwerke hinunter – und dann noch einmal in einen tiefen Keller. Ein stattliches Gewölbe. Klassisch mit k. u. k.-Ziegeln, aber auch mit modernen Kühlschränken für ihre Weine. Sie geht mit mir herum, zeigt mir nochmals eigens versperrte Nischen, um dann ganz nach hinten zu entschwinden: „Warte!"
Mein Blick fällt auf ein Regal, das weniger verstaubt aussieht als der Rest hier. Aber das ist doch ... dieser, *dieser* Merlot, genau der! Die darunterliegenden Flaschen kann ich nicht genau erkennen ... sie kommt schon wieder ... aber der, der war es doch! Von wegen „nirgends mehr erhältlich", lieber Herr Experte Eberhard.
Ich spüre deutlich, dass ihr nicht entgangen ist, dass mir hier etwas aufgefallen ist. Aber sie lässt sich nichts anmerken. Also auch ich nicht.
„Ja, den werden wir jetzt! Dieser Abend, ja, der ist es wert ..." Aber so feierlich wie bei den Brüdern geht es dann doch nicht zu. Ich erfahre, dass sie nach einer Top-Ausbildung noch recht jung in die „Willem & Schancks Bank" aufgenommen wurde, die nun nicht gerade für ihr konservatives Investment bekannt ist. Und weil sie sich als eine der cleversten Zockerinnen erwies, stieg sie rasch höher. Dass da auch Intrigen und die „Waffen einer Frau" mit im Spiel waren, verheimlicht sie erst gar nicht, im Gegenteil: Sie amüsiert sich königlich beim Erzählen. Manches käme längst schon einer Beichte nahe, würde sie auch nur die geringste Reue zeigen. Fehlanzeige.
Offensichtlich hatte sie auch einfach Glück, als sie vor einigen Jahren schon ein Monatsgehalt in Bit-Coins anlegte und zum richtigen Zeitpunkt wieder abstieß. „Nur so zum Spaß. Nicht *ganz* der opti-

male Zeitpunkt … also noch ein Jahr später wären es 60 Millionen gewesen. Aber glaub mir, auch mit der Hälfte kannst du ganz gut leben!" Und zeigt dabei in weitem Kreis auf ihre Wohnung. „Aber worauf ich wirklich stolz bin? Heute, schon mit knapp vierzig, bin ich nur noch ‚Konsulentin'."
„Das heißt … also worin besteht das …?"
„Im Nichtstun, ganz einfach. Also gut, ich bin gut vernetzt. Also *wirklich* gut vernetzt, jawohl, und das als Frau! Da hast du keine Freunde, das nicht, aber auf meine … sagen wir mal … Partner kann ich mich verlassen, auf Gegenseitigkeit natürlich, Geben und Nehmen! Also ich pflege Kontakte, fädle Geschäfte ein, festige Abhängigkeiten – und ansonsten bezahlen sie mich dafür, dass ich mit all dem nicht zur Konkurrenz gehe. Manche Männer schaffen das mit 50. Ich, Lucrezia Bergé, war mit 38 schon so weit."
„Aber nach all der Ausbildung, dem Stress, den Herausforderungen. Ist das nicht ein wenig …?"
„Langweilig? Doch, doch, aber so habe ich endlich genug Zeit, meine Giulia zu fördern. Dessert? Limetten-Sorbet, ich finde das so herrlich altmodisch. Natürlich etwas verfeinert. Du musst es unbedingt …!"
„Giulia spielt hervorragend, absolut konzertreif. Hat sie eigentlich schon Engagements, Konzerte?"
„Streng verboten! Was glaubst du denn, wie rigoros diese Herren Professoren da sind? Erst nach Studienabschluss! Damit ihr nur ja niemand etwas Falsches beibringen kann, kein Dirigent, kein Kollege im Quartett, niemand! Nur sie selbst dürfen … natürlich, aber du hast recht, jetzt muss sie damit beginnen. Nur … zuerst ist da dieser Paganini-Wettbewerb. Wenn du den gewinnst, dann läutet dein Telefon Sturm, dann brauchst du ganz schnell einen guten Agenten, der für dich abhebt. Und als Visitenkarte schon auch eine renommierte Aufnahme, wie wir sie jetzt in Canisius planen! Aber so einen Wettbewerb, den gewinnst du nicht nur mit der Geige! Da ist eine Menge ‚Flankenschutz' und so notwendig. Auch wenn du die Beste bist. Also wenn der Jury-Chef dich nicht mag, warum auch immer … Und nicht immer gibt in so einer Jury der Chef den Ton an. Da musst du wissen, wer! Ein Meisterkurs bei seinem Rivalen? Aus der

Traum! Und woher weiß so ein unschuldiges Mädchen wie Giulia, wer ihre Feinde sind? Von ihren erfahreneren Kollegen? Die wollen doch selbst gewinnen! Bestimmt nicht, die liefern dich mit falschen Tipps schnell mal ans Messer. Alles erbitterte Konkurrenten. Und das kannst du gerne gendern. Aber gerade die erbitterten sind meist nicht gut, die werden schnell steif und starr, innerlich, nicht gut für ihre Performance!
Sie darf nicht naiv sein – und zugleich nicht verbittert werden. Das alles nehme ich ihr ab. Das ist mein Metier, meine Berufung. Und natürlich darf sie sich nicht verzetteln! Wie damals mit diesem Möchtegern-Klavierspieler, mit dem sie eine Weile lang herumgezogen ist. Schlimmer noch, mit dem sie musiziert hat! Hatte zum Glück bald ein Ende, musste es haben, sonst … gar nicht auszudenken. Ich musste doch einfach … ein klein wenig eingreifen! Seit vierzehn Jahren übt sie wie besessen seit dem Tod meiner Schwester … ihre ganze Kindheit und Jugend!"
Giulias Mutter starb an Krebs, als sie elf war. Seither fühlt sich Lucrezia für sie verantwortlich und investiert viel Zeit und Geld in ihre Karriere. Dass Giulia auch bei uns in der Firm-Gruppe dabei war, hat wenig Spuren hinterlassen, da für sie schon damals nur das eine zählte. Ich kann mich gerade noch erinnern, dass sie bei einem Jugend-Festl mit einem Jazzpianisten Cross-Over gespielt hat. Und wie! Aber dabei blieb es auch. Von diesem „Möchtegern" hat sie sich schnell wieder getrennt, fügt Lucrezia sichtlich erleichtert an.
„Sie kann eine der ganz Großen werden, das kannst du mir glauben! Ihr Mozart ist heute schon … konkurrenzlos. Ganz ungewöhnlich für so ein junges Ding. Die wollen doch meist nur mit Technik brillieren. Einer dieser feinen Herren, der ist ihr ganz schön dahergekommen … abendliche und nächtliche Sonderstunden, da klingelt es bei mir! Der musste dann immer wieder ihre Haltung korrigieren, auch Körperteile, die mit Geigenspiel gar nichts zu tun haben, hat ihr Verspannungen wegmassieren wollen. Die Herren Geigen-Professoren haben ja sehr geschickte Finger! Glaub' mir, da läuft so einiges! Do – re – mi – fa – so – *me – too*? Bei den Musikern noch nicht angekommen. Klagen? Anzeigen? Glaub mir, ich habe Anwälte bei der Hand, da sitzt der dann im Gefängnis – oder schlimmer noch:

in einer gewöhnlichen Schule als Musiklehrer." Diese Vorstellung amüsiert sie sichtlich am meisten.
„Und? Das kann man doch nicht zulassen, wenn das wirklich so ist. Also im kirchlichen Bereich sind wir da jetzt schon ..."
„*Ist* aber so! Und dann? Hast du diese ganze verfilzte Clique gegen dich. Nein, nein, aber ich schau auch nicht bloß zu!"
„Sondern?"
„Na was? Ich hab mir diesen Gigolo selbst geschnappt. Hab ja auch was zu bieten, oder? Schaut ja nicht schlecht aus, der Herr Professor. Ist sogar recht amüsant als Liebhaber. War nicht zum Nachteil für seine beste Schülerin. Jetzt aber, nach ihrem Abschluss, jetzt muss er langsam spüren, dass er zum Auslaufmodell wurde. Aber Herr Pfarrer, also ... Stefan, das hätte ich dir jetzt doch gar nicht erzählen dürfen! Bist du jetzt schockiert?"
„Also ehrlich, das hätte ich nicht ... ist schon ein wenig ... Ob der Zweck da wirklich die Mittel heiligt? Aber ... verdammt, originelle Lösungen gefallen mir schon, also ... Ob das moralisch ist, wenn du das meinst? Ich weiß nicht. Aber eines weiß ich schon, ich muss schon sagen: Du hast Klasse! Steht mir ja gar nicht zu eigentlich ..."
Sie lacht erstaunt auf: „Sei still, kein Wort mehr! Nimm das ja nicht zurück! Und: danke! ... Noch eine Flasche, diesen da ... Aber warte! Apropos Klasse: Ich bin ja nun mal gerne die elegante Frau. Aber, wenn du verzeihst, die fangen an, höllisch wehzutun!" Und entledigt sich ihrer Klasse-Schuhe.
„Ja, also ... Verzeih! Es war ein hochinteressanter Abend mit einer Klasse-Frau ... aber ich denke, es ist ... also ... gute Nacht!"

Kapitel 12
Arnold
Mittwoch, 3. November

„Jetzt könnten wir schön langsam nach rechts abbiegen. Ich glaub, da war ich überhaupt noch nie. Ideale Routenwahl ohne größere Steigungen, ideal für uns ... ältere Herren."

Ist es das? Fühlt sich Stefan plötzlich alt? Also bitte, mit gerade mal 60? Gestern machte ich mir echt Sorgen, als er mich zu einer Wanderung zum Hernalser Friedhof einlud. „Morgen so um vier?"
Na ja, zu den 9999 Unternehmungen, die ich in meinem Leben noch unbedingt machen wollte, zählt das ja gerade nicht. Aber ... „Was sonst? Ich hol dich ab!"
Ja gut, gestern war Allerseelen. Nein, ich war trotzdem noch auf keinem Friedhof. Ja, schon gestern sagten sie voraus, was jetzt tatsächlich eingetreten ist: wunderschönes Herbstwetter. Nein, ich fürchte mich nicht vor Gräbern und Grabsteinen ... obwohl ich schon 62 bin und so manchem dort dieses Glück nicht beschieden war. Und die meisten Kerzen werden noch brennen, wenn es dämmrig wird, und darauf läuft das hier ja wohl hinaus. Aber verdammt noch mal, was sollen wir denn dort? Treibt er sich nicht oft genug auf Friedhöfen herum? Ich werde schon sehen, sagt er ...
„Jetzt sag schon! Jetzt, wo wir gleich dort sind, kannst du doch damit rausrücken. Was suchen wir denn dort?"
„Weiß ich doch selbst nicht! Echt, keine Ahnung, also: nur eine ganz vage. Du kannst dich doch erinnern, was ich dir von diesem Engel ... also diesem Boten erzählt habe. Na dem von der Bruderschaft."
Er bricht plötzlich ab, sieht sich vorsichtig, fast ängstlich um, als ob uns jemand beobachtete ... und spricht merklich leiser weiter: „Also dieser Bote wollte sagen, dass sie überall sind, überall Zeichen gesetzt hätten vor aller Augen ... und trotzdem unbemerkt."
„Am weltberühmten Hernalser Friedhof, ausgerechnet?"
„Schau, der liegt doch inmitten von Weinbergen, also ganz nahe dran jedenfalls."
Als wir die Ziegelmauer entlanggehen, dämmert es schon leicht. Die letzten Sonnenstrahlen fallen in gelbes, manchmal sogar leuchtend rotes Laub.
„Du, das ist ein eigenartiges Gefühl für mich: einmal auf einen Friedhof gehen, ohne gleich trauernde Angehörige anzutreffen, ohne den plötzlich einschießenden Gedanken, vielleicht doch etwas anderes predigen zu sollen, weil das Vorbereitete doch nicht passt, aber was? Ohne mit ehemaligen Opernchor-Baritonen über die Reihenfolge der Lieder diskutieren zu müssen. Weißt ja, die wollen am

liebsten gleich alles zu Beginn heruntersingen – und ab ins Wirtshaus."

So, jetzt stehen wir vor dem Haupttor: „Was hat der gesagt? Hineingehen und dann gleich rechts?"

„Wie ich sonst auch gehe. Rechts geht's zur Aufbahrungshalle. Ich zeig's dir!"

Geradeaus, erster Weg rechts – und schon sind wir bei der jetzt natürlich verschlossenen Halle. Also was? „Träger. Priesterraum. Halle 1. Schaukasten mit Friedhofsplan … und?" Außer einem vergessenen Namensschild – „Josef Hagemann" – nichts. „Ruhe er in Frieden!"

„Schaut aus wie überall. Die meisten Wiener Friedhöfe sind ja auch fast alle so um 1870 bis 1890 errichtet worden. Aber der Bote, wieso sollte der uns zum Narren halten?"

Kann ich mir auch nicht vorstellen: „Also zurück an den Anfang! Komm!" Wir versuchen es nochmals.

„Stopp, da schau, da können wir auch gehen!" Gleich hinter der Friedhofsmauer führt ein schmaler Weg eine Reihe von Gräbern entlang, alle mit eigener arkadenartiger Überdachung, fast wie kleine Kapellen. Gleich das erste wirkt penibel gepflegt: jede Menge schwarzer Marmor, Jugendstilschrift mit goldenen Lettern, sogar ein frisch anmutender kleiner Kranz: „Arnold, komm, schau dir das einmal an!"

Auf der Grabplatte stehen die Namen ‚Konstantin I., Heraclius, Karl Martell, Johann III. Sobieski' – jeweils mit Titel und Regierungsdaten. „Sobieski? Hier? Das gibt's doch nicht. Und wenn, dann hätte ihn der polnische Papst, als er in Wien war, doch eigenhändig ausgegraben und in Tschenstochau beigesetzt."

Auch ich kann's nicht glauben: „Karl Martell, ob es von dem überhaupt noch ein Grab gibt? Kaiser Konstantin? Also wenn, dann in Byzanz, genauso wie Heraclius." Jetzt erst erkenne ich hinten in dieser Kapelle noch eine Inschrift: „Schau, dort: CONTRA ADVERSARIOS FIDEI CHRISTIANAE … gegen die Feinde des christlichen Glaubens."

„Und die wären: Konstantin vernichtete Maxentius im Zeichen des Kreuzes, Heraclius besiegte die Perser und Araber, Karl Martell die Sarazenen und Sobieski die Osmanen vor Wien. Arnold, das ist kein

üblicher Grabstein, das ist ein anti-muslimisches Denkmal, also mal abgesehen vom Konstantin. Aus der Lueger-Zeit wahrscheinlich, obwohl … der war doch Antisemit?"
Ist doch ungeheuer: „Wie kommt denn das hierher? Wichtiger noch: Warum steht diese zu Stein gewordene Feindseligkeit immer noch hier herum?"
„Weil's keinem mehr auffällt, ganz einfach. Ganz wie er gesagt hat! Passt doch zum Festkreis der Bruderschaft. Haben ja auch irgendwie recht: Wenn diese vier nicht gewesen wären, stünde in Wien kein einziger Kirchturm!"
Da muss ich widersprechen: „Trotzdem, so was gehört nicht hierher, nirgends mehr hin. Schürt doch nur Hass und Ängste. Ich probiere es mit Eberhard, warte!" Ich schicke ein Foto an unseren Kunsthistoriker. Der meldet sich postwendend:
„Wo bitte seid ihr denn da? Interessant? Was das sein soll? Nein, nein, das ist schon ein Grab. Genau solche Gräber mit Aufsatz in Form eines Kenotaphs waren so um 1900 groß in Mode. Teuer übrigens, sehr teuer, war nur was für richtig wohlhabende Leute. War's das, ich sollte jetzt … Liebe Grüße!"
Jetzt will ich's aber genau wissen: „Ob noch wer von der Friedhofsverwaltung da ist?"
„Jetzt noch? Ist doch schon halb sechs!"
Es brennt aber noch Licht und ist sogar noch offen: „Da haben S' aber Glück, meine Herren, weil … also normalerweise. Aber zu Allerseelen und danach, was glauben S', was da los ist! Wenn man schon einmal da ist: Beschwerden, Grabanfragen – ja und die Hysterischen, die was so ein rotes Kreuz haben."
„Das Rote Kreuz?"
„Nein, ich mein' die Kreuze, die wir auf die Grabsteine sprayen, bevor die Gräber endgültig ablaufen. Machen wir eh schon einige Monate vorher, aber wenn die nur einmal kommen im Jahr, die Oma besuchen, ein Lichterl anzünden … ja, dann machen die uns die Hölle heiß, was wir uns einbilden … Dabei brauchen s' ja nur einzahlen, dann passt alles wieder für zehn Jahre. Na ja, außer der Stein fängt an zu wackeln, da ist gleich wieder Feuer am Dach! Haben S' doch sicher schon gelesen von solchen Fällen … ja wortwört-

lich ‚Fällen' ... und liegt dann einer drunter – und steht nimmer auf. Einen weiten Weg hat der ja dann nicht mehr vor sich, aber wir haben die Schererei. Ist mir noch nie passiert, Gott bewahre! Ich schau mir jeden Stein zweimal im Jahr genau an. Was wackelt, das werf' ich gleich um, da kenn ich nix, bin ja haftbar, was glauben S'. Sollen sie mich ruhig anschreien, wenn's das sehen, die lieben längst nicht mehr trauernden Angehörigen, immer noch besser als ... Aber sagen S', Sie kenn ich doch, was? Irgendwie ... sehn S', ich hab ein gutes Personengedächtnis. Nur sind Sie sonst immer ... in Violett, nicht wahr?"
„Ja, Pfarrer in Canisius, im Neunten drüben, so ein- oder zweimal im Jahr komm ich schon hierher."
„Na sag ich's doch!" Er lächelt verbindlich. Was Stefan ermutigt, etwas Unerhörtes zu wagen: eine Anfrage kurz vor sechs! Bezüglich dieses doch recht seltsamen „Grabes".
„Ach das, das meinen Sie, schon kurios, was? Wissen S', das war immer schon da."
„Also seit Sie hier arbeiten?"
„Nein, Hochwürden, so alt bin ich noch nicht. Ich meine, wie sie den Friedhof errichtet haben ... So was kostet ja ein Schweinegeld, allein die Mauer, was denken Sie? Da haben sie damals Gräber ‚auf Friedhofsdauer' verkauft, sauteuer, aber eben ... ohne Folgekosten. Heute sind das für uns lästige Altlasten, die nix abwerfen, aber was wollen S' denn machen, solange wer kommt?"
Jetzt ist es schon fast dunkel. Ob da heute noch etwas rauskommt? Ich muss nachfragen: „Ja, und kommt jemand ... zu diesem Grab dort?"
„Nein, also lang ist's her, kann mich kaum noch erinnern, nur dass es ein sehr feiner Herr war mit irgendeinem solchen fremdländischen Akzent, aber sehr höflich – und spendabel. Am Friedhof kriegst ja sonst nur am Grab ein Trinkgeld, aber der? Nie wieder!" Meint er jetzt den Mann, der nie wiederkam – oder die Höhe des Trinkgeldes? Wahrscheinlich beides.
Stefan kommt mir zuvor: „Aber es sieht doch sehr gepflegt aus."
„Gepflegt? Kunststück, wenn alles nur Marmor ist. Und der Mist, das Herbstlaub und so, ist ja unser Job. Ah, Sie meinen die Goldschrift. Ja, da war voriges Jahr einer da und hat das erneuert, war echt ein Profi, sieht man ja."

„Ja, und hat er gesagt, wer ihn hierher …?"
„Nein, redselig war der nicht."
Ich werde ungeduldig: „Aber es muss doch eine Liste, ein Dokument geben … ein Register, wem das hier gehört!"
„Eben nicht, mein Herr. Aber darüber reden wir nicht gerne, sollen wir nicht …"
Verstanden. Ich geb ihm einen Zwanziger.
„Wir wissen nur, wer drinnen liegt … und den Besteller, also den jeweiligen Ausrichter der Bestattung natürlich. Zahlungsbelege wie sonst gibt's da ja keine. Und wenn die letzte Belegung schon lange her ist …"
„… oder wie hier ja nie eine erfolgte! Also kein Name?"
„Keiner. Wir müssten es auflösen und warten, ob sich wer beschwert, ist aber nicht legal, geht eigentlich so nicht, *pacta sunt servanda*, verstehen S'? Aber weil Sie so nett sind …" Er hält den Zwanziger noch in der Hand. „Also im Grunde kann ein jeder kommen und behaupten: Das ist mein Grab und XY kommt jetzt hier hinein, weil da liegt eine Tante meiner Cousine vierten Grades drin. Ich muss es ihm glauben, bin ja kein Ahnenforscher. Solange kein anderer kommt …"
„Und dann?"
„Dann sollen s' doch miteinander prozessieren meinetwegen. Eigentlich müsste man das ja testamentarisch festgelegt vererben, so ein Dauergrab, aber wer macht das schon, werden eh immer weniger. Meine Herren, wir sperren jetzt, es ist sechs durch. Ich hoffe, Ihnen gedient zu haben. Wenn Sie wieder einmal etwas brauchen – schönen Feierabend!"
Er versperrt das Tor hinter uns.
„Na hoffentlich nicht … Hat er uns weitergeholfen?"
Stefan denkt nach: „Nein. Wir haben keine Spur. Ja. Wir wissen jetzt, wie gut die es verstehen, Spuren zu vermeiden."
„Ich hab Hunger! Ist da wo ein Wirtshaus?"
Er schaut mich mitleidig an: „Was glaubst du denn? Steinmetze und Wirte, die besten Nachbarn und Freunde der Friedhöfe."
Auch gut! Bei Friedhöfen kennt er sich eben aus.

Kapitel 13
Lena
Sonntag, 5. Dezember

Schon halb neun? Da wollte ich doch schon drüben sein. Seit ich mit Gregor hierher zur Volksoper übersiedelt bin, müssen wir eine Viertelstunde früher aufstehen. Und die vertrödeln wir dann wieder beim Frühstück. Er ist schon vorausgerannt, weil sie ja noch proben müssen.
Messe mit dem Nikolaus, endlich mal wieder etwas für Kinder. Für unsere Verhältnisse haben recht viele zugesagt. Wenn das heute nichts wird! Beim Martinsfest vor drei Wochen war Stefan so was von komisch drauf. Hat ewig herumgemeckert, warum das Laternenfest so spät anfangen muss. Na was denn, es muss doch dunkel sein. Und die Eltern kommen oft erst von der Arbeit, also hallo? Und dabei sein und fotografieren, das wollen doch alle. Nicht einmal beim Kipferlteilen und zum Kinderpunsch wollte er bleiben. Musste er aber! War aber nicht recht bei der Sache, den ganzen Abend schon nicht.
Und heute schon wieder eine Absage, wieder von unserer Musikgruppe. Waren gestern bei einem „Krampus-Kränzchen". Ja, dort heißt das wirklich noch so, in der Steiermark. Da hatte Gregor so eine Idee, von der ich nicht weiß, was ich davon halten soll. Seine „Alt-Jugend" singt und spielt. Vier Männer, von denen keiner ein Instrument beherrscht. Und singen? Soso lala. Gregor mehr soso, die anderen bestenfalls lala. Er selbst wird trommeln, Lois hat seine Kinderflöte wieder hervorgeholt – nach 16 Jahren! Sandro singt halt so. Und Marco hat eine alte Übungsgeige seiner Schwester Giulia eingeseift und spielt Play-back. Was er aber kann, ist programmieren. Er hat alle Lieder Ton für Ton „generiert", zu echt klingenden Tonfolgen verbunden, ein paar ganz kleine „Hacker" eingebaut, damit es echt klingt ... Giulia dürfte uns nicht sehen dabei. Bloß nicht! Da kommt ja Hannah gelaufen! Ich warte, sie rennt die Säulengasse herauf. „Und die Kramer macht das wirklich mit?", keucht sie.
„War gar nicht so schwer, ihr das einzureden. Ihre Enkelkinder sind ja jetzt schon zu alt dafür."

„Wenn er's bloß nicht wieder vergeigt!"
„Marco? Der ist doch eh unhörbar."
„Nein, ich mein' Stefan! Ist einfach nicht bei der Sache in letzter Zeit, also kindermäßig mein' ich."
„Na ja, Hannah, er ist ein bisschen außer Übung mit Kindern."
„Da muss noch was sein. Beim Martinsfest musste er ‚ganz dringend' weg. Und ist dann doch nur in seiner Bude oben gehockt bei Kerzenlicht, ich hab's gesehen, sieht man ja vom Jugendraum aus. Den ganzen Abend. Und dieser Praktikant von damals, der war bei ihm …"
„Eberhard?" Der schüchterne Wein-Freak!
„Genau der. Sitzen bei Kerzenlicht beisammen und tun wichtig. Glaubst du, irgendwas Frommes? Und auch sonst, irgendwie abwesend ist er doch ständig …"
Wir haben das Kirchentor erreicht, von drinnen dringen Geigentöne heraus. Na ja … geht ja … so!
„Schau dir das an! Ich geh gleich wieder!" Hannah ist vor mir hinein. Was ist denn da los? Spinnen die? Das ist ja abartig! „Lena, komm! So nicht! Nicht mit uns! Die glauben wohl, sie können sich alles …!"
Von den Aufnahmen von Giulias Konzert hatten wir ja so nebenher schon erfahren. Super Timing! Wirklich genial geplant. Aber eines war doch klar und deutlich vereinbart: Am Sonntagvormittag ist das hier weg! Also zumindest ganz an den Rand gestellt. Aber so! Gerade einmal der Altar ist noch frei und ein klitzekleiner Platz davor. Überall sonst stehen Mikrofone, Scheinwerfer und – was ist denn das? Heizkanonen? Alles auf Stativen bis zu drei Meter hoch. Wenn da ein Kind dagegenläuft!
„Lena, da geht nix! Nichts von dem, was wir geplant haben. Wie sollen wir denn da die Kinder weghalten davon? Und wir wollten doch mit ihnen diese Geschichte spielen! Ja, wo denn jetzt? Wenn eins von diesen Dingern umfällt!"
Ein lässig gekleideter Typ Mitte dreißig passt hier definitiv nicht ins Bild. Der ist sicher von der Technik, na warte!
„Sie, was soll das hier? Wir brauchen viel mehr Platz, und zwar *freien* Platz, für die Kinder!"
„Sagt wer?"

Frechheit! „Die hier für diesen Gottesdienst Verantwortliche?! Der das alles zugesagt wurde!"
„Von wem? Also ich spreche mit dem Pfarrer, der ist doch der Chef hier, oder? Das da ist alles tagelang ausgemessen, eingetuned. Die reißen mir den Hintern auf, wenn wir damit um halb elf wieder von vorn anfangen müssen!"
Bevor ich *noch* entschiedener werde, eilt Marco herbei: „Hej, Lena, hej, Hannah! Das ist der Tschako, das Technik-Genie, highest level, der Depp! Alles im Plan. Wir alle passen ein wenig auf sein Equipment auf ... und er flasht uns dafür ein paar fetzige Effekte, was, Tschako?"
Der nickt. „Mach ich wie ausgemacht. Den Kindern wird's taugen! Und den Weihnachtsmann haut's vom Schlitten."
„Den *Nikolaus*, Tschako!"
Da haben sich zwei Freaks gefunden, aber trotzdem.
„Stefan!" Da ist er ja! „Stefan, was soll das da?"
„Na ja, eigentlich hab ich mir gedacht ... Also fix ausgemacht war ja, dass sie längst ... Geht's nicht so auch?"
Ein Verhandlungsgeschick wie Hans im Glück! Sinnlos, das ist vergeigt. Apropos ... Marco sieht zwar nicht aus wie David Garrett – zum Glück! Aber spielen tut er auch gut. Innig, dramatisch, fast romantisch ... Er musste ja auch jahrelang seiner Schwester zuhören – und zusehen.
„Meine abartige Tante müsste mich so sehen. Machst schnell ein Video von mir, Lena? Muss ich ihr schicken! Geht sich auch noch aus. Komm!"
„Lena, was meint der Typ mit ‚fetzigen Effekten'?" Da kann ich Hannah jetzt auch nicht briefen. Aber etwas beruhigen: „Ich denk mal, der Gregor weiß Bescheid."
Also los! Stefan ist gut drauf, sichtlich. Sind wir jetzt alle? So viele Familien und Kinder gab's hier schon zwei Jahre lang nicht. Und natürlich haben wir anfangs alle Augen und Hände im Einsatz, dass sie beim Herumrennen keine Scheinwerfer-Bäume fällen. Aber schon beim ersten Lied wird nach Hannahs Anleitung getanzt – bei knapp sechs Grad Raumtemperatur ein Muss! Und die Größeren sind schnell von dem „lustigen Geiger" angetan.

„Du Mama, schau! Geige spielt, wenn er hustet, haha!"
Stefan erzählt die Geschichte vom Nikolaus, der zuerst gar nicht Bischof werden wollte – und der sich daher versteckte: „Wir müssen ihn aber unbedingt finden. Wer hilft mir suchen?"
Wir lenken die begierige Schar möglichst weit von der Technik weg. Vorwitzige öffnen Beichtstuhltüren und einer will gleich in den Turm hinauf.
„Ihr könnt ja jemanden fragen. Vielleicht hat jemand den Nikolaus ja schon gesehen?"
Da müssen jetzt schon auch die Eltern und Omas mithelfen, bis das Eis gebrochen ist. Aber niemand hat ihn gesehen. Da hilft auch ein „spontaner" Schrei-Chor nichts: „Nikolaus, komm heraus! Nikolaus…"
„Da ist er! Da! Da! Da ist er, ich hab ihn!"
Alle laufen zusammen, versammeln sich bei Frau Kramer. Das leuchtend rote Nikolaus-Gewand unter ihrem langen Mantel fast ganz verdeckt, der weiße Rauschebart unterm Schal aber so schlecht, dass ausgerechnet ein kleiner Nico ihn entdeckt hat. Von ganz hinten begleiten sie ihn nun nach vorne. Er in langsamen, gemessenen Schritten.
Jeder seiner Schritte von einem dumpfen „Bong!" aus Gregors Trommel begleitet – und von Tschakos Mischpult aus verstärkt und verfremdet, als käme ein ausgewachsener Elefant daher, so wichtig und gewichtig. Frau Kramer, ein Leichtgewicht und zuerst selbst erschrocken, schreitet noch bombastischer, bis sie vorne angekommen ist und sich alle vor sie hinhocken. Bis auf das eine kleine Mädchen, das plötzlich schreit und weint. Okay, ein Kind schreit und weint immer, das ist eben so.
Stefan erzählt: nein, nicht die Legende von den zerteilten und eingepökelten Jünglingen, obwohl ja auch die gut ausgeht, sondern jene von den grimmigen Schiffskapitänen. Da herrscht zuerst einmal Dürre und Hungersnot in Myra. Bei der Vorbesprechung hatten wir noch gerätselt, wie wir diese sengende Hitze halb verfrorenen Kindern nahebringen könnten – und mussten auf die Kraft der Fantasie hoffen. Doch jetzt gehen nach und nach all diese Scheinwerfer an, alle auf die Kinderschar gerichtet: „Die Sonne!" Und dann auch noch die Heizkanonen: „Woah!"

„Ja, so heiß war es dort, fast zwei Jahre lang! Es war ein Desaster ohnegleichen!"
Stefan! „Desaster"? So reden doch Kinder nicht! War aber nur ein Ausrutscher. Als dann aber die drei Weizenschiffe ankommen und die strengen und ängstlichen Kapitäne nichts davon abgeben wollen, werden deren Stimmen grotesk verzerrt:
„Wir dürfen nichts hergeben, das gehört dem Kaiser in Rom!" Mit extrem hoher Mickey-Mouse-Stimme, sodass sich einige biegen vor Lachen.
„Der Kaiser wird uns furchtbar bestrafen!" Diesmal jault der Seebär wie ein junger Hund. Und so weiter, bis sie dann doch nachgeben und jedes Kind ein Getreidesäckchen bekommt – vom Nikolaus höchstpersönlich. Das wunderbar-versöhnliche Ende der Geschichte hatte uns noch bei der Vorbereitung zu angeregten Diskussionen geführt.
„Soweit ich weiß, war doch damals gar kein Kaiser in Rom? Der eine war in Konstantinopel – und der andere meist im Krieg an den Grenzen, Germanen verhauen."
„Dann eben so ein Statthalter. Die konnten aber auch grausam sein!"
„... oder sich von den Germanen verhauen lassen. Das hielt sich damals schon so ziemlich die Waage!"
„Ach was, die Römer waren Pragmatiker! Glaubt mir, das lief so: Bitte keine Vorwürfe, sagte so ein Käpt'n sicher, bei uns wird doch Eigeninitiative gefördert! Oder? Wenn uns halb Myra verhungert – und der Rest uns hasst? Wer wird dann dort in Zukunft unsere Schiffe versorgen? Also bitte, liebes Rom, den Schwund kannst du verkraften! Und der Statthalter ist mit einem ‚Los, schleich' di!" abgezogen, wetten?"
Unser Team ist gut drauf! Die machen jetzt sicher weiter! Und die Kinder dachten nicht im Entferntesten mehr an die sechs Grad! Schon gar nicht, als zum Abschluss Nikolaus mindestens so bombastisch wieder hinausbegleitet wurde mit noch mehr Hall ... und einem fulminanten Geigen-Solo! Das sich manch Anwesender immer noch nicht erklären konnte.
Keines der Kinder war enttäuscht, dass ihre Säckchen keinen Weizen enthielten, sondern einen pädagogisch akzeptablen Mix aus

Schokolade, glutenfreien Gummi-Bärlis und nur zum Teil gesunden Haferflocken-Keksen. Aber kaum war das letzte Kind dem Nikolaus hinaus gefolgt, hatte sich Tschako schon vervierfacht, brach der volle Wahnsinn wieder los.

„Und? Was ist jetzt mit den Heizmatten? Habt ihr die endlich?"
„Die liegen irgendwo in der Post, nicht zustellbar, kommst nicht ran am Sonntag!"
„Müssen wir aber. Ruf den Filialleiter an, der muss!"
„Und wenn er …"
„Macht *sie* ihn fertig. Sag ihm das. Aber dalli. Der *wird!*"
„Sie", Lucrezia, ist noch nicht angekommen. Aber sie schwebt hier über allem – als Racheengel und Füllhorn zugleich. Giulia spielt barfuß, immer! Und wenn sie sich verkühlt, kostet das ein Vermögen: Stehzeit für die 32 Leute vom Orchester, die vier Tontechniker, zwei Kameraleute, Dirigent, Regisseur, Visagistin, Catering …
Und wenn alles gut geht, erstreckt sich dieser Wahnsinn noch bis Donnerstag. Ich schau, dass ich schnell alles an mich raffe und mich vertschüsse, als Letzte von uns allen. Außer Stefan, der kommt gerade mit *ihr* aus der Sakristei. Sie redet in einem fort auf ihn ein, mal allerfreundlichst, fast vertraut, mal wieder im weithin hörbaren Befehlston. Hat sie beides bestens drauf. Mensch, Stefan! Der hat einen Narren an der gefressen!

Kapitel 14
Stefan
Samstag, 11. Dezember

Bis vorgestern war ausgemacht. Fest ausgemacht! Aber noch bevor am Freitag alles abgebaut werden sollte, „musste" die Aufnahmeleiterin über Nacht noch einmal alle zurückrufen. Die beiden Hörner hatten Glück, denn sie spielen in der Passage nicht mit, die „unbedingt" noch einmal aufgenommen werden sollte. Einige mussten heute früh aufstehen, um mit dem ersten Zug aus Salzburg wieder in die Weltstadt der Musik zurückzukehren.

Für Lucrezia war aber nach einer Schrecksekunde klar: „Wenn es nicht perfekt ist, dann zurück an den Start. Ist ja auch in deren Interesse!" „Sie", das war immerhin ein Teil der Camerata Academica Salzburg, denen neben einem ihrer Qualität entsprechenden Honorar auch die Vermarktungsrechte zukamen. Wie sie dieses Spitzenorchester überhaupt engagieren konnte? „Die haben einen Kredit bei meiner Bank laufen für eine Investition in drei ganz besondere Instrumente, und aktuell brauchen sie eine Stundung. Und so was hat eben seinen Preis, vor allem bei den Top-Konditionen, die ich für sie herausgeschlagen habe." Was für eine Frau!
Aber heute sollte es schön langsam ... Alle anderen Räume haben sie schon verlassen, sogar ihre Garderobe liegt quer über den Kirchenbänken. Abends spielen sie schon wieder ein Adventkonzert in Salzburg. Soeben dürften sie fertig geworden sein. Und während die einen ihre Instrumente verpacken, bauen die anderen die Technik ab. Giulia sieht mich und kommt auf mich zugestürmt, während Lucrezia noch mit dem Dirigenten verhandelt.
„Geschafft! Mehr als eine Woche! Die sind echt so gut, weit besser als alle, mit denen ich bisher schon ... und trotzdem: bis da alles sitzt! Und das ist ja zu wenig, wenn bloß alles passt, viel zu wenig, wenn alles sitzt, dann musst du auch noch loslassen, die schwierigste Technik, die muss ja ganz wie ... schwerelos ... gerade bei Mozart ... und alles zugleich. Und wenn alles ganz, ganz wunderbar ist, dann spinnt ein Mikro. Nein, Spaß! Bei denen doch nicht! So was passiert nur an der Uni."
„Zeig mal her, ist das die ...?"
„Ja, das ist sie: die Montagnana, Domenico. Der Typ hat genau die Lebensdaten von Bach, bis auf ein Jahr genau. Angeblich die beste Montagnana, die es gibt, glaub ich aufs Wort. Warten Sie, ich spiel' Ihnen diese eine Passage, diese eine nur, hören Sie ..."
Ich winke lächelnd ab. Sie ist total überdreht. Aber das interessiert mich jetzt doch: „Also ich als Laie frage mich, was ist denn so besonders an so einer Geige? Klingt die wirklich so viel besser?"
„Natürlich klingt sie ... himmlisch. Aber das ist doch gar nicht das Wichtigste."
„Ja, aber was denn sonst?"

„So eine ist sauschwer zu spielen, kannst du mir glauben. Die ist eine einzige Herausforderung, ja ein Kampf! Über Monate, die fordert dich heraus, die macht nichts, was du willst, nein, nein, die macht dich fertig, aber vor allem inspiriert sie dich, zeigt dir Nuancen und Farbtöne, die gibt's gar nicht ... und weg sind sie. Und ich suche und suche ... bis ich sie endlich wiederhabe, abrufen kann. Die Jaqueline du Pré hat ihr Davidoff-Cello fast zerstört vor lauter Ärger. Von Stradivari! Irgendwann wachst du mit ihr dann auf einem anderen Level wieder auf. Aber bis dahin! Und dieses Level, das musst du halten, Tag für Tag abrufen können, auch wenn du mal müde und genervt bist. Und das dauert! Und ich hab keine Zeit mehr, jeder Tag zählt jetzt!"
Ich schaue sie fragend an, komme aber nicht zu Wort.
„Das Studium, das war kein Problem!" Sie lächelt stolz. „Aber im Februar geht es um ... um mein Leben! Paganini-Wettbewerb, weißt du, was das heißt? Wenn der bloß erst nächstes Jahr wäre! Den gewinnen, dann geht's ..." Sie deutet den Start einer Rakete und zieht ihre Augen blitzschnell aufwärts.
„Giulia, du schaffst das. Und wäre ein zweiter oder dritter Platz nicht auch ein Riesenerfolg?"
„Unglück wär's keines, bin ja erst 24. Aber ich will es, und Lucy will es ... Die Frage ist nur, ob es der Heinrich will!"
„Heinrich? Dein Professor?"
„Nein, der neue Chef-Juror. Der Breitenbach, der war meine Chance! Der ist so was von überzeugt von mir, warum auch immer. Kriegt einen Schlaganfall und fällt aus. Und auf einmal ist es dieser Heinrich!"
„Bei der Geige gibt es ja verschiedene Spiel-Schulen und entsprechende Rivalitäten. Geht es darum?"
„Ja, ja, sagt man! Aber wer sich auskennt ... Der Heinrich ist geschieden wegen einer Yama Ong, 15 Jahre jünger als seine Ex und Geigerin, eh klar ... Privatschülerin beim Herrn Professor. Und weil die jetzt auch schon fast 30 ist, soll er schon wieder eine neue Freundin haben, diesmal eine Koreanerin. Was ihn aber nicht daran hindert ... na ja, da ist auch noch diese Seoyang – und die hat auch Chancen, sogar gegen mich. Und ihre Chancen könnten erheblich steigen ... wenn du verstehst?"
„Das ist ja unfassbar. Besetzungs-Couch?"

„So hieß das bei den schönen Schauspielerinnen, bis es Me Too gab. Bei uns gibt's aber längst noch kein Me Too. Wie lange das gedauert hat, bis sie diesen Cello-Professor an die Luft gesetzt haben. Und verurteilt wurde der nie, alles immer nur ‚einvernehmlich'. Für eine echte Beziehung bleibt doch eh keine Zeit für mich. Da werd' ich doch nicht mit so einem Professoren-Kerl ... na, wirklich nicht! Meine Argumente kommen von diesen vier Saiten!"
„Und deine Tante, Lucrezia?"
„Ist soo lieb, unterstützt mich, wo sie kann. Aber spielen muss ich selber. Die Nerven bewahren, den Biss nicht verlieren muss ich selbst. Herr Pfarrer, geben Sie mir Ihren Segen!" Das kam jetzt unerwartet, und auf einmal wieder per Sie? Aber wen würde ich lieber segnen als einen jungen, aufstrebenden Menschen, hochbegabt – und im Kampf mit so vielem?
Ich blicke in ihre erwartungsvollen Augen. Lege ihr die Hände auf. Die Geige ist im Weg, aber sie will sie nicht weglegen. Ich halte mit ihr eine lange Stille – und bitte um alles, was ich ihr von Herzen wünsche. Sie zittert ein wenig, bekreuzigt sich.
„Danke!"
Und geht nach vorne, wo irgendwo abseits aller Kamera-Perspektiven ihre Schuhe liegen müssen.

Kapitel 15
Eberhard
Samstag, 18. Dezember

„Und Sophia?" Unsere Tochter wird jetzt bald drei. Stefan hätte sie gerne gesehen. Schade! Stefan spielt gerne Kasperl-Theater, dafür ist sie jetzt bald im richtigen Alter.
„Nächstes Mal, Stefan! Sie wollte unbedingt einmal bei ‚Tante Clara' übernachten", tröstet ihn Marcella.
Ist das das erste Mal, ganz allein ... also auswärts?"
„Genau betrachtet ja, aber Clara ist auf Kreta so oft mit uns beisammen."

Ich muss ihn schon ein wenig aufziehen: „Sie hat gesagt: Nein, ich will nicht zu Stefan, bei Stefan ist es blöd!"
Ein wenig stutzt er schon: „Blöd?"
„Nicht du, *bei* dir! Bei dir musste sie immer in dein Schlafzimmer schlafen gehen ..."
„Aha, und heute darf sie bei ‚Tante Clara' und ‚Onkel David' ewig munter bleiben?"
„Na ja, länger als bis halb neun schafft sie's eh nicht."
„Nehmt Platz!"
„Dürfen wir? Nur kurz?" Marcella möchte zuerst auf den Balkon hinaus. „Meerblick haben wir ja ständig, aber eine verschneite Kirche ... wow!"
„Hab ich auch nicht so oft. Schnee ... in Wien?"
„Kalt! Rein mit uns! Wir haben ja kaum noch was richtig Warmes zum Anziehen, abgesehen von diesem Bergfex-Zeug." Schnell ist sie wieder herinnen.
Stefan holt ein wenig aus: „Ich hab jetzt aber ... versteht mich nicht falsch ... also wegen diesem Wein ... zu seinen Ehren ... also nur ein paar Scheiben Weißbrot."
Wir versuchen zu nicken und verständnisvoll dreinzuschauen, können aber unsere Enttäuschung sicher nicht ganz verbergen, Marcella noch weniger als ich. Als ausgewiesener Wein-Versteher muss man auch derartige Minimalismen professionell wegstecken.
„Reingefallen! Also ein paar italienische Kleinigkeiten, erworben und selbst produziert, die gibt es schon." Für diese Pasta aus Gorgonzola, Marsala-Wein und Feigen hat er selbige eigens eingefroren. Und dieser Artischocken-Salat mit Senf-Honig-Dressing ... „Den Wein, also diese Weine, also zwei von ihnen, die hab ich schon vorbereitet, aber die sind doch eher für nachher?"
Da stimme ich ihm natürlich zu, aber um einen önologischen Fehlstart zu verhindern, presche ich schnell vor: „Dann passt ja unserer ... für jetzt gleich!" Natürlich ist auch unser Mitbringsel nicht von schlechten Eltern, aber eben nicht vergleichbar mit Weinen dieser „Brüder".
Wir haben ihm natürlich einiges zu erzählen nach mehr als einem halben Jahr. Zuletzt standen andere Themen im Vordergrund. Und

mir war ja die Rolle des schweigsamen Buttlers zugekommen. Wir erzählen, dass unsere Stammkunden aus Stuttgart und Oberfranken wiedergekehrt sind. Und dass sie unter ihren zahlreichen Freunden kräftig Werbung für uns gemacht haben – und das, so vernetzt wie sie in all ihren Vereinen sind, durchaus erfolgreich. Marcella bilanziert zufrieden: „Wir waren jetzt seit Mitte Juni fast durchgängig ausgebucht. Wir nehmen ja auch nie mehr als zwölf Wanderer gleichzeitig."

Schmunzelnd muss ich hinzufügen: „Ein wenig außer Form waren die anfangs aber schon. Die höchsten Berge mussten wir diesmal aus dem Programm nehmen."

„Ja, unsere Clara war heuer ziemlich unterfordert." Marcella lächelt. „Aber abseits vom Sportlichen gab's umso mehr zu tun: Alternativ-Programme erstellen und buchen, Leute bei Laune halten, möglichst ansehnliche Jungs als Chauffeure ... ja, lach nicht, darauf legen unsere Ladys schon Wert! Und das alles mit Sophia, die immer mehr beschäftigt werden will. Und bei euch hier? Läuft alles?"

Natürlich nicht, so viel hab ich schon mitbekommen. Armer Stefan, ich seh ihm an, dass er aufs Stichwort losjammern würde, sich dann aber doch zusammennimmt: „Also bis vor ein paar Tagen großes Kino! Filmaufnahmen mit einer hervorragenden, jungen Geigerin, sogar aus unserem Umkreis stammend. Die hatten eine Woche lang alles gebucht, jeden Saal ..."

„Und? Ist sie jetzt endlich zufrieden, diese ... Lucrezia?" Also mein Typ ist die nicht! Bloß nicht so eine G'spritzte auf einer unserer Touren! Als ich mich letztens nur kurz hinten in die Kirche setzen wollte, kam sie wie eine Furie auf mich zu. Ich solle mich unterstehen, auch nur einen Huster zu machen – und überhaupt habe ich hier nichts zu suchen, denn sie habe „das alles" gemietet.

„Zu guter Letzt war sie restlos zufrieden! Wenn die so viel investiert, dann wird das auch was. Darauf kannst du Gift nehmen, das hat die drauf."

Marcella schaut Stefan fast entsetzt an: „Lucrezia ... Gift? Moment: welche Lucrezia?"

„Das ist die Tante der jungen Geigerin."

„Borgia? De Medici? ... oder gar diese Bergé, die rücksichtsloseste

von allen? Ist ja eher selten, dieser Name." Da liegt ja richtig Zorn in Marcellas Augen, wie ich das schon sehr lange nicht gesehen habe.
Stefan versteht nicht: „Wie ... Borgia, Medici ... da liegt die Latte aber ganz schön hoch diesbezüglich ..."
„Diesbezüglich? Also was Rücksichtslosigkeit und Gift anbelangt. Allerdings, also wirklich Lucrezia Bergé?"
Stefan nickt unsicher. Er konnte ja nicht wissen, dass dies Lucrezia wahrlich keine „beste Freundin" von Marcella ist. Und noch weniger weiß er, dass ein Teil der Abneigung darauf beruht, dass Marcella selbst ja auch so eine Bankerin war, bevor sie alles hingeschmissen hat und mit mir neu angefangen ...
„Stefan, ich kann dich nur warnen. Lass die Finger von dieser Frau! Bei der darfst du nicht einmal anstreifen! Geh mit Krokodilen schwimmen oder ... mit hungrigen Löwen schön essen – aber hör auf mich: Lass die Finger von dieser Frau!"
Da kann ich sie beruhigen: „Marcella, Stefan hat ihr doch nur Räumlichkeiten vermietet."
Aber der legt gleich selbst nach, mehr als nötig: „Also wie sie ihre Nichte fördert, ist doch voll in Ordnung. Ich find das großartig!"
„Mag ja sein. Aber mit welchem Geld? Mit welchen Mitteln? Ich will's ja gar nicht mehr wissen!"
Stefan ist ganz außer sich: „Aber ich will's jetzt wissen. Jetzt erzähl schon! Hattet ihr persönlichen Streit? Du kannst doch nicht so über sie herziehen!"
„Nun gut ... Kann ich schon! Diese Lucrezia, die arbeitete immer nur bei einer Bank, ganz ungewöhnlich, besonders in ihrem Alter. Ursprünglich eine sehr honorige, alte Familienbank. Äußerst konservativ, auch in ihrem Anlageverhalten, keine großen Risiken, nur Großkunden, die sehr langfristig denken. Aber mit entsprechend bescheidener Rendite."
Stefan wundert sich: „Klingt doch sympathisch, aber nicht gerade zukunftsfähig?"
„Sehr gut, Stefan! Sie machte den alten Herren groß was vor, schöne Augen, mehr nicht, die sind dort ja meist so um die 70. Mehr schon bei denen dazwischen – in Position wie im Alter. Sie hatte nie eine fixe Beziehung, zumindest nicht mit einem Mann. Also alte Pfadfin-

der-Tugend: ‚Allzeit bereit!' Rivalen intrigierte sie zur Türe hinaus, Chefs holte sie sich ins Bett ... so manches venezianische oder florentinische Bett weiß davon ein Liedlein zu trällern."
„Und du weißt das alles, wirklich? Woher?"
„Nein, Stefan, aus erster Hand, glaub mir! Leichen pflastern ihren Weg ... und eine dieser ‚Leichen' hab ich mal näher kennengelernt. Diese Frau ist hochintelligent und gebildet. Beides setzt sie gnadenlos ein. Ich sag auch nicht, dass sie gefühllos wäre. Aber sie kann ihre Gefühle abschalten, steuern, investieren ... wie auch immer es ihr nützt. Die alten Herren waren zuerst natürlich skeptisch. Aber nach ihren ersten erfolgreichen Deals, ob genial oder durch reines Glück, wie auch immer, fanden sie langsam Gefallen. Plötzlich war etwas in der Kassa! Mit einem Schlag. Und irgendwann einmal waren sie von ihr dann nur noch restlos begeistert. Und sie schaffte es ... Nein, nicht nur Gehaltserhöhung, nein, nein ... Sie erhielt anteilige ‚Boni', wann auch immer sie neues Geld erzockt hatte. Lief gut damals, keine Krise – und ein wenig mehr Mut tat dieser verstaubten Riege ja auch nicht schlecht."
„Ja und wo liegt dann das Problem? Eine toughe Frau, erfolgreich ... okay sexuell berechnend, nicht gerade sympathisch, aber ..." Stefan versucht, wieder ruhiger und überlegter zu wirken.
„Wär mir auch egal. Nein, sie wollte uns, meine Firma und mich, abschießen, fertigmachen. Einfach so, aus dem Nichts heraus. Kaum hatte sie die Kredit-Abteilung übernommen, stellte sie unsere Kredite fällig. Ganz gegen die Usancen dieser Bank. Wo wir doch gerade am Durchstarten waren, aber eben noch Anschub brauchten, Umwelttechnologie, bis heute lukrativ. Keinerlei Risiko für sie. Und auch nicht gerade Sonderkonditionen. Also warum? Wofür brauchte sie das Geld? War doch damit nirgends mehr zu holen damit!"
„Und? Bist du dahintergekommen?"
„Wie denn? Eine Giftschlange wie Lucrezia braucht keinen Grund. Einfach so! Macht zeigen: Ich kann es, also tu' ich's! Ja vielleicht wollte sie meinen damaligen Freund. Der hat sie abblitzen lassen, mir zuliebe, damals noch. Also vielleicht Rache."
„Aber die Firma, deine ehemalige, die gibt's doch heute noch!" Stefan will es immer noch nicht glauben. Marcella strahlt übers ganze

Gesicht, schaut mich schelmisch an: „Da war so ein Vertrag, und dieser Vertrag hatte einen Side-Letter, letztlich eine Klausel, aber bindend und gültig, wie ich ihr nachweisen konnte. Der einen vorzeitigen Ausstieg nur unter ganz bestimmten Voraussetzungen möglich machte. Und keine einzige davon traf zu. Sicher, ich musste das Punkt für Punkt mit all ihren Juristen durchjudizieren, aber da war nichts mehr zu gewinnen für sie. Obwohl sie meines Wissens nur dieses eine Mal verloren hat. Sie begriff schnell und ließ die Sache auf sich beruhen, suchte sich ihr nächstes Opfer, das ihren Klauen nicht mehr entkommen sollte."

„Alle Achtung, aber bist du nicht zu streng mit ihr, ist das alles nicht Teil dieses Systems, dem du dann ja auch den Rücken zugekehrt hast?"

„Klar, das ist das System. Die einen leiden darunter, die anderen zerbrechen daran, die alten Herren fielen darauf herein, nicht ohne kräftig mitzuschneiden, andere bedienen sich dieses Systems … nur Lucrezia, die *ist* dieses Scheiß-System!"

„Jetzt ist auch sie selbst ausgestiegen, hilft Giulia. Hat sie nicht auch …?"

„Ausgestiegen? Ja, aber nur, um weiter oben wieder einzusteigen! Was glaubst du denn? Ohne Tagesgeschäfte am Buckel lässt es sich doch noch viel besser intrigieren, Insiderwissen abschöpfen, andere unter Druck setzen, Wissen sammeln und bunkern – unschönes Wissen über ganz wichtige Leute. Was glaubst du, was ihr die dafür zahlen, nur dass sie… nichts tut, nichts sagt, still hält. Nein, nein! Stefan, ich kann dich nur warnen!"

Jetzt reicht's aber damit. Marcella hat sich doch längst unendlich weit von all dem entfernt. Ich will nicht, dass diese bittere Zeit in ihr wieder aufsteigt.

„Apropos, Stefan, ich kann dich nur davor warnen, *so* einen Wein zu lange offen stehen zu lassen. Aber neue Gläser bitte! Und hast du noch etwas Weißbrot?"

Kapitel 16
Gerald
Samstag, 25. Dezember

„Bub, du willst schon wieder gehen? Hast ja noch gar nicht meine Kekse gekostet, das geht doch nicht!"
„Mama, du hast mir doch schon diese große Dose voll mitgegeben. Die ess' ich dann, wenn ich wieder kann. Du weißt doch, in einer Stunde soll ich bei Stefan sein."
„Stefan? Wer ... Sicher auch so ein Pfarrer wie du?"
„Du kennst doch Stefan, meinen Freund. Der war doch schon ein paarmal mit bei dir."
„Ach ja, natürlich, Stefan. Der kann ruhig ein bisschen warten. Komm, ich mach dir noch einen Kaffee dazu."
„Mama, ich muss wirklich. Ich hab die Sabine mit eingeladen, also die Frau Professor Hofbauer, du weißt schon. Sie war doch bei meinem 60. Geburtstag mit dabei!
„Geh', Gerald, die ist doch viel zu jung für dich!"
„Mama, bitte, hör auf mit deinen ewigen ... Kuppelei-Fantasien. Ich bin jetzt seit mehr als 62 Jahren Single ... und das bleibt auch so. Welche Frau sollte sich denn bitte an meine Eigenheiten gewöhnen?"
„Kuppelei? Wie denn? Im Gegenteil: Ich will dich doch nur warnen, Bub! Die ist nichts für dich!"
Manches versteht sie einfach nicht, *wollte* es nie verstehen. Zum Beispiel wie ich ausgerechnet Priester werden wollte. Ich, ihre einzige Oma-Chance! Sie kann mit „diesem Kirchen-Zeugs" überhaupt nichts anfangen. Bei keinem meiner Besuche lässt sie dieses Thema aus. Nicht gerade förderlich für die Häufigkeit unserer Treffen.
Andererseits, aufs Kochen versteht sie sich mit ihren 86 Jahren immer noch hervorragend. Und auch ihre Kekse sind Legende. Da ist keines dabei Marke „Na ja". Alle saftig, mit viel Schokolade, aber trotzdem nicht zu süß.
„Ja, Bub, wenn ich das gewusst hätte, hätte ich nicht so viel Knoblauch zum Schweinsbraten getan."
Ich geb's auf, verabschiede mich überschwänglich. „Zum Neujahrstag, selbstverständlich, Mama, wie immer!" Und laufe jetzt mit gleich

drei Keksdosen die Stufen hinunter. Noch eine große für Stefan und eine kleine „für deine Frau Professor"!
Alle Jahre wieder, so ist Weihnachten eben. Wie immer feiere ich auch mit Stefan am Christtag, „wenn alles vorbei ist". Seine nächsten Verwandten sind Cousins, aber solche dritten Grades, irgendwo im Norden Deutschlands. Er mag's ruhig: ein paar Anrufe, irgendwas Schnelles zum Essen, Musik hören, gemeinsam mit mir Geschenke öffnen – erst jetzt, denn in Canisius feiern die nach der Mette noch fröhlich weiter.
Heuer jedoch fiebert er bestimmt schon dem Treffen seines Elite-Zirkels entgegen, dem ersten seit Martini. Er hat bestimmt schon Entzugserscheinungen. Mein Geschenk für Stefan ist ein dickes Buch über Geheimgesellschaften religiöser, politischer oder auch anderer Art. Auf Frau Professor Hofbauers besondere Empfehlung hin gekauft, also nicht bloß der zwanzigste Aufguss dieser längst ausgelutschten Tempelritter-Story.
Da kommt sie schon! Ihr Mann ist mit den Kindern zu Verwandten in die USA gereist. Warum sie nicht mitgeflogen ist, hab ich sie vorgestern gefragt. „Weißt du, das sind Republikaner, aber solche, die Trump nachweinen ... Die haben doch damals im Wahlkampf in der Schule vor Beginn täglich im Chor Hillary Clinton verflucht, glaubst du das? Ist aber wahr! Sogar ein Video davon haben die ins Netz gestellt!"
„Und die Evolution leugnen sie sicher auch?"
„Ich fürchte, schlimmer noch: Die haben von Darwin noch nicht einmal gehört."
Also hat sie sich über unsere Einladung gefreut und kann uns jetzt berichten, was ihre Forschung ergeben hat. Stefan brauchte nicht viel vorzubereiten. Es gibt Tee – und dann öffnet er einfach die Keksdose, die ich ihm gerade überreicht habe. Klingt mickrig, schlägt aber immer ein ... und an!
Geheimwissenschaften sind halb Teil ihrer Forschung als Historikerin, halb aber auch ihre private Leidenschaft.
„Es gibt so viele Dokus, es gibt Umberto Eco und Dan Brown, Tausende meist sehr oberflächliche und voneinander abgeschriebene Bücher, reißerisch angekündigt, aber selten was Neues dabei.

Im Grunde wissen wir sehr wenig weder über antike Geheimkulte in mysteriösen Höhlen noch über exklusive Zirkel wie ... na eben den euren hier. Kein Wunder, die setzen ja alles daran, unsere Einblicke zu vernebeln. Was natürlich wieder zu wilden Spekulationen und Verdächtigungen führt. Außer natürlich bei denen, von deren Existenz wir nicht einmal wissen. Eines aber ist und bleibt eine unumstößliche Regel: Wer arm ist, ist öffentlich – und kann sich nicht verbergen. Soziologisch betrachtet gilt das überall. Ein Beispiel: Viele Leute sagen, es gibt bei uns nur noch Ausländer! Auf der Straße, in der U-Bahn hörst du kein Deutsch mehr. Da haben sie oft recht: Wer sich's leisten kann, fährt mit dem Auto, immer noch. Oder arbeitet im Home Office, fährt übers Wochenende raus ins Ferienhaus. Wer bleibt, also sichtbar bleibt, das sind oft die Zugezogenen, die Ärmeren."

„... und kommen ja oft aus dem Süden, wo man sich mehr im Freien aufhält", wendet Stefan ein.

„Ja, auch. Aber so einen abgeschotteten Zirkel zu gründen, attraktiv zu halten, dabei exquisiten Leidenschaften zu frönen, das kostet! Dazu brauchet man dicke Mauern, vielleicht auch Grundbesitz, groß genug, dass alles uneinsichtig bleibt."

„Eine Villa mit Garten und weitem Meerblick in Santa Monica tut's heute wohl auch", ergänze ich.

„Mit ausreichend Security, ja. Natürlich gibt es politische Lobbys, die umso leichter Einfluss nehmen können, je weniger man sie wahrnimmt. Aber bei eurer ‚Bruderschaft' dürfte Politik ja keine große Rolle spielen."

Ihrer Einschätzung nach handelt es sich bei den „Bartholomäern" um eine ganz gehörig reaktionäre Clique – ob englischer Landlord oder knallharter Walstreet-Banker, einerlei. Die Gründungsgeschichte, wie sie dieser „Engel" Stefan auftischte, hält sie für plausibel, wenn auch reichlich von Legenden überwachsen. „Die Bartholomäus-Nacht ließ genau solche Typen reich und mächtig werden. Es gab ja genug Posten und Güter der Hugenotten zu ‚übernehmen'. Und Wein wurde gerade damals immer stärker zu einem einträglichen Erfolgsprodukt. Die Manieren und Tischsitten der Reichen verfeinerten sich zusehends. Und Frankreich übertrumpfte die deutschen

Staaten, gerade weil die in Glaubenskämpfen nachhaltig ausbluteten. Auch wenn es zynisch klingt, der Einheitsstaat des Sonnenkönigs ersparte sich dieses Elend. Was natürlich niemals einen Massenmord rechtfertigen kann."

Sie schließt kurz die Augen, konzentriert sich, um gleich wieder fortzufahren: „Also zurück zu den ‚Bartholomäern'. Fromme Bruderschaften gab es durchaus, besonders unter aufstrebenden Winzern, meist auch gar nicht geheim. Wir haben keine gesicherten Dokumente über diese Gruppe. Aber sie passt ins Milieu. Nach der Französischen Revolution scheinen die noch aktiven Gemeinschaften dieser Art jedoch nicht wieder aufgetaucht zu sein. Adelige wurden vielerorts vertrieben, verjagt, erschlagen. Vielen wurde der Prozess gemacht, die meisten kamen danach unter die Guillotine. In der Folge gab es nur noch aufklärerische Zirkel wie die Freimaurer. Also dem Anschein nach ... aber wer weiß?"

„Sie meinen, was so lange währt, Legenden und Traditionen entwickelt, findet immer wieder Interessenten, Bewunderer, Bewerber, trotz aller Gefahr?"

„Wichtigtuer, Snobs, Traditionalisten, Fortschrittsverweigerer ...", führe ich Stefans Vermutungen weiter, nicht ganz in seinem Sinn, wie mir sein zumindest verwunderter Blick zeigt.

„Vorsicht, meine Herren! Leute vom Opus Dei etwa können Top-Forscher sein, eine hochmoderne Firma leiten. Ein reaktionärer Glaube, für den Tradition alles bedeutet, den suchen sie oft als Ausgleich dafür. Wir dürfen diese ‚Bartholomäer' nicht unterschätzen. Für die trifft dasselbe zu. Nur, wieder gilt: Wir sprechen hier wie dort von keinen armen Leuten, wenn ihr versteht!"

Sie weist auch darauf hin, dass die Krise schon früher eingetreten sein könnte. Ludwig XIV. holte zahlreiche Adelige zu sich an seinen Hof, nicht nur um sie zu ehren, sondern vor allem, um sie kontrollieren zu können, im Grunde also politisch zu entmachten. In einem derart „engen" und vielfach bespitzelten Umfeld müssen es Geheimbünde besonders schwer gehabt haben. Also denke sie eher an „Neureiche", aufstrebendes und erfolgreiches Bürgertum. Erfolgreich durch Weinhandel? Auch als Lieferanten an den königlichen Hof? Sie erwähnt auch die Sache mit der ominösen Familienchro-

nik, die aber kurz nach ihrem Auftauchen auch schon wieder verschwunden war. Mit Ausnahme einiger Zitate in einer Dissertation.
Wie aus heiterem Himmel springt Stefan plötzlich auf: „Um Gottes willen, wie konnte ich das nur! Entschuldigung! Die Weine, ich muss sie doch öffnen. Schon eine halbe Stunde zu spät!" Wir helfen ihm, um nur ja keine Zeit zu verlieren, denn ich spüre: Das Interessante kommt jetzt noch!
„In einem Keller in Bayern fanden die Amerikaner nach 1945 eine Weinsammlung, die damals Aufsehen erregte. Wohlsortierte Spitzenweine vor allem aus dem Burgund. Sorgsam in Kisten transportiert und gelagert. Dieses Haus gehörte angeblich einer Verwandten von Hermann Göring. Keiner hatte damals Zeit, dem nachzugehen. Und irgendjemand muss sich den Wein in der Folge unter den Nagel gerissen haben. Was blieb, ist nur ein ziemlich mangelhafter Bericht der örtlichen Polizei darüber und – jetzt kommt's – ein paar Schwarz-Weiß-Fotos, nicht gerade sehr scharf. Hier!"
Sie legt die Bilder vor uns hin: eine große Menge Flaschen, richtig gelagert. Und daneben Dutzende Kisten gestapelt bis zur Kellerdecke. „Und da, seht ihr? Diese Kiste zeigt ihre Beschriftung. Herr Pfarrer, bringen Sie doch mal eine dieser Kisten!" Stefan reicht mir das Foto weiter und holt dann eine der Kisten. „Verblüffende Ähnlichkeit, oder?"
Vom vielen Herumdrehen und Betrachten werden diese Fotos auch nicht besser. Aber es stimmt: Schriftzug, Länge der einzelnen Wörter und die Heiligenfigur. „Das könnte hinkommen!"
„Gebe ich dir recht, Gerald, Für einen Beweis vor Gericht würde das nicht langen, aber sagen wir einmal … zu 80, 90 Prozent?"
Stefan nickt und ich stimme zu: „Da haben die Nazis offensichtlich einen der Brüder beklaut. Und Göring, das war doch der Oberkleptomane. Wer den wohl letztlich getrunken hat?"
Stefan wirkt etwas enttäuscht: „Nicht nur das wissen wir nicht. Ist doch typisch für all diese Geschichten: Da taucht etwas auf, aber das Woher und das Wohin verliert sich immer gleich wieder im Nebel."
„Aber jetzt zu meinem letzten, erstaunlichen Indiz!"
Stefan blickt so auf seine Uhr, dass wir es nicht sehen sollen.
„Da gibt es, also da gab es diesen schwerreichen Mr Geoffrey Sor-

gers, seines Zeichens so eine Art gehobener Hobby-Winzer im berühmten Nappa Valley. Nicht sehr bekannt, was aber mehr an der Quantität als an der Qualität seiner Weine lag. In Fachkreisen ... egal ... Der gab vor genau zwölf Jahren ein TV-Interview, zugleich eine Homestory, bei der er auch durch seinen privaten Weinkeller führte, der Reporterin dann aber den Zugang zu einem Nebengewölbe verwehrte mit den Worten ..." Sie spielt uns auf ihrem iPhone einen Clip vor.

„Das hier, nein, nein, das ist mein ganz persönliches Geheimnis. Hier lagern Weine, die ich nur mit ... warten Sie ... nur mit ... na, sagen wir mal mit 15 anderen Personen teile, weltweit! In alter Tradition – good old Europe, you understand? Wir feiern da so manches ... Was? ... Na alle, die sich um Weinkultur verdient gemacht haben ... sogar Cäsar, was, da staunen Sie! Und verdient um die Verteidigung des Abendlandes. Schauen Sie, ich wollte ja, dass wir jetzt auch den Obama feiern, obwohl der Demokrat ist, weil der den Osama hat abknallen lassen. Ich bin aber der einzige US-Boy unter denen, kann mich da noch nicht durchsetzen ... Oje! Hab ich da jetzt zu viel verraten? Oops! Können Sie das löschen? Sie müssen das unbedingt wieder löschen!"

„So ein Idiot soll dort Mitglied sein?" Stefan kann es nicht fassen. Aber ich muss ihr zustimmen: „Das alles kann doch kein Zufall sein! Und dass Julius Caesar mit Wein nicht sonderlich aufgefallen ist, sondern ein späterer Kaiser, der Probus, lernt doch so ein Ami nicht in der Schule. Wäre doch interessant zu wissen, was dieser Mr Sorgers heute so treibt."

„Leider nicht mehr möglich." Sie ist offensichtlich noch nicht ganz zu Ende. „Wenige Monate nach Ausstrahlung dieser Sendung verstarb Mr Sorgers durch Selbstmord."

Nein, das glaub' ich jetzt nicht. „Selbstmord? Der sah doch alles andere als depressiv aus. Der wirkt überhaupt nicht wie der Typ dafür!"

„Es kam zu einer Anzeige gegen ihn, anonym, aber sehr konkret: illegaler Handel mit Kunst und Antiquitäten, *antiken* Antiquitäten! Und genau solche Stücke zweifelhafter Herkunft fand man auf seinem Landgut in einem gut versteckten Raum. Eine altägyptische Anubis-Statuette, Altes Reich, war erst kurz davor aus einem Mu-

seum verschwunden. In der Untersuchungshaft hat er sich erhängt. 15 Jahre wären ihm sicher gewesen – ohne Weingenuss!"
Stefan protestiert: „Nein! Aber Sie meinen jetzt doch nicht … nur weil er sich verplappert hat? Das sind doch keine Mafiosi, das sind außerordentlich gebildete, kultivierte … feine Leute!"
„Doch, ich fürchte schon. Das Grundprinzip der Mafia-Clans ist dasselbe wie bei den meisten dieser ‚Brüder': Omertà. Unbedingte Verschwiegenheit gegenüber allen außenstehenden Personen ist die oberste Regel. Wer plaudert, wird zur Bedrohung. Und weil er ja noch mehr ausplaudern könnte, handeln sie rasch."
„Frau Professor, Sie irren sich da gewaltig!" Fast wäre er aufgesprungen. „Und so einen primitiven Kerl, so einen, den nehmen die doch niemals auf!"
„Shit happens, sogar unter Ihren ‚Brüdern'. Er wäre ja auch der erste Fall seit 450 Jahren, soweit wir wissen. Fukushima war auch undenkbar. Für die aber ist Verrat das Schlimmste, dafür holen sie ihre Dolche und Schwerter wieder aus der Kiste hervor. Na ja, in diesem Fall reichte ein anonymer Brief …"
„Ja, Stefan, wo die doch alle … also nicht Leichen, aber doch jede Menge zweifelhafte Kunstwerke im Keller haben!" Will ich mit solchen Leuten heute wirklich noch Wein trinken, wenn auch nur virtuell? Als Anhängsel ihres Studienobjektes „einfacher Bürger mit simplem Weingeschmack"? Aber ich kann doch Stefan heute nicht im Stich lassen, so schockiert wie er gerade dreinschaut. Noch dazu, wo für heute amerikanische Weine angekommen sind: Belle Glos, Cannonball, Dominus Estate … Sorgers! Oh nein!
Als die barocke Fanfare ertönt und ein liebliches Kind schlafend in einer Krippe eingeblendet wird, da hat sich Frau Professor Hofbauer längst verabschiedet – mit ihrer Dose Kekse in der Hand. Wir sollen ihr aber erzählen … Ausnahmsweise darf man heute zwischen den Weinen „Gebäck" verzehren, also auch Kekse. Obwohl, gefeiert wird ja heute der zu Weihnachten 800 geweihte Kaiser und „Sachsen-Bezwinger" und „Sachsen-Bekehrer" Karl der Große.
Immerhin, und da bin ich mir jetzt ganz sicher: Beim Wein mögen sie ja unschlagbar sein, aber unsere Kekse, also Mamas Kekse, das sind die besten … bei Weitem!

Kapitel 17
Stefan
Sonntag, 16. Jänner

„Also, Herr Pfarrer, das hat mir schon einmal besser gefallen als heute!"
„Was, wieso, war meine Predigt …?
„Nein, nein, die war hervorragend wie immer …" Woher will Lucrezia das denn bitte wissen? Meines Wissens nach war sie heute gerade einmal das zweite Mal in meiner Messe, ja außer vielleicht vor Jahren damals bei Giulias Firmung.
„Also diese Musik, die mit drei Akkorden auskommt … na ja, wenn man nichts davon versteht, gefällt's einem ja vielleicht. Die Leute trinken ja auch mit Begeisterung Samos-Wein oder gar Lambrusco. Na gut, das ist ja nicht das, worüber ich mit Ihnen sprechen wollte. Ich habe da ein ganz wichtiges Anliegen, also ein wunderschönes Angebot für Sie. Aber nicht hier, nein, wissen Sie was: heute Abend bei mir, am besten gleich im Keller. Ich kann sie ja nicht so oft wegschicken, meine liebe …"
„Liebe"? Großgeschrieben wie „Geliebte"? Oder doch klein, dass ihr Name folgen sollte? Sie versteht es, dieses Thema immer in der Schwebe zu belassen. Und war das „du" nur für einen Abend? Da muss ich aber protestieren: „Eigentlich wollte ich doch Sie, Lucrezia, diesmal zu mir einladen!"
„Also wissen Sie, nächstes Mal! Ach so, wegen Ihrer Sammlung …" Sie wollte doch „unbedingt" einen geschulten Blick darauf werfen, ist aber um keinen Ausweg verlegen: „Ach bringen Sie doch ein paar schöne Stücke zu mir mit von Ihren Schätzen, also etwas von den kleineren!" Auch gut. Woher hätte ich auch am heutigen Sonntag so schnell etwas zu essen organisieren können? Also stimme ich zu und frage mich, was sie mir nur in ganz privater Atmosphäre mitteilen kann oder will. Um was für ein Anliegen oder Angebot handelt es sich denn da? Eins von der Sorte, die man nicht ablehnen kann?
Kleinere Schätze? Das eine oder andere Siegel ist kein Problem. Unbedingt das babylonische, das rückkehrende Juden aus dem Exil mitbrachten, das unbedingt. Eine Goldmünze des Justinian. Mein

mykenisches Löwen-Relief, auch aus Gold. Zwei oder drei römische Glasfläschchen, gut verpackt natürlich. Eine Statuette der Göttin Astarte. Meine zum Angeben geeignetsten Stücke eben, alle unter zehn Zentimeter.

Will die was von mir? Bin ich letztens doch zu spät gegangen? Hätte mir gerade noch gefehlt, ist ja auch lächerlich. Nur, die gute „Lucy" hatte schon ältere Herren als mich, von denen sie sicher stets etwas wollte. Was mich wiederum beruhigt. Was für einen Benefit, welchen Karrieresprung könnte ich ihr denn bieten? Den sie andererseits längst nicht mehr nötig hat. Kenn sich einer aus! Zu lange sollte ich also nicht bleiben. Andererseits, wann habe ich schon die Gelegenheit, mich mit einer derartig interessanten Klassefrau zu unterhalten?

Es dauert ewig, bis es 20 Uhr ist. Sie hat mich schon beim Tor unten erwartet, um mich direkt in ihren Weinkeller zu führen. Offensichtlich herrscht zwischen den beiden immer noch dicke Luft. Dabei ist sie doch sonst keine, die Probleme aus dem Weg geht.

Ich helfe ihr aus dem Mantel. Sie trägt diesmal einen eher legeren Hosenanzug, bordeauxrot – dem Ort angemessen. Und unter ihrem Blazer ganz offensichtlich … nichts. Bloß nicht hinstarren! Aber sie gibt sich nicht verführerisch, sondern steuert zielstrebig den fast unbeleuchteten Nebenraum an.

Da steht sie ja immer noch, diese Pétrus-Flasche. Eberhard hat längst recherchiert, dass es sich bei dieser noch um die „kostengünstigste" der sechs Bordeaux-Weine dieses damaligen Abends handelt. Im gehobenen Handel manchmal erhältlich, also für sie schon noch erschwinglich, zumindest für gehobene Anlässe. Zufall? Die darunterliegenden konnte ich zuletzt ja nicht begutachten. Und jetzt sind sie weg.

„Bitte, nimm doch Platz!" Aha, wieder per Du? Sie deckt zwei Tabletts mit Käsestücken und edlen Schinkensorten ab. Den eben hervorgebrachten Dekanter immer noch lässig mit zwei Fingern haltend. Und schenkt uns ein: „Auf unser gemeinsames Unternehmen! Salute!"

Bevor ich etwas sagen kann, trinken wir schon. Sie einen fast gierig großen Schluck. „Und, wie schmeckt er dir?"

Fangfrage. „Also, ja … ja wirklich … was für eine Wucht, ein großer Wein, in jeder Hinsicht großartig! Und irgendwie, also ja doch, irgendwie erinnert er mich an einen Wein, den ich erst vor Kurzem getrunken habe!"
„Zu Weihnachten vielleicht?"
Woher bitte … Das kann sie doch nicht wissen. „Ja doch, das könnte sein."
Wir trinken noch einen Schluck. Ihr Glas ist jetzt fast schon wieder leer. Geht nochmals nach hinten und kommt mit der leeren Flasche zurück. „Diesen Wein? Hast du tatsächlich getrunken, wirklich? Alle Achtung! Einen Sorgers, Cabernet Sauvignon 1997?"
Der Schlag trifft mich! Im Augenblick. Das ist der, also einer der Weihnachtsweine, und zwar laut Eberhards Recherche selbst von denen noch … legendären. Lucrezia lächelt mich vieldeutig an. Sie hält mir dabei die Flasche hin, beugt sich dabei so weit vor, dass ich mehr zu sehen bekomme, als mir lieb ist. Und lächelt anzüglich oder wegen des Weines hintergründig? Zweideutig wie immer.
„Stefan, ich darf doch Stefan sagen?" Tut sie doch schon die ganze Zeit. „Wir haben mehr gemeinsam, als du denkst."
Ich sollte wohl gehen, schnell sogar. Bis es mir plötzlich klar wird: „Sie, Lucrezia … also: du … auch? Bei den ‚Bartholomäern'?"
Sie beugt sich wieder weit zu mir. Jetzt aber kumpelhaft. Und spricht ganz leise, als könnte ihr sonst jemand zuhören. „Sie suchten jemanden, also auf gut Deutsch, der von Wein keine Ahnung hat, also versteh mich nicht falsch, nach *ihren* Maßstäben keine Ahnung. Und ich konnte davon ausgehen, dass gerade sie einen katholischen Priester nicht ablehnen würden."
„Du … Du hast mich vorgeschlagen? Mich önologischen Einfaltspinsel? Aber … wie kommst du selbst dazu? Ich meine: keine Französin, nicht von altem Adel, ja nicht einmal Winzerin?"
„Aber auch keine Bedürftige. Da musst du schon ganz schön etwas einbringen. Aber Geduld, die musst du auch aufbringen, sehr viel Geduld sogar. Was auch immer in deiner Wartezeit passiert, *sie* lassen sich Zeit. Und trotzdem musst du zielstrebig sein – und klug vorgehen, sonst werden diese ganz besonderen Kisten nie vor deiner Türe stehen."

„Aber wie kann man zu ihnen denn Kontakt aufnehmen? Das heißt, wie hast du denn überhaupt von denen erfahren?"
„Ja, das bleibt nun doch mein Geheimnis, muss es bleiben, sonst bin ich auch gleich wieder draußen, du verstehst?"
Ich nicke. „Du verstehst wirklich? Dann bist du nicht einfach nur wieder draußen. Du bist Mitwisserin. Und nichts mag eine geheime Bruderschaft weniger als ‚Wissende'. Die haben da so ihre Mittel. Ich weiß nicht, wie weit die gehen ... und will es auch gar nicht wissen. Salute!"
Ich denke, ich verstehe, so einigermaßen. Und nehme einen Schluck vom Wein jenes vorlauten Herren, bei dem ihre Mittel durchaus ausgereicht haben.
„Ich bin ja auch erst ein ‚provisorischer Bruder', also ein Ersatzbruder auf Zeit. Klingt schon etwas eigen, aber gegendert wird bei denen nicht. Da ist dieser junge Herr, altmodisch wie Prince Charles, wenn auch fast 50 Jahre jünger, der auch möchte, durchaus vermögend, ‚Sommelier des Jahres' in ... irgendwo. Und sehr katholisch. Und zwei seiner Vorfahren waren auch schon ‚Bartholomäer', der erste sogar schon im 18. Jahrhundert. Nur eines fehlt ihm noch, das nötige Alter. Vollmitglied kannst du erst mit 33 Jahren werden."
„Mit 33 erst?" Das wusste ich noch nicht. Wäre auch nicht mein Problem.
„Das Alter Jesu! Warum auch immer. Da muss er noch sechs Jahre warten! Also er kann ihnen dienen, als Bote etwa, oder sie bedienen, die alten Herren. Er wird es schaffen. Aber ich darf mir nicht den geringsten Fehler erlauben."
„Und dann? Die Zahl von genau 16 Mitgliedern, die ist doch fix!"
„Ja selbstverständlich. Seit den Tagen, als das Blut noch nicht getrocknet war ..." Sie spricht so ironisch-theatralisch, dass ich mich schon frage, warum sie dann überhaupt dabei sein möchte. Wenn man das nicht ernst nimmt, wozu ...
„In sechs Jahren oder so, da wird die biologische Uhr für einen der Herren wohl ausgetickt haben ... dann kann er nachrücken. Ich selbst werde nie wirklich zum innersten Kreis gehören. Aber weißt du, sie suchen sich ab und zu auch Mitglieder, über die sie sich bei aller ausgesuchten Höflichkeit geistig erheben können. Über die sie

‚ganz unter sich' sicher Scherze reißen, ihre eigene Überlegenheit zelebrieren und genießen können. Und du, sorry, spielst da sowieso den Dorftrottel... Aber was soll's, der Wein ist unerreichbar fantastisch, auch der von Sorgers, der ganz besonders. Und er? War als ‚barbarischer Ami' der Vorgänger in meiner Rolle. Sollen die doch denken, was sie wollen, tu' ich ja auch! Aber diese Weine!" Eine wie Lucrezia nimmt doch niemals in Kauf, was sie nicht will! Ich verstehe das nicht. Und ich finde gar nicht, dass diese Herren ... Sind doch alles nur Unterstellungen: Wer im Verborgenen wirkt und noch dazu reich ist, der kann sich nicht wehren, dem kann man alles umhängen ... wie damals schon den Templern. Aber bevor ich noch ...
„Aber jetzt zu unserem gemeinsamen Unternehmen!" Mit einem Schluck Wein im Mund, einem fragenden Blick im Gesicht, den sie übergeht, komme ich gar nicht zu Wort.
„Eine Wallfahrt! Mit deiner Pfarre – nach Florenz! So bald wie möglich, also Anfang Februar ist die beste Zeit dort in jeder Hinsicht, am besten in der Semester-Woche. Santa Croce, was für ein inspirierendes Ziel! Die Pazzi-Kapelle, ich erzählte dir, ja, dorthin!"
Ihr Handy läutet. Sie will wegdrücken, nimmt dann aber doch an: „Verzeih', ausgerechnet ... ich muss!" Sie läuft in den düsteren Nebenraum. Aber sie ist zu aufgeregt, um zu flüstern. Also höre ich manches mit. „Liebling, was für eine Überraschung ... aber Herr Professor, wirklich heute noch? Ich dachte ... ach, abgesagt, wie schade!" Sie lacht amüsiert. „So spät noch? Zu lange schon, ja, da hast du recht, viel zu lange, also wenn ... wenn du so ..." Dieses Wort bleibt unhörbar. „... auf mich bist, dann bin ich's auch, auf der Stelle. Bis dann ... gleich, Emilio! Ciao!"
Obwohl es jetzt erst so richtig „zur Sache" geht, wirkt sie ab sofort fahrig, wie in Eile. Obwohl es ihr doch ein großes Anliegen ist, diese „Dank-Wallfahrt". Und den Brüdern übrigens auch. Jeder der Brüder veranstaltet so eine Wallfahrt, sie haben es sich in aller Form geschworen, sagt sie. Und sie dann eben mit uns. Daher weht der Wind also. Mit wem auch sonst? Ihr „Freundeskreis" dürfte ja doch eher überschaubar sein.

Gleich vorweg stellt sie klar, dass sie alles zahlen wird, für zwölf Personen: die Busfahrt, die Unterbringung im Kloster Santo Spirito, Essen, Eintritte und Kunstführungen. Und sie gibt uns das schon einmal erwähnte Kreuz mit auf den Weg. Als Geschenk. Und das alles eine Woche lang.

Und warum nach Florenz? Ob ich denn nicht wisse ... Ach ja, dieser Pilgerweg von Assisi nach Rom, der heilige Franziskus, natürlich ... Und sie selbst wird gemeinsam mit den „Besten vor Ort" die Reiseleitung übernehmen. Und als ich sie noch einmal frage, warum denn so eilig, klingt es aus ihrem Mund entschlossen wie einst ein Aufruf zum Kreuzzug durch Papst Leo: „Gott will es!" Mir bleibt nur noch, elf pilgerwillige aufrechte Christen um mich zu scharen und ein paar Termine zu verschieben. Ach ja, dieses Kreuz? Ach so, beim nächsten Mal, ja heute ... heute nicht ... zu gut verpackt, zu gründlich ... Ich verstehe.

Als ich zum Haustor komme, tritt gerade ein respektabler Herr etwa meines Alters ein – mit einem Strauß Rosen, mindestens 30 leuchtend rote!

Aha. Sie hat mir gar keine Zeit gelassen, detaillierter über diese Wallfahrt zu sprechen. Ob ich das überhaupt so will, und wie wir uns darauf vorbereiten sollen und ... ich spüre in meinen Manteltaschen die zwei Schächtelchen mit meinen Schätzen, auch unerwähnt, unbestaunt ...

Und schon auf der Straße, da wird das Tor noch einmal aufgerissen, heftig, sogar mit einem hemmungslosen Tritt dagegen. Arme Giselle, brich dir nicht auch noch den Absatz ab!

Kapitel 18
Arnold
Donnerstag, 3. Februar

Sie kann's einfach nicht lassen, diese Signora Lucrezia Bergé. Wir könnten ja auch einfach essen gehen, von mir aus auch *fein* essen gehen. Aber mit ihr muss es gleich ein Galadiner sein, und natürlich

kommt da nur das „Il Príncipe" infrage. Florenz ist ja an sich schon kein kostengünstiges Pflaster, aber gleich dieser Nobelladen! Und noch bevor wir aus dem Bus gestiegen sind, verkündete sie freudestrahlend, dass im Keller hier 120.000 Weinflaschen auf uns warten. Stefan hat tatsächlich einen seiner neuen Maßanzüge mitgebracht, mit denen er sich monatlich vor seinen Monitor setzt. Sollten seine Weinbrüder jemals ausgehen, könnten sie durchaus am Nachbartisch Platz genommen haben. Zum Glück hab ich auch einen meiner besseren Anzüge mitgenommen.
Lucrezia selbst ist in einem weißen Hosenanzug erschienen, nicht ganz weiß, Rohseide eben. Und obwohl sie sich hier mit so manchem Abendkleid messen muss, sticht sie durch Ohrringe und ein Collier heraus, deren große Rubine es hier im Kerzenlicht mit den allerbesten Burgundern aufnehmen können. Lena in einem Kleid habe ich noch selten gesehen, zwar schlicht, aber bei ihrer Jugend! Nur Gregor hätte sich etwas mehr anstrengen können. Ich wollte ihm ja eines meiner Sakkos leihen, aber in das kann er so schnell nicht hineinwachsen.
Nach Lucrezias abendlicher Exklusiv-Führung durch die Uffcien ist es jetzt schon fast zehn, was hier aber kein Problem darstellt. Wie sie das wieder geschafft hat, noch nach der Sperre dieses Museums von Weltrang allein mit uns durch die leeren Säle wandeln zu dürfen? Gestern kam ja auch gleich ein Erzbischof höchstpersönlich, um unser neues Kreuz zu segnen, zwar nicht der einheimische, sondern einer aus Argentinien, aber immerhin gleich mit Stab und Mitra, was ihn aber nicht daran hinderte, mit ihr Wangenküsschen auszutauschen.
Diese Segnung erfolgte nicht im Dom, sondern in der von ihr so geliebten Kirche Santa Croce, für die sie außer Begeisterung nur … Schwärmereien übrig hat. Und wo nebenan diese Pazzis begraben liegen, größenwahnsinnige Bankiers – und rücksichtslose Mörder. Mit Verbindungen bis nach ganz oben, bis zum Papst hin. So etwas imponiert unserer Lucrezia eben.
In Florenz könnte ich wochenlang bleiben, auch ohne Lucrezia. Dieses Flair, diese allgegenwärtigen gallerias und istituti und fondazioni, also Stiftungen, von denen wohl auch die Einheimischen

und die Finanzbehörden nicht so recht wissen, wer denn da aus welchem Grund sein Geld wofür stiftet. In all dem scheint immer noch der Geist der Medici zu stecken. Wie heißt es doch so schön: In der Schweiz herrschten jahrhundertelang Frieden und Ruhe. Und was haben die Eidgenossen da hervorgebracht: die Kuckucksuhr. Hier in Mittelitalien war zur selben Zeit ständig Kampf und Krieg und Gewalt an der Tagesordnung. Und was brachte das hervor: die Renaissance! ... Blöd nur, dass dieses Bonmot von Mussolini stammen soll, also Vorsicht! Und stammt die Kuckucksuhr nicht aus dem Schwarzwald?

Natürlich kenne ich Florenz und seine Schätze schon seit meiner Studentenzeit, doch auch diesmal habe ich etwas Neues entdeckt: einen David, zu dessen Füßen schon der Kopf des Goliath liegt, das Schwert noch in der Hand. Von Andrea del Verocchio. Was für ein schmächtiges Bürscherl der noch ist, aber was für ein Selbstbewusstsein! Der weiß, wer er ist. Mehr Seiten der Bibel werden einmal von ihm erzählen als selbst von Jesus! Nehmt euch bloß in Acht vor mir! Ja, ja, dich gibt's auch in weiblich ... gleich nebenan – mit tiefrot leuchtenden Rubinen!

Irgendwie weiß keiner von uns mit dieser überkandidelten Speisenfolge etwas anzufangen. Außer Lucrezia selbst vielleicht, aber sie kostet kaum etwas, ist allzu sehr ins Gespräch vertieft. Mit Stefan, fast ausschließlich, also wenn man ihre gestenreiche Suada überhaupt ein Gespräch nennen kann.

An den anderen Abenden hat sie sich stets entschuldigt und wohnte auch nicht bei uns. War ihr der Gästetrakt des Klosters Santo Spirito nicht luxuriös genug? Ich hatte früher ja auch sehr liebe Bekannte, wie man so sagt, in jeder Stadt. Kann natürlich auch sein, dass sie die Einladung eines Conte so und so oder des Erzbischofs einfach nicht ausschlagen konnte.

Sie versteht eine Menge von dieser einzigartigen Stadt, kennt jeden Winkel, unzählige Geschichten. Nur was sie an dieser Pazzi-Kapelle für einen Narren gefressen hat? Nur weil dort dieser Machiavelli begraben liegt, offensichtlich ihr Leitstern schlechthin. Muss man da noch eigens erwähnen, dass die Weine im „Il Príncipe" nichts zu wünschen übrig ließen?

Kapitel 19
Lena
Sonntag, 6. Februar

Wir sitzen im Imbiss der Raststation „Arnwiesen", mit dem Bus zwei Stunden vor Wien. Gregor und ich etwas abseits. Die Gruppe ist ja voll in Ordnung, aber ständig zu zwölft an einem Tisch. Und ständig nur eine, die den Ton angibt. Immerhin, eine energische Frau, die es in einer beinharten Männerwelt zu etwas gebracht hat, zu sehr viel sogar. Nicht nur das: Sie kann mitreißend erzählen, weiß auf so gut wie jede Nachfrage zu antworten. Also zumindest was Florenz und seine Kunstwerke anbelangt.
Gregor geht sie nur noch auf die Nerven. Er geht ihr aus dem Weg, wo er nur kann. Von Anfang an war sie für ihn zuallererst Marcos Tante, eben die „bitch". Und wie sie mit ihm umgegangen ist, war ja auch wirklich unterste Schublade. Sie zeigt eben nicht nur gerne ihr Wissen, sondern noch lieber ihre Macht – ganz im Stile der Berühmtheiten dieser Stadt.
Aber als sie dann diese Pazzi-Geschichte erzählte, dieses eine Mal hing auch er an ihren Lippen. Wir standen im Dom an genau dieser Stelle, wo das damals geschehen war. Die schnell reich gewordenen Bankiers des Pazzi-Clans wollten die Übermacht der Medici brechen, verbündeten sich mit diversen Warlords, dem Erzbischof – und dann auch noch mit dem Papst, auch kein Freund dieser glänzenden Familie. Natürlich musste der pro forma darauf bestehen, dass es keine Toten geben dürfe … Ja was denn?
Sie warteten am Ostersonntag im Dom auf die Brüder Medici, warteten bis zum Glockenzeichen der Wandlung, wo alle gebannt die Hostie anblicken mussten. Und das Ärgste: Der Bischof, selbst einer der Rädelsführer, heißt es, hielt die Hostie diesmal besonders lange hoch, damit die Verschwörer sich ungehindert auf die Brüder stürzen konnten. Mit dabei auch zwei Priester, für die nur spricht, dass sie darin sichtlich ungeübt waren. Denn nur einer starb – Lorenzo konnte verletzt entkommen und die Stadt gegen die Mörder mobilisieren. Was deren Lebenserwartung deutlich verkürzte. Den letzten kaufte er dem Sultan von Konstantinopel ab, zu dem dieser geflohen

war. Der Anblick seiner Hinrichtung durch den Strang war Leonardo da Vinci eine kleine Skizze wert.

All das erzählte sie uns an den Originalschauplätzen, beim Grab der Pazzis und des Mordopfers Giuliano de' Medici, immerhin ein Hauptwerk Michelangelos. Und ausgerechnet dort fand diese seltsame Kreuzweihe statt. Was bitte brauchen wir dazu einen argentinischen Erzbischof, den ja doch keiner versteht? Warum nicht Stefan selbst? Aber der tut ja doch nur noch, was ihm diese Lucrezia einflüstert. Obwohl ... kann die gute Lucrezia überhaupt flüstern?

Dieses Kreuz selbst soll schon alt sein, ist es wohl auch. Erst kurz vor der Weihe wurde es endlich ausgepackt. Aber mich spricht es nicht besonders an. Dieser Jesus wirkt ja fast noch wie ein Kind ... also so um die 14! Sie meint, da gäbe es Parallelen zu Michelangelos berühmter Pietá, wo Maria ja auch viel zu jung sei ... Mag ja sein, aber unserer ist nun wirklich kein Michelangelo!

Hier in der Raststation, ein wenig abseits, kommen wir beide zu einem ähnlichen Fazit: Alles in allem war es diese Reise wert. Also doch viel mehr als ein „geschenkter Gaul". Eine wirklich beeindruckende Stadt – und diesmal ganz ohne Sommerhitze. Und wann werden wir Dom und Baptisterium jemals wieder so leer erleben? Zwar um sieben Uhr früh, aber ganz allein für uns geöffnet. Einfach wow, was diese Frau so alles zuwege bringt.

Nur zuletzt wurde es dann völlig chaotisch. Schon als wir ein letztes Mal in unsere Herberge kamen, um einzupacken, mussten wir uns durch Menschenmassen drängen, voll aggressive Massen noch dazu. So eine durchgeknallte Corona-Demo gegen das Impfen oder gegen die Coronamaßnahmen. Zieht so was denn immer noch? Und dann fiel der Strom aus. An sich kein großes Problem für uns. So düster die Gänge dadurch auch waren, wir kannten sie ja schon. Aber wirklich schwierig wurde es für die beiden aus der Gruppe, die unser Kreuz zum Bus bringen sollten. Zum Glück half einer der Mönche, ihnen den Weg zu bahnen. Wer weiß, was geschehen wäre, wäre es nicht so gut verpackt gewesen. Apropos: Wer hat das eigentlich verpackt?

„Schön langsam könnten wir aufbrechen, sind noch zwei Stunden!" Hat Gregor heute denn noch etwas vor? „Lena, warte, ich bezahle!"

„Wie großzügig!"
Er lächelt. Natürlich! „Hat *sie* doch schon, wie immer!"
„Auch gut." Ich will meine Börse gerade wieder einstecken, da kommt Stefan herein, aufgeregt, wild gestikulierend, heftig einredend auf … na, auf wen wohl? Auch sie springt auf, läuft mit ihm hinaus, fast alle anderen hinterher, wir beide dann eben auch.
Wir stehen vollzählig vor unserem Bus. Die seitlichen Ladeklappen stehen offen, unser ganzes Gepäck liegt heraußen. Unser Fahrer kriecht gerade aus dem Untergeschoss seines Gefährtes: „Da ist nichts mehr, gar nichts mehr – außer mein Werkzeug!"
Endlich verstehe ich: Unser Kreuz ist weg, spurlos! Auch keine Spur von seiner aufwendigen Verpackung.
„Aber wir haben es doch noch mühsam durch diese dunklen Gänge getragen und sorgsam abgelegt! Wie ist das passiert?"
Gregor und ich bestätigen, dass wir die Verladung mit angesehen haben. Und den Verschluss der Ladeklappen danach. Arnold folgert: „Dann muss das hier geschehen sein während der letzten Stunde, also während wir drinnen … Sie ja auch, oder?"
Der Chauffeur nickt. Er ist ganz blass geworden: „So einen Schlüssel, den hat ja … also die von meiner Firma … oder eine Spezialwerkstatt, die sicher auch, aber … jedenfalls wurde nichts aufgebrochen."
„Wie gewonnen, so …", stottert Stefan vor sich hin, sichtlich geschockt und enttäuscht.
Lucrezia versucht ihn zu trösten: „Ich werde bei nächster Gelegenheit wieder mitsteigern, wird nur ein paar Monate dauern. Ich finde etwas Adäquates. So etwas ist ja nicht unersetzbar."
In gedrückter Stimmung gehen die letzten zwei Stunden herum. Voll gepackt mit Rätselraten und Mutmaßungen. Wir verabschieden uns schnell. Wie auch immer, nach Florenz fahren wir sicher bald wieder, aber dann nur Gregor und ich. Das haben wir gerade beschlossen. Genau genommen war das jetzt seine Idee.

Kapitel 20
Gerald
Samstag, 12. Februar

Stefan hat sich offensichtlich wohlverhalten. Zumindest die geringen Erwartungen erfüllt, die man in einen wie uns schon setzen kann. In den Augen seiner erlauchten „Brüder" zumindest. Und wird weiterhin zu diesen Abenden geladen, die Sterbliche nur ganz selten schauen dürfen. Eberhard ist wieder zurück auf Kreta, um die Planungen für den Saisonstart weiterzutreiben. Und Arnold auf einer seiner selten gewordenen Seminar-Veranstaltungen im Ausland. So wurde denn doch wieder ich von Stefan dazu auserwählt, mit ihm „Martini Entschlafung" zu zelebrieren.

Da mir Stefan den Inhalt dieses Festes noch nicht verraten wollte, rätsle ich jetzt schon geraume Zeit, welcher Martin …? Denjenigen von Tours, den Patron der Franzosen, den hatten wir doch erst vor drei Monaten. Von den Päpsten käme Martin V. infrage, der die Macht des Papsttums hartnäckig verteidigte, maßgeblich an der Verurteilung von Jan Hus beteiligt war – sicher auch ein Freudentag der „Brüder" – und am Martinstag zum Papst gewählt wurde und damit die große Spaltung der Kirche beendete. Nur zu einem Heiligen brachte der es nie. Und von „Entschlafung" spricht man doch nur bei Maria.

„Na ja, vielleicht hieß ja einer der heiligen Siebenschläfer Martin?", werfe ich ein. Aber Stefan ist wie immer in diesen Tagen von heiligem Ernst erfüllt, jedenfalls nicht für Scherze zu begeistern. Jedem Anhauch von Ironie seinen „Wein-Brüdern" gegenüber begegnet er mit grimmigen Blicken: „Wer bitte hieß denn damals in der Türkei Martin?"

Ob sich ein Hinweis in der Auswahl der heutigen Weine verbirgt? Die stammen aus dem Süden Frankreichs, aus dem Languedoc: Carignan noir, eine klassische, aber etwas aus der Mode gekommene Rebsorte – im Eichenfass gereift und in Kreuzungen mir Cabernet Sauvignon und Ruby Cabernet. Verheißungsvoll, aber … welcher Martin?

Stefan trauert immer noch diesem Kreuz nach, das ich nie gesehen habe und von dem auch er nur ein schlechtes, verwackeltes Handy-

Foto hat. In dem einzigen Moment in dieser halbdunklen Kapelle aufgenommen, wo es zur Segnung kurz ausgepackt worden war. Also was ich darauf erkennen kann, macht keinen allzu großen Eindruck auf mich.

Ein wenig Zeit bleibt uns ja noch, nachdem wir die Weine sorgfältig entkorkt und vorbereitet haben.

„Sag einmal, Stefan, nach allem, was du mir erzählt hast, was wollte diese Lucrezia denn wirklich von euch, wozu der ganze Aufwand?"

„Ihre Idee war so eine Art Dankwallfahrt, die sie irgendwo gelobt hatte – zum Ende der Pandemie."

„Was bitte war daran denn eine Wallfahrt? Außer diesem seltsamen Brimborium mit dem argentinischen Kardinal?"

„Erzbischof."

„Auch gut. Aber ... hast ja selbst gesagt, selbst eine Sonntagsmesse war gar nicht eingeplant, hast du eigens reinreklamieren müssen, zeitig in der Früh eingeschoben ins Galaprogramm."

„Du weiß doch, gerade Leute, die der Kirche nicht so nahe stehen, haben dann plötzlich sehr fromme Anwandlungen. Fixe Vorstellungen, auch seltsame. Aber sie schien das sehr ernst zu meinen."

„Dabei haben doch gerade Multimillionäre am meisten von dieser Krise profitiert, sie doch sicher auch."

„Das ist eine Unterstellung, Gerald! Ja, wahrscheinlich sogar zutreffend. Aber ich bin sicher, in Wahrheit geht es ihr doch immer um Giulia. Du weißt ja, dass die Krise Künstlern besonders hart zusetzt."

„Verstehe, das ergibt Sinn. Aber warum war Giulia dann nicht mit?"

„Die übt doch wie verrückt für diesen Paganini-Wettbewerb. Die Vorausscheidung hat sie schon mal überstanden, vorgestern! Die erste Runde von drei! Neben ihr sind jetzt noch elf andere im Wettbewerb. Das Finale startet in 14 Tagen."

„Sag mal, bei so viel Wein ... hast du nicht schnell was zu essen, also außer diesem spartanischen Weißbrot da?!"

„Du willst tatsächlich ... vorher? Ob das wirklich so ... Also gut, aber nur einen milden Käse!"

„So, aber jetzt schauen wir mal, welcher Martin denn da entschlafen ist! Jetzt verrat's schon!"

„Wart's ab! Ich glaub's nicht! Ist es denn schon so spät? Du weißt ja, ich habe keine Uhr, die ich hier tragen könnte."
Nach der Fanfare, dem dicken Samtvorhang und einem Rundblick auf jene Flaschen, die auch Stefans eher billigem Wohnzimmertisch ungeahnten Wert verleihen, richtet der Gastgeber, ein „Bruder Aymeric", auf einen kaum merklichen Wink des „Einsamen" neben ihm das Wort an uns:
„Welch Werk des Sieges und der Gerechtigkeit, wenn Böses, ja Diabolisches abtritt und den zweiten Tod erleidet, aus dem es kein Entrinnen mehr gibt. Der Ewig-Gutes verworfen hat, der die rechtgläubige Herde wie ein wilder Wolf zerbiss und zerstreute, eben der Durcheinanderwerfer, der Diabolos. Seinem Werk und seinem Nachwirken mussten wir uns stets entgegenstellen wie Karl Martell einst den islamischen Räubern, wie Karl der Große den meineidigen Sachsen, wie der edle Polenkönig Jan sich den Mordsgesellen des Sultans entgegenstellte. Wie unsere Urahnen den hinterhältigen Hugenotten ihre Stirn boten. So feiern wir heute seine ‚Entschlafung' im gotteslästerlichen Lotterbett, den Tod dieses Erzketzers ... Martin Luther! Und das ewige Feuer verzehre ihn! Amen."
„Amen", kommt es vielstimmig und inbrünstig aus dem kleinen Lautsprecherpaar.
Jetzt reicht's aber! Sind die total übergeschnappt?
„Stefan, dreh das ab! Schalt das aus, das ist ja unerträglich. Da kannst du doch nicht auch noch mitmachen!"
Der hat sein Mikro blitzschnell ausgeschaltet und zischt mir zu: „Ich weiß, das ist wirklich, ja ... aber sei bitte still. Sonst ... Das ist eben so ... bei ihnen. Sind ja auch keine Theologen."
„Das nennst du gebildet? Nobel? Taktvoll? Gefährliche, engstirnige Idioten sind das. Huldigen Massenmördern, ja was denn noch. Komm zur Besinnung, wie lange willst du denn noch ...?"
Stefan ist nur verzweifelt, aber nicht über diese geifernden „Bartholomäer", sondern über mich! Will es „mir erklären", Verständnis dafür aufbringen, weil ja ... ich müsse doch verstehen.
Nichts da, Schlussstrich! Mit denen trink ich keinen Wein, auch nicht mit diesem schweigsamen „Einsamen", der zu all dem nur genickt hat. Ich überkreuze meine angewinkelten Oberarme und rufe Ste-

fan zu: „Stopp!" ... und gehe. Er schaut mir ganz unglücklich nach, wagt aber nicht, mir nach und somit aus dem Bild zu gehen. Bleibt sitzen, stellt das Mikro wieder an, schenkt sich ein ... Ohne mich! Wie war das noch? Hier gehe ich nun und kann nicht anders! Oder so ähnlich.

Kapitel 21
Stefan
Samstag, 19. Februar

„Sag einmal, Stefan, geht's dir nicht gut, bist du krank?"
Was? „Wie kommst du denn darauf, Hannah?"
„Von dir kommt nichts, ich mein', schon, du machst so deine Sachen, aber ... eben nur wie irgendein Pfarrer. Deine Ideen, deine schrägen Projekte und so ... Ich seh da nichts mehr."
„Weiß auch nicht. Ich bin oft müde, grundlos, brauch plötzlich zwei Stunden Schlaf mitten am Tag. Kann auch nicht immer der Motor sein ..."
„Midlife-Krise?"
Jetzt hat sie mich zum Lachen gebracht: „Midlife-Crisis mit über 60! Ein optimistischer Ansatz. Ist wohl eher wie im Football: letztes Viertel."
„Das ist dann aber auch das entscheidende, da kann sich noch einmal alles drehen mit einem kräftigen Motivationsschub."
„Auf den wart' ich gerade. Eigentlich schon länger ..."
„Schau doch wieder einmal am Mittwoch bei uns vorbei, würde uns freuen, schön langsam tut sich wieder was ... oder später am Abend dann, bei uns Oldies." Weg war sie.
Ja Hannah, *die* ist motiviert, frech, kämpferisch: Frauenrechte, Rassismus, Gendern – da lässt sie nichts aus. Vielleicht ein wenig zu ideologisch, um wirklich kreativ zu sein, aber da tu' ich ihr wahrscheinlich unrecht. Macht ja nächstes Jahr erst die Matura, die hat schon was drauf. Ich bin irgendwie nicht ... da. Wie weggetreten. Da hat sie recht. Was ist das bloß? Fühlt sich irgendwie endgültig an. Oder sind es

diese „Bartholomäer", die mich so in Beschlag nehmen? Ich bin einfach noch nie mit derart wichtigen Persönlichkeiten zusammengekommen. Ehrlich gesagt haben mich diese Promis und „Wirtschaftstreibenden" oder gar Adeligen nie interessiert, bin ihnen sogar instinktiv immer aus dem Weg gegangen. Andere Pfarrer sind da offener, was ihren Fund-Raising-Aktivitäten auch zugutekommt. Aber es gibt da auch echte, jahrelange Freundschaften.
Und jetzt, wo ich einmal in solche Kreise eingeladen werde und großzügig beschenkt werde ... da rennt der Gerald mitten im Treffen davon, tut schrecklich entsetzt – und meldet sich seit einer ganzen Woche nicht mehr. Ja, und wenn die auch einen Klescher haben, muss man ja so sagen, wer aber hat den nicht? Darf man doch nicht so eng sehen: Nach 450 Jahren haben die eben so ihre Traditionen. Was bitte schleppen denn wir Katholiken so alles mit uns herum? Wir mögen – offiziell – die Pille ebenso wenig wie Frauen als Priesterinnen oder Homosexuelle, immer noch! Genauso daneben wie ... dass die eben den Luther nicht mögen, na und?
Die allermeisten Katholiken weichen doch auch längst von ihren Traditionen ab, zumindest da und dort. So denken bei den „Brüdern" die meisten sicher auch längst anders, vermute ich mal, und halten eben noch so am Brauchtum fest. Ist halt so mit „offiziellen Linien". Außerdem: Den Luther muss man nicht mögen, die von ihm zuerst aufgestachelten, dann aber im Stich gelassenen aufständischen Bauern, die hassten ihn ja auch schon sehr bald.
Das sind Menschen, die vielleicht längst spüren, dass sie allzu isoliert wie in einer Blase leben. Und die da herauswollen, ein Stück weit zumindest, laden mich ein, teilen mit mir ihre Köstlichkeiten, immer freundlich, großzügig, taktvoll, mit Sinn für Ritus und zu Herzen gehende Feiern.
Bei diesem letzten Treffen, das sich Gerald entgehen ließ, kam die Rede dann auf die heiligen Gaben der Eucharistie, besonders natürlich auf den Wein. Und dass Luther das anders interpretierte als wir Katholiken. Aber danach fragten sie mich als Theologen, wie ich das verstehe, aber ich solle in einfachen Worten ... Und ich begann mit der Situation beim letzten Abendmahl und dem Vertrauen Jesu in seinen Vater. Und sie hörten gespannt zu. Jedenfalls fasste ich da

Mut und fragte, ob ich etwas ganz Besonderes aus meiner Sammlung zeigen dürfe. Ich brachte meinen geflickten Becher aus dem frühchristlichen Grab und führte ihnen alles genauso aus, wie ich es bei der Leiterin unseres Diözesanmuseums versucht hatte.

Und siehe da! Das Interesse war groß, wurde immer intensiver. Ging über in Staunen und ... Verehrung. Einer fiel spontan auf seine Knie. Auch wenn ich natürlich keinen letzten Beweis erbringen kann – und das auch nicht behaupte. Der „Einsame" selbst ergriff das Wort und sprach mit zitternder Stimme: „Das wahrhaft ist einer der größten Momente in der Geschichte unserer Fraternité! Die Zeit mag erweisen, ob es *der* größte sei." Und lange noch musste ich den Becher in die Kamera halten. Und sie betrachteten ihn stumm. Bis ich sie zuletzt mit ihm segnen sollte.

Da ist etwas bei all diesen Treffen, das ich so noch nicht gekannt habe, vielleicht sogar vermisst habe. Sicher, das sind auch religiöse und traditionsverbundene Christen. Aber ganz ohne dieses Süßliche und vor allem Säuerliche, das viele Konservative sonst stets ausstrahlen. Nichts davon! Tiefer Glaube *und* Lebensfreude, Freude an der vertrauten Gemeinschaft – und natürlich am Wein. Nichts schlägt den Wein in seiner Vielfalt an Nuancen, die uns immer wieder überraschen. Sogar mich inzwischen!

Eine Zeit lang waren sie danach weg, wie weggeblasen nach diesem Treffen, diese Träume, die mich seit Wochen schon verfolgen. Nicht wirklich Albträume, nicht so dramatisch und ängstigend. Und doch immer wieder deprimierend, immer nach ähnlichem Schema: Ich soll etwas tun, das manchmal mit meinen Aufgaben als Priester zu tun hat, manchmal auch nicht. Ganz normale Aufgaben eben. Und dann kommt etwas dazwischen, eine Unachtsamkeit, eine Verspätung, eine zweite und genauso wichtige Aufgabe. Und was auch immer ich versuche: Es geht sich nicht aus. Ich schaffe es einfach nicht – und alles wird immer noch komplizierter und peinlicher.

Das geht so, seit ich vor einigen Wochen, und das war und ist mir furchtbar peinlich und ist mir in den 35 Jahren zuvor nie passiert ... Ich habe ein Begräbnis versäumt, 13 Uhr mit 3 Uhr Nachmittag verwechselt. Und wollte mich gerade dafür anziehen, als der erboste Anruf kam, wo ich denn bleibe ... und kurz danach der zweite An-

ruf, ich könne bleiben, wo ich bin. Ein Diakon sei zur Stelle und springe jetzt für mich ein. Der dritte angedrohte Anruf kam nie. Warum habe ich diesen Termin auch nicht dreimal gegengecheckt, wie ich das sonst doch immer mache? Eben weil ich nicht ganz da bin! Aber warum?
Ist es die Bruderschaft, die mich so ablenkt? Aber da ist ja derzeit Pause – Sendepause. Fastenzeit. Die nehmen das ernst. Nächstes Treffen ist erst wieder am Ostermontag, also am 18. April. Und es geht mir ab, sehr sogar. Und meine Freunde, die auch. Als ob sie sich vor mir zurückgezogen hätten. Mal sehen, ob sie nicht doch nächste Woche zu Giulias Wettbewerbs-Konzert mitkommen werden.

Kapitel 22
Arnold
Freitag, 25. Februar

Musikverein. Fast ein Jahr, seit ich das letzte Mal hier war. Der Gläserne Saal ist es diesmal, nicht der ‚Große'. In 14 Tagen dann, bei der Endrunde, sind wir dann im Konzerthaus – wenn alles gut geht für Giulia. Und schon wenige Minuten nach Einlass ist es hier rappelvoll. Alle wollen hier jemanden lautstark unterstützen und belegen dafür blitzschnell die besten Plätze. Und vor der ersten Reihe noch die fünfköpfige Jury, in Zweiergespräche vertieft. Nur eine Jurorin vergräbt sich in ihren Unterlagen.
Außer mir sind nur noch die Rauters gekommen, stets kritische Geister, denen nicht der geringste Fehler entgehen wird, von denen sie sich hier auch mehr erwarten dürfen als zwei Stockwerke über uns. Sonst wollte niemand aus der Pfarre zu diesem ‚Schülerkonzert' kommen. Dabei spielt hier heute die zukünftige Weltelite … gemeinsam mit denen, die es noch zehn Jahre lang versuchen und dann doch nie erreichen werden. Und ich wette, gut 95 Prozent der hier Anwesenden können diesen Unterschied nicht wirklich heraushören. Ich nicht und auch Stefan nicht, der sich als „Musik-Platoniker" bezeichnet: „Zuerst höre ich die Musik, die Idee … die Aus-

führung nehme ich nur wahr, wenn sie mich stört, daran hindert, das Werk zu hören. Natürlich kann der Funke überspringen, aber dafür ist Perfektion nicht das Wichtigste."

Da ich ja selbst Vater eines – fast – weltbekannten Geigers bin und die Entwicklung seines Spiels hautnah erlebte, weiß ich aber sehr wohl: Perfekte Technik ist die Voraussetzung dafür, so locker zu spielen, sich so in die Musik fallen zu lassen, dass dieser Funke überspringen kann. Benjamin wird diese Ausscheidung heute im Stream mit verfolgen und mir sein Urteil nachher zukommen lassen.

Auch Stefan wirkt ein wenig steifer und abwesender als zuletzt. Gerade weil er angespannt ist wie Fans vor einem Fußballspiel. Genauer wie vor einem Entscheidungsspiel oder gar Schicksalsspiel, denn auch hier gibt es kein Unentschieden. Entsprechend haben auch die Fanclubs ihre Positionen eingenommen, zwar ohne Kriegsbemalung und mit nur kleinen Schildern ausgestattet, aber zu lautstarkem Jubel bereit, wenn ihre Cousine oder ihr Freund auftreten werden. Rassistische Ausfälle sind hier nicht zu erwarten, obwohl ich mir ziemlich sicher bin, dass viele die große Zahl teilnehmender asiatischer Künstler und Künstlerinnen nicht goutieren.

Soeben schlüpft Lucrezia durch die Reihen zu dem frei gehaltenen Platz neben Stefan, grüßt kurz, blickt sich nicht ganz frei von Nervosität um. Und schon betritt ein Jurij aus Sankt Petersburg das Podium. Ich höre, wie sie Stefan zuflüstert: „Keine Konkurrenz für Giulia! Niemand hier mag Russen, so schon nicht, aber erst recht keinen Dicken, der jetzt schon schwitzt! Und was für ein ekelhaftes Tremolo der spielt!"

Also ich finde ihn gut. Auch wenn er seine Nervosität nie ganz ablegen kann, einen richtiggehend ansteckt damit. Nach zwei Solostücken, mit geschlossenen Augen durchaus hörenswert, erscheint ein kleines Universitäts-Orchester und begleitet ihn zu Vivaldi. Und zuletzt – denn ohne den geht hier gar nichts – zu Paganini. Der übrigens mehrmals seine neuen und streng geheimen Kompositionen von einem Konkurrenten aufgeführt anhören musste, bevor er selbst sie noch zum Besten gegeben hatte. Wie das? Der schlaue Unkreative mietete stets Hotelzimmer neben Paganini, hörte mit – und kopierte.

Jurij bekommt freundlichen Applaus. Die Jurymitglieder wiegen ihre Häupter, machen Notizen, besprechen sich kurz, bevor Seoyang auftritt, begleitet von respektablem, meist koreanisch-stämmigen Gekreische.

Lucrezia zuckt leicht zusammen, wendet sich an Stefan und mich: „Das ist sie, diese ‚Seetang' oder so! Wenn eine, dann sie. Auch sonst … sehr versiert. Wäre doch sicher mit Emilio … *sehr* gut bekannt geworden. Schaut ja auch gut aus, keine Frage, aber …" So muss Kleopatra gelächelt haben, als dann auch noch Marc Anton an ihre Türe klopfte …

Aber das muss sich ja jetzt noch nicht entscheiden. Heute findet erst das erste von vier Semifinalen statt, aus denen dann die drei Finalisten hervorgehen werden. Nach dieser tadellosen Vorführung tritt eine kleine Pause auf. Etwas länger als für die Jury nötig.

„Ich hab ihr geraten, lass sie warten, nur ganz kurz, aber lass dir ein klein wenig Zeit. Das steigert die Erwartung."

Und dann komm, nein, läuft sie herein, ihre Geige in großer Geste einen Moment lang über Kopf, schwungvoll und wie immer barfuß. Natürlich applaudieren wir jetzt wie verrückt, verstärkt durch gut im Saal verteilte Begeisterte, die Lucrezia auffallend nicht beachtet. Sie überlässt aber auch nichts dem Zufall. Nur das „Bravo!" heben wir uns noch für nachher auf.

Giulia beginnt mit Bachs Ciaccona, nicht sehr originell, aber aus dem einfachen Grund, weil sie es wohl wie mein Benjamin und viele für das großartigste Geigen-Solostück ever hält. Ich übrigens auch. Eine Welt für sich, ein Glaubensbekenntnis, von Bach nach dem Tod seiner Frau komponiert. Wer *das* kann, kann Geige spielen. Giulia kann. Und ist nach dem letzten Ton so weggetreten, dass selbst wir erst nach geraumer Zeit losbrechen. Danach mit dem Orchester Mozart und Paganini, what else?

Lucrezia strahlt. Natürlich ist sie aufgesprungen: „Das … das *muss* es gewesen sein! Konkurrenzlos, absolut … Was da auch immer noch kommt! Und dieser magische Klang, diese Montagnana! Alles andere wäre ein Skandal! Und was für einer! Nein, ist unvorstellbar!"

Natürlich stimmen wir ihr zu. Dieser Jurij konnte da nicht mithalten, mit beiden nicht. Aber diese Seoyang hat mich schon auch beein-

druckt. Und eine Chance hat sie ja noch. Lucrezia ist längst hinausgestürzt. Im Foyer finden wir sie wieder. Sie und Giulia und die Geige liegen sich in den Armen. „Wie soll ich diese drei Tage bloß überleben, bis wir endlich wissen …?"
Lucrezia beruhigt sie: „*Ich* weiß es! Sie müssen dich einfach … egal wer da jetzt noch spielen wird. Das ist gar kein Thema, Giulia. Morgen machst du mal Pause … aber dann noch einmal zwei Wochen ohne Kompromiss! Ich glaub an dich, mein Kleine, so wie die Welt schon bald an dich glauben wird!"
Etwas weniger emotional stimmen Stefan und ich ein: „Wir auch, keine Frage!" Von den Rauters höre ich im Hinausgehen nur noch: „… so ein wunderbares Tremolo, wie es dieser Russe spielt!"
Unterwegs klingelt noch eine SMS, von Benjamin, knapp wie immer: „Russe ist draußen, steif, kein Charisma. Eure Giulia mitreißend, gleichauf mit der Koreanerin. Beide im Finale? Aber unsicher, Stream mit Aussetzern. LG Ben." Stefan will auch die drei Folgeabende mitverfolgen, zumindest im Stream. Mit Aussetzern? Weiß er sich wirklich nichts Besseres zu tun?

Kapitel 23
Stefan
Samstag, 26. Februar

Früher Samstagabend! Die Predigt für morgen steht. Ich verfolge gerade auf meinem Monitor eine Doku über Geheimgesellschaften. Viele Fragen, von denen dann aber kaum eine beantwortet wird. Wenn die fertig ist, hol' ich mir etwas aus der Küche. Dieser italienische Prosciutto muss heute dran glauben. Salat dazu? Hoffentlich hab ich noch ein Bier eingekühlt?
Nein! Wer bitte will denn jetzt … Lucrezia?
„Du bist gar nicht beim Wettbewerb?"
„Wozu denn, bitte? Die drei heute sind doch *völlig* chancenlos, vielleicht morgen wieder. Nein, ich muss dir etwas zeigen, unbedingt!"
„Aber doch nicht heute noch?"

„Doch, unbedingt heute, etwas ganz Unglaubliches, das musst du einfach sehen, aber nicht vor acht, nein, bitte etwas später!"
„Also gut, und du kannst mir nicht am Telefon …?"
„Sag ich doch: nein! Du musst kommen … etwas nach acht bei mir!"
Und hat auch schon aufgelegt. Mit fällt auf: Sie spricht konsequent mit Ausrufezeichen, ich hingegen mit Fragezeichen. Also geschieht, was sie will. Ich habe das Gefühl, da war noch jemand bei ihr. So aufgeregt, wie sie gesprochen hat, doch auch merklich gedämpft. Und wann bitte spricht sie jemals gedämpft?
Also eigentlich wollte ich heute wirklich nicht mehr irgendwohin gehen! Und später dann das zweite Semifinale im Stream mitverfolgen. Diese Georgierin soll „gefährlich gut" sein. Wird jetzt also nichts draus. Bleibt noch eine halbe Stunde Zeit. Eigentlich wollte ich mir doch gerade etwas zum Essen herrichten. Na dann! Von Essen bei ihr war keine Rede, nur von „etwas zeigen". Ohne großes Theater geht's bei ihr halt nicht. Aber jetzt ist mir der gemütliche Appetit schon wieder vergangen.
Pünktlich um 20 Uhr stehe ich am Donaukanal vor der wie immer fest verschlossenen Haustür und klingle. Keine Reaktion. Auch am Handy hebt sie nicht ab. Seltsam. Ein junges Paar kommt heraus, sichtlich in Feierlaune, ist ja Samstag. Ich ergreife die Chance, lasse sie ziehen und erwische die Türe gerade noch, ohne dabei von ihnen beobachtet zu werden. Oben wieder keine Reaktion. Was soll denn das Versteckspiel? Ach so, vielleicht oben im sechsten Stock, ihrem zweiten Eingang. Dort angekommen wieder nichts. Da höre ich von unten eilige Schritte, ein oder zwei Stockwerke unter mir, aber sehr gedämpft, fast unhörbar, wie von Sneakern, sehr weichen Sneakern. Zu hastig, um noch jemanden zu erkennen, als ich wieder bei ihrer unteren Tür bin. Bis das Haustor ganz unten hallend ins Schloss fällt. Wie auch immer: Wieder keine Reaktion. Sie geht auch jetzt nicht ans Handy, das ich aber aus der Entfernung drinnen läuten höre. Ausgeschaltet ist es nicht, sondern läutet und läutet …
Ist sie im Keller? Dort angekommen fällt durch den Türspalt Licht heraus. Also hier! Warum sagt sie das nicht gleich? Ich klopfe, öffne … und stehe plötzlich Marco gegenüber.
„Marco, du? Hier?"

Jetzt endlich zieht er seinen Kopfhörer aus den Ohren und grinst: „Na, da schaust, was? Tantchen braucht ihren bösen Marco ja doch! Die alte Hexe hat endlich einsehen müssen, dass ihr Neffe doch was drauf hat. Obwohl, das alles hier ist doch bloß Kinderkram für einen IT-Crack wie mich."
„Welcher Kinderkram denn?"
„Ein richtiges, professionelles Studio soll ich ihr einrichten – aber mit ‚Keller-Flair'. Großbildschirm, also wirklich groß, gleich drei Kameras, Tontechnik. Wofür sie das bloß alles braucht? Und ob sie damit überhaupt umgehen kann? Und eine Kühlanlage für ihre Weine, jedes Fach eigens einstellbar auf unterschiedliche Temperaturen. Dazu ein kleines Notstromaggregat, falls der Strom mal ausfällt – und das alles mit elektronischer Steuerung per Internet. Hätte ich auch schon vor fünf Jahren draufgehabt."
„Aber ihr wart doch … also sie war dir gegenüber doch feindselig eingestellt!"
„Muss ihr irgendjemand gesteckt haben, dass ich doch kein Totalversager bin, eine ‚Koryphäe' sogar in ihrer geschraubten Wortwahl – halt auf meine Art. Und das wollte sie mal testen, denk ich. Oder einfach nur ihr Karma aufpolieren? Hausübung vom Privat-Guru, was weiß denn ich. Hauptsache, es bringt Kohle."
„Und du? Vergeben und vergessen?"
„Ne, Mann, so schnell nicht. Reine Geschäftsbeziehung. Und sie hat versprochen, bei meiner Bank wieder alles auf Reset zu stellen, Kontorahmen und so. Und weißt du, so clever ist die schon, dass sie weiß: Einmal noch so ein Ding anzetteln wie das mit der Polizei unlängst – dann mach ich aus ihren Schickimicki-Fläschchen hier Glühwein. Kostet mich keine fünf Mausklicks, und sie kann gleich mal Zimt und Nelken suchen gehen in ihrer Küche. Wer online geht, soll sich mich nicht zum Feind machen." Er grinst sich eins. „Weiß sie ja auch. Also warum auch immer: Sie vertraut mir. Vielleicht hat ja mein Schwesterchen mal ein gutes Wort für mich eingelegt. Der kann sie doch jetzt keinen Wunsch abschlagen."
„Sag einmal, weißt du, wo sie jetzt gerade ist?"
„Nö, keine Ahnung. Ich brauch sie hier nicht."
„Hast du einen Schlüssel für ihre Wohnung?"

„Was denkst du denn? So weit sind wir noch lange nicht. Wenn da oben dann was fehlt, war's bestimmt wieder ich. Nein, nur den da, den für herunten hab ich. Geh auch nie zu ihr hinauf. In ihre Geschichten misch ich mich nicht ein!"
Ich denke zu verstehen, was er da meint und verabschiede mich.
„Moment, ist das da, da hinten nicht unser Kreuz?" Jetzt erst habe ich es hinten in einer Ecke im Halbdunkel entdeckt. Auch wenn es dick verpackt ist, mit Noppenplastik wie beim Transport immer. Größe, Klebeband ... stimmt alles überein.
„Das? Keine Ahnung. Das stand da immer schon, also seit vorgestern, wo ich da angefangen habe. Was ist damit?"
„Das hat sie uns geschenkt ... und wurde dann aus unserem Bus gestohlen. Also wenn ..."
Wie kommt das Kreuz zu ihr? Hat sie den Dieb ausgekundschaftet, den Fahrer vielleicht? Oder Lösegeld bezahlt dafür? Oder? ... Nein, das kann ich mir nicht vorstellen, ergibt ja auch keinen Sinn. Nein, deshalb sollte ich so schnell kommen. Sie wollte mir das Kreuz zeigen, dass sie es wiederhatte, *das* war es, was sonst? Oder ... ist das ein neues, ein Ersatzkreuz? Aber ... wo ist sie?

Kapitel 24
Stefan
Montag, 28. Februar

Also heute könnte es sich ausgehen, das erste Mal seit ... Oktober? Ja, mindestens. Die erste Pfeife auf meinem Balkon. Das erste Mal, dass so ein ganz klein wenig Frühling in der Luft liegt. Obwohl noch nirgendwo grüne Spitzen aus dem monatelang vorherrschenden Graubraun herausstechen. Fast 20 Grad könnten es heute sein und, wichtiger noch: Es ist absolut windstill. Und seit fünf Wochen ist dieser zähe Hochnebel erstmals wieder aufgerissen, durchgehend Sonnenschein. Die Sonne wird zwar bald wieder hinter dem Kirchendach verschwunden sein, aber einen Versuch ist es wert. Endlich wieder!

Wird ohnehin schnell wieder verglüht sein, denn der Tabak fühlt sich reichlich trocken an. Nach all den Monaten. Als ich gerade stopfe, läutet es an meiner Türe. Das kommt eher selten vor. Denn von unten gibt es keine Türglocken. Die meisten melden sich per Handy an oder übers Pfarrbüro und denken, ich sei ohnehin dauernd unterwegs. Meist ist es ein Paketbote oder auch jemand, der mit irgendeiner Geschichte schnell mal Geld will. Gibt es bei uns aber nur über die Sozialberatung. Oder eben auch eine Tasche oder ein Einkaufswägelchen voll Lebensmittel, die wir dafür im Keller unten bunkern. Dank einer Jugendaktion vor Supermärkten. Ich stelle mich schon mal auf eine Liftfahrt ganz nach unten ein und öffne die Tür.
„Schönen guten Nachmittag, Herr Pfarrer!"
„Ich glaub's nicht! Herr Inspek… *Ober*inspektor Ruhandl! Kommen Sie doch rein!" Ich führe ihn in mein kleines Wohnzimmer. Er möchte kurz auf den Balkon hinaus, „meine" Sonne genießen. Die Türe steht ja offen.
„Imposant! Ist ja so, wie wenn ich aufs Landesgericht schauen würde."
„Nur dass da drüben die frohen Botschaften überwiegen …"
„… und es eine etwas andere Bedeutung hat, wenn die Leute dort *singen*."
„Aber ich fürchte, wenn Sie kommen, gibt es weniger Frohes zu verkünden? Oder …"
Ruhandl blickt noch einmal in die Runde, nachdenklicher als eben noch: „Sie kennen eine Frau Bergé? Lucrezia Bergé?"
„Ja, durchaus … wenn auch erst seit ein paar Monaten. Warum?"
„Und ihre Nichte Giulia Cantor, die auch?"
„Abgesehen von Giulias Firmung vor einigen Jahren, bei der Frau Bergé das Patinnenamt übernommen hatte, sind wir einander seit September mehrmals begegnet. Und immer ging es dabei auf die eine oder andere Art um Giulias Geigenspiel. Sie steht mitten in ihrem ersten großen Wettbewerb, übt derzeit noch intensiver, wenn das überhaupt möglich ist. Immer wieder auch bei uns hier, denn an der Uni ist jetzt ja der Teufel los, wie sie sagt, da ist ständig alles belegt, eben wegen dieses Wettbewerbes. Hören Sie … nein, jetzt gerade … Moment!"

„Ja. Ist das Giulia?"

„Hinten im Gartensaal, da stört sie niemanden. Ab 22 Uhr muss sie in die Krypta wechseln wegen unserer Nachbarn, aber oft vergisst sie ... Aber jetzt sagen Sie schon, was ist denn mit ihr? Oder ... wohl eher etwas mit ihrem Bruder?"

„Sie hat einen Bruder? Nein, nein – und doch: Ich habe schlechte Nachrichten zu überbringen: Lucrezia Bergé wurde heute Mittag tot in ihrer Wohnung aufgefunden. Offensichtlich erschlagen. Sonst kann ich noch nichts sagen, Sie werden verstehen."

Ich muss mich setzen, das habe ich jetzt nicht ... aber auf dem Balkon steht noch nichts, im Winter. Also ins Zimmer hinein, wo Sessel stehen, er hinterher ... setze mich. Mir wird schlagartig kalt, sodass ich zittern muss. „Lucrezia! Was für eine Frau ... hatte sicher nicht nur Freunde, sicher nicht ... aber ..."

„Soll ich Ihnen ein Glas Wasser ...?"

„Bitte." Ich atme langsam und tief durch. Soll man aber nicht, nicht hyperventilieren ... aber es hilft gegen den Schwindel. Er lässt mir Zeit, fragt nicht nach.

„Ihr Neffe Marco und ihre ... Freundin Giselle haben sie gefunden, gleichzeitig, miteinander. Er läutete gerade, als sie kam und öffnete, also von außen ... Marco war natürlich schockiert. Er sagt, er kann es seiner Schwester nicht sagen – und ist nach Hause zu seiner Freundin. So sind sie eben, diese IT-Typen, ist er doch einer, hab ich nicht recht?"

„Haben ja auch nicht das beste Verhältnis, die beiden. Aber daran war wohl Lucrezia ..."

„Darum bin ich ja hier, Herr Pfarrer. Geht's wieder?" Ich nicke.

„Und wenn sie doch gerade nebenan übt ... könnten Sie nicht mit mir ...?"

Ich verstehe. Und er hat ja recht: Wer denn soll es ihr sagen? Ein fremder Polizist? Ich raffe mich auf, sehe den aus der umgekippten Pfeife verstreuten Tabak auf dem Tischtuch, nicke nochmals und mache mich mit ihm auf den Weg.

Giulia bemerkt uns zuerst gar nicht, blickt in die andere Richtung, barfuß wie immer auf einem Teppich stehend, sich hin und her wiegend, der Klang dieser Geige ist noch mächtiger als in meiner Erinnerung. Plötzlich schrickt sie auf, dreht sich mit einem Ruck herum, dass ihre Geige hochfährt, schaut uns überrascht an, nein, entsetzt und starr.

„Setzen Sie sich doch!"
„Was? Wer denn? Wer ist das, Herr Pfarrer?"
„Herr Ruhandl ... Oberinspektor."
„Was ist passiert? Was denn ... sagen Sie schon!"
„Giulia, wir müssen dir etwa sehr Trauriges ..." Weiter komme ich nicht.
„Lucrezia? Nein, nein! Lucrezia!"
Unwillkürlich schauen Ruhandl und ich einander an, dann schnell wieder zu ihr: „Leider ... Lucrezia. Sie wurde wahrscheinlich getötet. In ihrer Wohnung. Es tut mir so leid, dir das sagen zu müssen."
Jetzt ist sie es, die zittert und friert. Ist ja auch kein Wunder. Ruhandl sucht vergeblich nach ihren Schuhen. Ich helfe ihr in eine warme Jacke, die sie über eine Sessellehne gelegt hat.
„Ist das ... wirklich wahr?" Uns beiden fällt nicht mehr ein, als zu nicken.
„Sie war ... nein, Lucy, sie hat doch alles für mich ...!" Giulia zieht ihre Violine an sich, wie man ein Baby an sich schmiegt, um es zu beruhigen. „Da, sehen Sie! Ihr Geschenk an mich. Die Herausforderung, die mich anspornt, zum Narren hält – und doch hält, was sie verspricht. Ihr Geschenk! Sie wollte, dass sie mich groß macht, mein Spiel einzigartig macht, mich selbst ..."
Sie lässt die Jacke fallen wie in Trance, atmet tief ... noch einmal ... springt auf und beginnt zu spielen, klagend, aber voller innerer Kraft auch, dreht sich langsam von uns weg. Wie zuvor. Wir lauschen, blicken einander ratlos an ... die Ciaccona, Bachs Totenklage, aber auch so viel mehr als das. Uns beide nimmt sie gar nicht mehr wahr. Wir zögern, blicken uns fragend an. Ich deute ihm und wir gehen hinaus, ich voran. Kaum draußen fragt er irritiert: „Wir können sie doch hier nicht alleine lassen! Geige spielen ..."
„In dieser Musik liegt mehr, als ihr jetzt irgendjemand geben könnte. Als ihre Mutter starb, so hat es mir Lucrezia erzählt, stürzte sie sich vollends in ihre Musik, da war sie gerade mal elf! Das hat sie aufgefangen, das hat sie zu der Musikerin werden lassen, die sie heute

ist. Lassen wir sie doch …!" Und ich erzähle ihm von diesem Wettbewerb – und was der für sie bedeutet.
Wir bleiben im Garten vor dem Saal sitzen, obwohl sich die ersten Sonnenstrahlen auch hier schon verabschiedet haben. Hier sehe ich jetzt die ersten grünen Spitzen dieses Jahres. In wenigen Wochen wird auch die Magnolie vor lauter Blüten explodieren.
„Diese Frau Bergé, Lucrezia, was für ein Name … was können Sie mir über sie erzählen?"
Ich weiß, ich kann ihm vertrauen, wir sind fast schon so etwas wie alte Bekannte. Aber ich weiß auch, dass er keines meiner Worte vergessen wird und sehr genau zuhören kann.
„Lucrezia … war … eine sehr starke Frau mit Stil und Klasse. Nicht nur die knallharte Bankerin, ja die auch, früher. Gebildet, kunstsinnig, weit gereist. Sie müssten einmal ihre Wohnung sehen …" Unsinn, dort war er doch längst.
„Waren Sie öfters dort?"
Vorsicht. Was schließt er jetzt daraus? „Zweimal. Also vorgestern ein drittes Mal, ich sollte unbedingt kommen, schnell. Aber sie öffnete nicht. War sie da schon …?"
„Möglicherweise ja. Wir wissen den Tatzeitpunkt noch nicht. Wird sich auch nicht mehr ganz genau eingrenzen lassen nach fast zwei Tagen. Wann waren Sie denn bei ihr?"
„So gegen 20 Uhr … also eben *nicht* bei ihr, sondern … ja, etwas nach 20 Uhr, wie sie es wollte. Es war eine ganz spontane Einladung, kaum eine Stunde davor. Sie wollte mir ‚etwas ganz Besonderes zeigen'. Keine Ahnung, was sie meinte. Werde ich wohl nie erfahren …" Sollte ich von dem Kreuz erzählen, von meiner Vermutung?
„Mal sehen. Zu den Einzelheiten bekommen Sie dann noch eine Einladung zu mir. Das nur vorweg: Kennen Sie diese Giselle Millberg, die sie gefunden hat? Wissen Sie da Bescheid? Ist das eine Freundin? Oder … *die* Freundin?"
„Gute Frage. Mich mag sie ja nicht sehr, vermute ich mal. Beim ersten Mal, als ich kam, wurde sie von Lucrezia weggeschickt. Und war ziemlich empört, richtig wütend. Beim zweiten Mal musste sie wahrscheinlich oben warten, während wir unten … Aber ich denke, da war ich nicht der einzige Anlass … Sie hat sie nach all dem Warten

oben dann doch wieder rausgeschmissen. Das war schon peinlich."
„Wem?"
„Wem, also mir natürlich."
„Und Lucrezia?"
Ich sage es ja ungern, aber … „Also ehrlich gesagt, ihr war das offensichtlich überhaupt nicht peinlich. Obwohl diese Giselle so richtig wütend wurde – und die Haustüre zugedroschen, ja zugetreten hat. Irgendwie hatte ich den Eindruck, für Lucrezia war das ein ganz normaler Vorgang, wie man zu einer Sekretärin sagt: ‚Das war's, Sie können jetzt gehen.'"
„Aber diese Giselle war doch nicht ihre Sekretärin?"
„Früher möglicherweise schon. Aber, also wenn ich nicht so viel wüsste, was dagegenspricht, würde ich sagen: Giselle war schon weit mehr als irgendeine Freundin."
„Lebenspartnerin?"
„Ja, aber Lucrezia machte auch kein Geheimnis um ihre männlichen Liebhaber. Einmal führte sie neben mir ein Telefonat, wo sie mit einem … Emilio, ja Emilio, den sie ‚Professor' nannte, ein Treffen bei ihr vereinbarte, also das war eindeutig!"
„Herr Pfarrer, jetzt bitte nicht böse sein, Sie kennen mich ja, also … Ja, ich muss Sie das fragen: Ihre Beziehung zu Lucrezia Bergé? War das auch … mehr?"
Damit habe ich jetzt nicht gerechnet. „Ja, sicher …"
Ruhandl schaut mich groß an. Damit hat *er* jetzt nicht gerechnet, aber nein, ich wollte doch nicht sagen … „Ja, sicher müssen Sie mich das fragen … Also nein. Wenn ich aber ehrlich bin: Was *sie* genau von mir wollte? Also das weiß ich nicht, keine Ahnung. Einen interessanten Abend bei gutem Essen, Gespräche über Musik, Geschichte, aber auch über das Musik-Business, auch über Religiöses … ja. Aber ob ihr das genug war? Ehrlich gesagt war ich erleichtert, als ich diese aktuelle Affäre mit ‚Professor' Emilio mitbekam. Nein, ich denke, sie wollte – derzeit – nicht mehr."
„Warum sind Sie sich da so sicher?"
„Nein, schon allein deshalb, weil eine Lucrezia bekam, was sie wollte. Immer!"
„Verstehe."

„Nur einmal, soweit mir bekannt ist, einmal bekam sie es nicht!"
Ich erzähle ihm ihren Angriff auf Marcellas Firma. Und deren ausnahmslos negatives und abstoßendes Bild von Lucrezia. Natürlich auch, dass ich selbst das für übertrieben halte oder doch zumindest für verjährt.
„Danke, da habe ich einmal einige erste Hinweise. Ja, vielleicht sogar Ermittlungsansätze. Alles andere muss ich jetzt Schritt für Schritt …"
Wir schrecken auf, weil die intensive Musik in unserem Rücken abbricht.
„Wo soll sie denn jetzt hin? Haben Sie eine Idee, wo ich sie hinbringen kann. Wissen Sie jemanden?"
Mir fallen nur, wie schon so oft, Lena und Gregor ein, die sie immerhin schon länger kennen. Von richtigen Freunden ist mir nichts bekannt.
„Die meiste Zeit wird sie ja üben. Übermorgen erfährt sie, ob sie's ins Finale der letzte drei geschafft hat. Eine Woche später ist es dann so weit. Ich denke, ich weiß, wer sich darüber hinaus um sie kümmern kann."
„Und Sie, Herr Pfarrer, wie sieht es denn mit ihrem Alibi aus?"
Es reißt mich richtig herum: „Nein, also bitte, nicht schon wieder! Bin ich denn wirklich verdächtig? Warum denn?"
Er lächelt: „Jetzt hab ich Sie aber wirklich drangekriegt! Ich weiß ja den Tatzeitpunkt noch gar nicht. Aber die eine oder andere Frage werde ich schon noch an Sie haben. Und wenn Giulia eine Vertrauensperson bei sich möchte bei ihrer Einvernahme?"
„Gerne, natürlich."
„Dann … ja, dann bis bald, Herr Pfarrer!"

Kapitel 25
Ruhandl
Dienstag, 1. März

„Chef, das wird Sie jetzt nicht freuen …"
„Zuerst einmal guten Morgen, Sieberer, was haben Sie denn da?"
„Selbstverständlich: guten Morgen! Den vorläufigen Obduktionsbericht, vorläufig, denn unsere Gerichtsmedizinerin ist ja auch Frau Professor. Die hat dienstags immer Vorlesung, heute die erste im Semester, da kann sie nicht gut an einen ihrer Assistenten …"
„Geben Sie her, Sieberer! Oder sagen Sie mir doch gleich …!"
„Also, Todeszeitpunkt Samstag, 19 bis 23 Uhr, ganz schön großes Zeitfenster, weil sie ja erst am Montag …"
„Panorama-Fenster würde ich das nennen. Wenn das nicht noch genauer geht, kann das ja lustig werden mit den Alibis. Egal, Sieberer, was ist Ihnen noch am Tatort aufgefallen? Vielleicht hab ich ja etwas übersehen.
„Herr Oberinspektor, also das Schlafzimmer, sehr luxuriös, Bett zerwühlt, sicher DNA-Material, Haare und so …"
„Also ein Haar und sonst nur Hautschuppen …"
„Ich sagte ja: *und so* … zwei Sektgläser, eines auf ihrem Nachttisch, das zweite auf dem Boden gleich daneben, umgefallen, aber unversehrt wegen des Teppichs wohl. Licht war noch an, aber stark gedämpft. Im Esszimmer, also auf dieser Bar ein weiteres Glas mit Sekt-Resten …"
„Champagner, Sieberer, so genau sollten wir schon sein!"
„Ja, selbstverständlich, die dazugehörige Flasche, Magnum, halb voll in einem Eiskübel … also natürlich nur noch Wasser drin. Sonst alles sehr aufgeräumt. Manche der Räume wirkten ja nahezu unbewohnt."
„Und was haben Sie *nicht* gesehen, Sieberer, oft mindestens genauso informativ?"
Er schaut mich groß an, mein bester Mann, schließt kurz die Augen:
„Ja genau! Kein Essen."
„Ihr Besuch hatte vielleicht nicht genug Zeit, *vorher* noch etwas zu essen. Kleidung? Also herumliegende?"

„Stimmt, Chef. Also er, wenn es ein Er war, hat sich danach wieder angezogen. Und sie muss sich vorher schon ausgezogen haben, also bis auf den Morgenmantel, in dem wir sie ja aufgefunden haben."
„Seide übrigens, echt japanisch ... also diese Etikette. Weist alles darauf hin, dass sie es eilig hatten. Sogar den Champagner nahmen sie mit ins Schlafzimmer."
„Eilig kann heißen, sie hatten nur beschränkte Zeit ... und wollten diese für das Wesentliche nützen oder aber ..."
„... die beiden waren echt scharf aufeinander! Sehr gut, Sieberer, endlich nennen Sie die Dinge beim Namen! Bis 20 Uhr spätestens müssen sie zum Abschluss gekommen sein. Da traf der Pfarrer niemanden mehr an. Dieser Er war gegangen, sie ... auch, aber auf eine andere Weise eben."
„Er könnte sie erschlagen haben."
„Und warum? Gut, wo große Emotionen im Spiel sind, ist immer wieder alles möglich, eine Kränkung, Eifersucht ... aber doch sehr unwahrscheinlich, wo sie doch gerade ..."
„Und der Pfarrer? Chef, wenn er doch noch bei ihr war? Es gibt ja einen Zeugen. Sie bedrängte ihn. Sie war gewohnt zu bekommen, was sie bekommen wollte ..."
„Nein ... also nein, ich kenn ihn doch. Diese Sorge hatte er tatsächlich, aber an diesem Abend schon nicht mehr. Der hätte schnell das Weite gesucht, können Sie mir glauben. Da hätte schon eher sie ihn ... Aber der Korrektheit wegen, da haben Sie natürlich recht, zum jetzigen Zeitpunkt schließen wir noch gar nichts aus." Ich will ihm ja nicht ständig widersprechen, das entmutigt ihn mir noch, aber ...
„Wir werden ja sehen, welche Spuren sie noch gefunden haben ... oder finden werden, die sind ja noch in der Wohnung, wahrscheinlich bis mittags."
„Aber mit der Tatwaffe schaut es schlecht aus, Chef. Es muss ein besonders stumpfer Gegenstand gewesen sein. Die Stirn ist zwar stark eingedrückt – aber fast keine Blutung. Nur am Hinterkopf ist noch eine kantigere Wunde, vielleicht beim Sturz erlitten. Aber was davon nun tödlich war?"
„Das wüsste unsere liebe Frau Professor. Na Hauptsache, die Studenten gehen vor!"

„Die Vorlesung, ja. Aber Chef: Stud*ierende* heißt das jetzt. An der Uni sind die da ganz genau."

Ich schenke ihm ein müdes Lächeln, mein müdestes. Ich selbst habe ihn ja darum gebeten, mich notfalls zu korrigieren. Schon allein aus Spaß darüber, weil ihm das immer so peinlich ist. Sieberer ist tatsächlich mein bester Mann. Ein außergewöhnlich guter Handwerker, aber kein Künstler unseres Faches. Die Fantasie fehlt ihm. Von Humor ganz zu schweigen. Und ich hätte nichts dagegen, wenn er mal mein Nachfolger wird. Vorausgesetzt natürlich, ich bleibe ihm dabei als Chef erhalten!

„Diese Frau Bergé war sehr erfolgreich, einflussreich. Eine, die sich durchsetzen konnte, überall, und ... Sieberer, exzentrisch war sie wohl auch."

„Wir werden also keine Lupe brauchen, wenn wir jetzt Motive und Verdächtige aufspüren wollen. Stimmt's, Chef?"

„Stimmt. Nummer eins: ihre Geliebte, Partnerin oder was auch immer, diese Giselle ... Moment ... Millberg."

„Habe ich für zehn Uhr einbestellt."

„Sehr gut. Dann ihr Neffe, den sie verachtet und drangsaliert hat, wie mir Pfarrer Katzner verriet. Schlimmer noch diese totale Ungleichbehandlung mit seiner Schwester, für die sie ja alles tat. Das älteste Mordmotiv überhaupt."

Sieberer sieht mich fragend an.

„Na, Kain und Abel!"

„Ach so, ja, natürlich. Aber ... also auch wenn Sie den Mann aus dem zerwühlten Bett eher ausschließen. Solche Liebhaber haben sehr oft Ehefrauen ..."

„Durchaus möglich. Ich schließe aber auch ihren Liebhaber nicht als Täter aus. Gefühle schlagen schnell um, Sieberer! Dazu kommen noch diverse abservierte Vorgänger, die danach dann dem nicht gerade ehrenwerten, aber häufig ausgeübten Beruf eines Stalkers nachgehen. Und ganz ausschließen darf man frühere berufliche Konkurrenten ..."

„... und Konkurrentinnen ..."

„Wollte ich doch sagen! ... eben auch nicht. Obwohl ... nach der Homepage ihrer Bank ist sie ja aus dem operativen Geschäft vor einiger Zeit schon ausgeschieden."

„Schon mit 38?"
„Eben, Sieberer, eben! Diese Frage stellen sich sehr bald auch Neider, Ausgebremste, Übergangene. Vor allem wenn sie schon älter waren als sie."
„Da haben wir ja schon vor Eintreffen diverser Berichte einiges zu tun. Wo sollen wir anfangen?"
Ich zeige auf meine Uhr: „Fast zehn. Fangen wir doch einmal mit dieser impulsiven Türenschmeißerin an. Kommen Sie mit!"

Frau Millberg wirkt auf mich wie der lebendig gewordene Widerspruch: aggressiv und eingeschüchtert gleichzeitig. Ich kann schwer einschätzen, ob sie mich gleich anspringen oder doch verängstigt zurückzucken wird. Als wollte sie diesen Eindruck noch verstärken, trägt sie eine fast reinweiße fließend weite Hose – und eine enge schwarze Lederjacke.
„Frau Millberg, danke, dass Sie nach diesem Schock schon heute bereit waren ... ach ja, mein Assistent Sieberer ... Sie standen in einem sehr engen Verhältnis zu Frau Bergé. Wie würden Sie selbst diese Beziehung beschreiben?"
„Enge Beziehung. Wie soll man diese ‚Enge' beschreiben? Ja, eine Enge, das ist gut ... Ja klar, wir waren ein Paar, wenn Sie das meinen. Wir haben unglaublich tolle Sachen miteinander erlebt. Nichts geht über unsere Tauch-Urlaube: Kenia, Malediven, Australien. Mit Bungalows, ins Meer hinaus. Und mit Vorliebe hat sie immer die Honeymoon-Suite gebucht. Natürlich nie länger als eine Woche. Und immer wieder Telefonate und Recherchen im Netz. Und wenn da gerade mal was nicht so lief, ließ sie es auch gleich an mir aus. Auch das ist Enge! Du erlebst die prachtvollsten, intimsten Momente deines Lebens – und schon bist du wieder ihr Blitzableiter. Sie war ein Ekel, egoistisch und machtverliebt. Ja, ich war ihr sehr nahe. Wie einem ein Fußabstreifer eben nahe ist. War sie mir nahe? Weniger, weit weniger. Verführerisch, manipulativ. Das hab ich im Laufe der Jahre begriffen. Aber zu spät, um von ihr noch loszukommen."
„Also eine lange Geschichte ... Wie haben Sie einander kennengelernt?"

„Wie Herr und Knecht! Ich wurde ihre Sekretärin, schon vor fast sechs Jahren, angeblich *Chef*-Sekretärin, also ein Aufstieg, auf den ich mich freute. Aber sie hat mir stets zu verstehen gegeben: Ich herrsche hier – und du dienst wie eine Sklavin ohne Widerspruch und ohne Rechte. Und wenn es 70 und mehr Stunden die Woche waren!"
„Sie haben sich nie zur Wehr gesetzt?" Zum Glück ist es Sieberer, der diese naive Frage ausspricht, die auch mir schon auf der Zunge lag.
„Aber Sie haben doch keine Ahnung!", schreit sie ihn an. Und dann wieder fast kleinlaut: „Ich war doch hoffnungslos verliebt in dieses Aas! Sie war anziehend, wie ich noch nie eine Frau erlebt habe. Und ihr Erfolg war es auch. Hab alles für sie getan in der Bank, ihre ganzen Schweinereien mit durchgezogen. Verdammt, ich war doch ganz besessen von ihr, wollte ihr nahe sein!"
„Also schon damals waren Sie ein Paar?"
„Ja, na ja, ein Paar eben, aber nie auf gleicher Augenhöhe. Sie bestimmte, wohin wir flogen. Sie bezahlte ja auch alles, immer. Wie sollte ich denn auch, bei dem Luxus, der für sie selbstverständlich war. Kein einziges Mal war sie bei mir … in meiner kleinen Wohnung, kein einziges Mal!"
„All die Jahre nicht?"
„Ja, wenn ich's doch sage!" Der Blick war jetzt nicht schüchtern!
„War sie so sehr auf Luxus fixiert?" Stimmt, Pfarrer Katzner sagte mir auch, eine Einladung zu ihm sei für sie nicht wirklich infrage gekommen.
„Mag schon sein, ja auch. Mit ihrer Multifunktionsdusche inklusive Lichteffekte, Musikbeschallung und Whirlpool … also da konnte meine simple Dusche nicht mithalten. Aber … was glauben Sie denn: Aus ihrer Wohnung konnte sie mich jederzeit hinausschmeißen, wann immer ihr danach war – oft genug. Im Streit, einfach so, weil plötzlich jemand anderes kam … einer ihrer ständig wechselnden Lover. ‚Giselle, Liebe, gehst du jetzt bitte!' hieß es immer wieder. Oft genug auch, wenn wir doch einen Abend nur für uns zwei vereinbart hatten. Wissen Sie denn, wie oft ich schon, wie oft ich aus Wut …"
„Sie wollten sie verlassen?"

„Oft genug schon. Ich konnte ja nicht mehr erwarten, dass sie meine Drohungen überhaupt noch ernst nahm ... aber ich konnte es einfach nicht." Ein Ruck geht durch sie, ihre Augen funkeln plötzlich wieder: „Aber jetzt, jetzt ist es vorbei ... endlich! Als ich sie so daliegen sah, ja, da gab es mir einen fürchterlichen Stich. Ja, glauben Sie mir, der ist immer noch da, in jeder meiner Bewegungen, in jedem meiner Gedanken! Aber ich spürte auch Erleichterung, große Erleichterung, das kann keiner verstehen, der das nicht ... Was stärker war, das weiß ich nicht. Ich weiß nur eines: Der Schmerz wird vergehen, irgendwann einmal – die Erleichterung, diese neue Freiheit, ich hoffe, die bleibt mir."
Und dann sackt sie wieder in sich zusammen, so sehr, dass ich einen Moment lang glaube, wir brauchen einen Arzt. Aber sie richtet sich schnell wieder auf.
„Dann kann ich Ihnen die Frage jetzt leider nicht ersparen: Frau Millberg, wo waren Sie am Samstag zwischen 19 und 23 Uhr?"
„Ich war nur kurz bei ihr, am Nachmittag schon. Diesmal hatte sie mich schon telefonisch abserviert, kurz davor. Aber ich war schon unterwegs, also ließ ich es mir einfach nicht nehmen, wenigstens kurz ... Und das Beste ist, ich glaub's ja selbst nicht, dass ich das getan habe, aber ... Ein Anruf von ihr, als ich schon fast vor ihrem Haus stehe ..." Sie verstellt ihr Stimme grotesk: „„Liebste, du weißt doch, ich habe heute Besuch, wichtigen Besuch, kann ich nicht verschieben. Aber wenn du schon mal in der Nähe bist, kauf doch in dem Laden, na du weißt schon wo, diesen Champagner, diesen ‚Heidsieck Monopole', aber eine Magnum bitte, macht mehr her ... Kannst dir auf meine Kosten auch gleich selbst eine kaufen ... und bring ihn mir schnell herüber. Ja, danke!"
„Und Sie haben?"
„Ja, ich hab's, wie schon so oft. Wer auch immer dieses Biest aus dieser Welt befördert hat, ich bin ihm ewig dankbar!"
„Aber das war nicht meine Frage. Wo waren Sie danach, also zwischen sieben und elf?"
„Nein, ich war's nicht. Glauben Sie's mir doch einfach! Wenn ich dazu fähig wäre, ich hätte es doch schon vor Jahren getan. Damals in Kenia ... wie sie mich da ... beim Tauchgang, da hatte ich das Mes-

ser schon gezogen. Sie wäre einfach nie wieder aufgetaucht. Damals ... Nein, wenn ich es gekonnt hätte ..."
Ich höre geduldig zu, wie ich nun mal bin. Und schaue sie danach wieder fest an.
„Also gut, ich war bei meinem Lieblings-Italiener, wo ich samstagabends eigentlich immer jemanden treffe, war diesmal aber niemand da. So um acht oder etwas früher ... der Wirt, der Alex, der kann sich sicher an mich erinnern. Nennt sich dort Alessandro. Er wollte mich sogar aufheitern. Gelang ihm aber nicht. Machte mir eine ganz spezielle Pasta, die nicht auf der Karte steht, irgendwas mit ‚Vongole', also Muscheln und Meeresfrüchten. War sicher extrem lecker, aber in meinem Zustand, allein ..."
„Und danach?"
„War sicher noch nicht neun. Um eine Pasta *nicht* zu essen, brauche ich ja keine Stunde! Ging nach Hause. Und hab mich aus Frust über den Champagner hergemacht, diesen sauteuren, ihn ausgetrunken, also fast, war ja eine Magnum! Und habe bis in den Mittag hinein gepennt. War ja Sonntag. Und mir geschworen, mich nicht zu rühren, nie mehr ... bis ich halt dann am Montag doch ... Sie wissen ja."
Ich bat sie noch, ihre Fingerabdrücke abnehmen zu lassen – und ließ sie gehen.
„Also entweder ist die strohdumm, vor uns derartig überzeugende Mordmotive auszubreiten ... oder sie ist einfach ehrlich, will reinen Tisch machen. Und hofft, dass wir das ebenso einschätzen." Sieberer nickt bei jedem meiner Worte. Er hat schon lange sichtlich ungläubig zugehört. Jetzt, wo sie gegangen ist, drängt sich uns beiden dieselbe Frage auf.
„Chef? Und dann geht sie hin – und findet auch noch die Tote? Macht sich noch weiter auffällig, tut sich diesen Anblick an? Ich meine, sie konnte doch nicht wissen, dass der Neffe, dieser Marco, auch gerade vorbeikommt."
„Schon, Sieberer, oder aber sie ist weit gerissener, als wir denken – und macht sich selbst so verdächtig, dass wir es einfach nicht glauben können."
„Und wartet so lange, bis ihr angeblicher Vollrausch keine Promille mehr hinterlassen hat. Und wir ihr das alles glauben müssen."

„Na gut, sollte das Zeitfenster doch noch kleiner werden, können wir diesen Wirt ja immer noch befragen."
„Vorschlag, Chef, dieser Italiener liegt ganz in der Nähe. Wir könnten doch die Mittagspause dazu benützen, eine Kleinigkeit …? Und ihn gleich so nebenbei interviewen?"
Wie könnte ich ihm einen Wunsch abschlagen, der schon längst mein eigener ist: „Na dann – pronto!"

Kapitel 26
Lena
Dienstag, 1. März

Gestern ging wirklich nichts mehr. Ich war ja gerade mit Gregor und ein paar Freunden in Salzburg zum Skifahren, endlich wieder nach zwei Jahren! Gerade genug Zeit, um den Muskelkater meines Lebens wieder abzutrainieren. Stefan rief an und erzählte uns, dass Giulias Tante plötzlich und ganz unerwartet gestorben sei. Natürlich unerwartet, wie auch sonst mit knapp 40? Dann erst spricht er von Mord, möglicherweise, aber noch vieles sei ungeklärt. Und ob wir ein Auge auf Giulia werfen könnten. Sie sei ganz allein – und ganz am Boden, wenn auch gerade in einer geradezu manischen Phase, was ihr Geigenspiel anbelangt. Dass Marco ihr jetzt keine große Hilfe sein kann – gut erkannt, Stefan! Er vermutet, dass sie weit und breit keine Freunde hat. Auch da kann ich ihm nicht widersprechen. Von einem Freund im Sinne von „ihrem Freund" erst gar nicht zu reden.
„Ja, versprochen. Wir kommen aber erst morgen Vormittag wieder nach Wien. Nachtzug. Wir schauen dann gleich bei ihr vorbei. Handynummer haben wir? Aber sicher."
Sie nahm dann aber nicht ab. Ausgeschaltet. Marco gab uns ihre Adresse. Wieder Fehlanzeige, niemand zu Hause. Da sie laut Stefan derzeit in der Pfarre übt, schauen wir auch dort noch vorbei. Obwohl … dann geht es ihr ja doch nicht so schlecht.
Von hinter der Kirche hören wir tatsächlich einzelne Geigentöne. Also wirklich, Entwarnung! Obwohl sie fast in Richtung Eingang

gewandt mitten im Raum steht, reagiert sie überhaupt nicht. Sogar als sie ihre Augen öffnet, spielt sie weiter und schaut nur langsam auf, bricht mitten im Ton ab, wirkt, als wäre ihr schwindlig, dreht sich dabei von uns weg, taumelt … Gregor stürzt sich auf sie, fängt sie gerade noch rechtzeitig auf und mit ihr ihre Geige … geht mit ihr zu Boden, aber abgefedert, hält sie in den Armen. Ich greife schnell nach dem Instrument, um es in Sicherheit zu bringen.

„Gregor, sie ist ohnmächtig, bring Wasser! Giulia! Giulia, hörst du mich?" Zum Glück gibt es hier eine Mini-Teeküche. Er bringt ihr ein Glas – und gleich auch noch ein nasses Geschirrtuch, schaut mich nervös an: „Was ist mit ihr?"

„Sind da irgendwo ihre Schuhe? Ihre Hände sind ja eiskalt!" Er reagiert blitzschnell.

Ich bekomme ihre ebenfalls kalten Füße einfach nicht in diese engen Stiefel hinein. Ich will ihr ja nicht wehtun. Also packe ich sie in meine Jacke. Gregor rüttelt sie nochmals – erfolglos.

„Was ist denn mit ihr?" Schön langsam krieg auch ich noch die Panik. „Total übermüdet? Unterzuckert? Dehydriert? Wir wissen ja nicht, wie lange sie hier schon …"

„Glaubst du …? Du meinst, sie spielt hier schon seit gestern?"

„Kennst sie doch, diese Künstler. Und auf diesen Schock hinauf. Gregor, wir müssen sie wach bekommen!"

Endlich bewegt sie ihre Augen, kommt langsam zu sich, unregelmäßig im Atem, schaut uns erschrocken und erstaunt an: „Ihr … was macht denn ihr …? Lena? Gregor? Wie lange …?"

„Höchstpersönlich! Na fünf Minuten sicher oder länger. Hast du heute Nacht nicht geschlafen? Du kannst doch nicht die ganze Nacht …?"

„Wie … Was ist heute für ein Tag, ich meine, wie spät …?"

Sie hat tatsächlich seit fast 24 Stunden durchgespielt! „Gleich eins. Also Mittag. Dienstag."

„Dienstag? … Mittwoch ist Entscheidung, also erst morgen ist die Bekanntgabe, wer ins Finale … Sind ja vier Durchgänge. Ich muss es schaffen. Für Lucy, ihr wisst doch, dass Lucy …?

Ich nicke.

„Sie wäre so enttäuscht, ich muss einfach!" Plötzlich schreckt sie hoch: „Wo ist sie, wo …?" Sie ist ja wirklich völlig hinüber. „Deine Tante, Giulia? Aber du weißt doch!" Hat sie denn alles verdrängt?
„Die Geige, meine Geige!"
Gregor hält sie ihr hin: „Alles in Ordnung!"
Sie nimmt sie schnell an sich, beäugt sie fast eine Minute lang aufs Genaueste, drückt sie erleichtert an sich und verfällt schlagartig in einen heftigen Schüttelfrost, der nur langsam abklingt, obwohl wir sie mit allem wärmen, was wir bei uns haben. Gregor macht ihr schnell einen Tee. Das endlich hilft.
„Du, Lena, könnt ihr mich nach Hause bringen?"
„Klar, ja sicher. Ich hol' nur schnell den Schlüssel von Stefans Auto, so sind wir schneller." Drei Minuten später fahren wir los. Ohne Wagenpapiere und Gregors Führerschein. Notfalls verweisen wir auf diesen Polizeiinspektor. Wie heißt der schnell? Ist ja ein Notfall.
Gerade mal in ihrer Wohnung angekommen läutet mein Handy. Es ist Stefan. Wo wir gerade sind – und ob wir Giulia zu einer Einvernahme bringen könnten.
„Stefan, ausgeschlossen, die ist doch total erschöpft und hat überhaupt nicht geschlafen. Also frühestens in drei, vier Stunden … Gut, wir rufen ihn an, den … *Ober*-Inspektor, kein Problem."
Ruhandl hebt augenblicklich ab, drängt, fragt mehrmals nach – und gibt endlich nach. Erstens wird er hierherkommen – und zweitens nicht vor 17 Uhr.
„Hierher? Der Kommissar? Aber … was soll der denn denken, unmöglich … nicht hierher!"
Ganz unrecht hat sie nicht. „Junggesellenbude hoch zwei!", raune ich Gregor zu. Giulia stammelt etwas als Entschuldigung für diese multiple Unordnung, etwas von „Wettbewerb" und „nie zu Hause" oder so. Wir stecken sie nebenan ins Bett. Sie ist eingeschlafen, bevor ich noch die Tür schließen kann. Mit Gregor behebe ich die ärgsten Ordnungswidrigkeiten, besonders die in ihrer Kochnische. Wir lüften und säubern oberflächlich, was der Besen hergibt. Der ist ja auch noch wie neu. Staubsaugen würde sie wecken. Wir werden wie versprochen vor 17 Uhr wieder zurück sein. Haut uns zwar den restlichen Tag zusammen. Aber ihr „Bitte" war so sehr von der Kategorie „flehentlich".

Wie erwartet müssen wir sie wecken. Eine Dusche geht sich noch aus. Oh Gott, das Badezimmer! Zu spät. Hoffentlich muss der In... *Ober*inspektor nicht ... Danach wirkt sie eine Spur frischer.
„Wenn ich was Blödes sage oder was Wichtiges vergesse ... ihr müsst mir ein Zeichen geben, bitte!"
Das aber würde einem wie Ruhandl sicher nicht entgehen. Notfalls stand sie halt immer noch unter Schock, können wir ja auch bezeugen.
„Keine Sorge, Giulia! Du kriegst das hin! Aber bitte mach die Tür zu, sonst ... sonst war alles umsonst." Ich deute rundum auf unser Werk. Aber sie scheint mich nicht zu verstehen.
Dann doch: „Ach so, danke, wie ihr das so schnell hingekriegt habt. Ja, natürlich, die Tür." Hausdurchsuchung steht ja hoffentlich keine bevor.
Es läutet. Ruhandl kommt allein. Blickt nach kurzer Begrüßung durchs Fenster auf einen laubfreien Baum: „Hübsch, schön haben Sie es hier, also ... wenn der Frühling bald kommt."
„Ich bin ja fast nur da, wenn's draußen dunkel ist. Üben hier im Haus geht ja nicht."
„So wie Schießübungen im Kommissariat auch nicht gingen, was?" Er lächelt. Nur er. Über diesen gleich in mehrfacher Hinsicht misslungenen Scherz.
Was folgt, war irgendwie vorhersehbar. Giulia erzählt von ihrer Kindheit, dem Tod ihrer Mutter. Und natürlich will er Ausführliches über die Beziehung zu ihrer Tante erfahren, wobei ihr Geigenspiel natürlich im Vordergrund steht. Und die Förderung durch ihre Tante besonders in den letzten Jahren. Auch Ruhandl wird schnell verstehen, warum und wie sehr sie an Lucrezia hing.
Sie erzählt, wie sehr „Lucy" sie dazu ermutigt hat, alles auf diese Karte zu setzen. Wie sie sich bei ihren Lehrern für sie eingesetzt hat, welche Kosten sie für zusätzliche Kurse, vor allem aber für ihre Geige auf sich genommen hat. Und zuletzt für diese hoch professionelle Aufnahme der Mozart-Konzerte. So umfassend, wie sie damit den Pfarrbetrieb gestört haben, so viel muss das auch gekostet haben, werfe ich noch ein. Und die viele Zeit, die sie ihr widmete, wo in ihrem Beruf doch gilt: Zeit ist Geld, also sehr viel Geld in ihrem Fall.

So nebenher stellt er seine Fragen auch an Gregor und mich. Aber was wissen wir schon viel? An dieses Konzert mit ihrem Freund, diesem Jazz-Pianisten, können wir uns erinnern. Was Giulia aber schnell abtun will: „Er war nicht wirklich gut, nur Show. Lucy hatte schon recht: Im Studium soll man sich auf Klassik konzentrieren, sonst verwildert dein Spiel-Stil. Haben meine Lehrer auch so gesehen." Dass er damals mehr war als nur ihr Musikpartner, übergeht sie. Tut ja auch nichts zur Sache.

„Kommen wir zum Samstag. Waren Sie da auch wieder bei ihrer Tante? Sie erwähnten ja, fast jeden Tag zumindest kurz bei ihr vorbeigeschaut zu haben."

Giulia zuckt merklich zusammen, hat die Tote ganz offensichtlich wieder vor Augen. „Ja, fast jeden Tag, war ja immer wieder was zu besprechen, der Wettbewerb, Sie verstehen ..."

„Und am Samstag ..."

„Ach so, ja, so gegen sieben. Wissen Sie, ich hab ja einen eigenen Schlüssel für ihre Wohnung ... ja, nein, etwas früher, also vor sieben. Sie wollte den Geigenbauer ersuchen, meine Geige noch einmal ... also den Stimmstock, da war etwas zu korrigieren, natürlich über Nacht ..."

„Über Nacht? Am Wochenende?"

„Tagsüber muss ich doch üben, jede Minute, sollte ich jetzt gerade ja auch! Ist doch Wettbewerb!"

„Aha, das also haben Sie mit Ihrer Tante besprochen?"

„Nein, dazu kam es ja nicht. Ich hörte da Geräusche ... es war mir unangenehm ... also recht eindeutige Geräusche. Sie wissen schon!"

„Nicht ganz. Bitte erklären sie mir, welche Geräusche ...?"

„Na ja, es war ja nicht das erste Mal ... Also aus ihrem Schlafzimmer."

„Stimmen?" Mann, Ruhandl! Es ist ihr doch sichtlich sehr peinlich. Macht er das absichtlich?

„Nein, ein schriller Aufschrei, Stöhnen, nur von ihr, aber ... also sie hatte Sex mit einem Mann. Da bin ich sicher."

„... dessen Stimme Sie aber nicht gehört haben. Entschuldigung, könnte es dann aber nicht auch eine Frau gewesen sein? Ich verrate Ihnen doch nichts Neues damit?"

„Wie? Ach so, nein, Sie meinen Giselle. Nein, da war sie sehr offen. Nein, es standen Männerschuhe im Vorzimmer, ziemlich feine noch dazu."

„Verständlich, da wollten Sie nicht stören ... und sind schnell wieder gegangen."

„Genau, das heißt: nicht ganz. Ich sah da diesen Champagner auf der Theke stehen. Der beste, den ich kenne. Ich konnte da nicht widerstehen, nahm mir ein Glas ... Dann aber schlich ich mich hinaus, wird nicht viel nach sieben gewesen sein."

„Mit Ihrer Geige?"

„Natürlich, wieso? Ach so ... Nein, das mit dem Geigenbauer war mir ohnehin peinlich, schon wieder an einem Wochenende! Und es war ja auch gar nicht so wichtig, wie sie dachte. Sicher ist da etwas zu korrigieren, mittelfristig. Aber so kurz vor dem Wettbewerb etwas verändern ... never change a winning team, hätte mich vielleicht irritiert. War mehr ihre Idee. War mir sogar lieber so."

„Also kurz nach sieben. Sonst war niemand in der Wohnung?"

„Giselle? Nein. Auch sonst niemand."

„Hm. Nur ... die Wohnung ist sehr ausladend ..."

„Ja, schon, aber im drüberen Bereich war ja ich. Als ich den Champagner getrunken habe, wollte ich doch nicht ..."

„... mithören? Verständlich. Gut, also niemand sonst. Ja ... und den Rest des Abends?"

„War ich so fertig, dass ich mich hinlegen musste. Und bis Sonntag durchgeschlafen habe. Ich halte ja viel aus, Herr Inspektor ..."

Ruhandl setzt an, verbessert sie dann aber doch nicht ... „Aber am Vortag, da war ja mein großer Auftritt, die zweite Runde, auf die alles ankam, also ob ich es bis ins Finale schaffe ... und zuvor hatte ich tagelang fast nicht geschlafen. Wenn dann die Anspannung nachlässt ... also nur ein ganz klein wenig nachlässt ..."

„Sie werden den Wettbewerb jetzt abbrechen?"

Sie starrt ihn entsetzt an: „Nein! Wo denken Sie hin? Wenn ich im Finale bin, also wenn ich es so weit geschafft habe ... Erst morgen erfahre ich das, es ist kaum auszuhalten. Sie können sich ja nicht vorstellen ... Obwohl Lucy darauf bestand, alles andere wäre Betrug, sagte sie immer, anfechtbar, einklagbar ... Also wenn, ich setze alles daran. Das wäre doch Verrat an Tante Lucrezia, wenn ich nicht … wenn ich nicht gewinne!"

„Noch etwas. Ich frage Sie ja nur ungern, aber es muss wohl sein. Sie war doch sehr wohlhabend, Ihre Tante. Wissen Sie, wer sie jetzt beerben wird?"

Sie stutzt, dann aber ohne weiteres Zögern: „Marco und ich, wer sonst? Sie hat … hatte keine weiteren Verwandten. Und mildtätige Spenden und so … nein, das war nicht Lucys Ding."

„Ihr Bruder Marco denn auch? Wirklich? Die beiden waren doch spinnefeind!", entfährt es Gregor, der sich schnell bei Ruhandl entschuldigt. Sollte er sich lieber bei Giulia, die er damit reinreiten könnte. Ruhandl tut, als hätte er das überhört und schaut Giulia fragend an.

„Ach ja, Giselle! Deswegen hat Giselle doch stets gedrängt, sie sollten heiraten. Also seit das eben möglich ist. Ich weiß nicht, vielleicht … schwer zu sagen, was zwischen den beiden lief."

„Aber sie wird doch bestimmt ein Testament gemacht haben! Da geht es ja nicht um Peanuts, eher um Millionen."

„Lucy sagte mehrmals, Testamente seien was für alte Knacker oder so ähnlich. Bei ihr werde es nichts zu erben geben. Entweder geb ich's selber aus oder ich verschenke es, sagte sie … na ja wenn ich mal 80 bin und noch was da ist, meinetwegen, sagte sie. Genauso war sie. Und gerade mal 38."

„Und wer wusste von diesen Plänen?"

„Jeder, der lesen kann. Bei so einem Manager-Interview im Sonntagsteil, in so einer Geldmacher-Zeitung eben, auch dort hat sie das zum Besten gegeben, schwarz auf weiß. Nein, Sie werden keines finden."

„Und Marco, der wusste auch davon?"

„Ich denke schon. Er hat's einmal erwähnt, ja sicher. Früher hatten wir ja noch mehr Kontakt."

„Ja, ich denke, das genügt … für heute. Ich mache ein Protokoll. Kommen Sie doch bitte in den nächsten Tagen zu mir, auch wegen Ihrer Fingerabdrücke, nur zum Abgleich, Sie verstehen?"

„Danke!", sagt sie noch, als er eigentlich schon draußen ist. Danke wofür? Dass er ihr Badezimmer nicht aufgesucht hat? Setzt sich und

fällt innerhalb weniger Atemzüge wieder in ihre alte Müdigkeit, nein, Erschöpfung.
„Du versprichst uns, heute nicht mehr zu üben?", muss ich noch klarstellen.
„Ich gelobe, aber jetzt ... lasst mich bitte wieder allein."
Als wir unten das Tor zuwerfen, schläft sie sicher schon.

Kapitel 27
Ruhandl
Mittwoch, 2. März

Das muss man sich mal vorstellen: Mit 38 war ich ... gerade noch der durchaus talentierte „Dodel vom Dienst", also so was wie der Sieberer heute. Assistent vom ... nein, nicht einmal der Sieberer, mein Chef war ja nur ein gewöhnlicher Inspektor! Und diese Frau Finanzdirektorin Bergé, die zieht sich bereits aus dem „operativen Geschäft" zurück, also von der richtigen Arbeit auf gut Deutsch.
In eine Wohnung, die gut zwei Millionen wert ist, mit einer Bank-Beteiligung und Wertpapieren ... zum gestrigen Kurs drei Komma vier Millionen, einer Autografen-Sammlung ... gerade noch sechsstellig. Sogar was vom Galilei dabei – für was diese Leute ihr Geld ausgeben! Und verwette die Hälfte meiner kärglichen Besitztümer, wenn sich da nicht noch etwas in der Schweiz befindet. Die Such-arbeit überlasse ich gerne dem Verlassenschaftsrichter. Mit 38! Ich stehe zu meinem Neid. Ach ja, da ist ja auch noch diese Geige ...
Selten noch einen Mord auf dem Tisch gehabt mit einem derart satten Motiv. Dreieinhalb Millionen für beide. Also wenn das mit dem Testament so stimmt, also ohne Testament. Giulia scheidet ja wohl eher aus. Die konnte von ihrem reizenden Tantchen ja ohnehin alles bekommen, was sie wollte, ja sogar noch mehr. Was braucht so eine Künstlerin denn schon? Hat doch nichts im Kopf als Wettbewerbe. Selbst Kleidung scheint ihr kaum etwas zu bedeuten. In dieser Mini-wohnung steht nur ein schmaler Schrank. Und bei den Schuhen scheint sie ja besonders zu sparen.

Ihren Bruder, ja, den müssen wir uns schon noch genau ansehen. Vielleicht hatte der gar nicht so große Hemmungen, sie zu erschlagen. Und Geld braucht so einer mit immer neuen Geschäftsideen immer, keine Frage. Was wollte dieser Marco eigentlich von ihr? Warum stand er ausgerechnet am Tag ihrer Auffindung vor ihrer Türe? Das erste Mal seit vielen Monaten, vielleicht schon seit Jahren! Er kann sie doch nicht... und sich dann dort erwischen lassen? Sicher, auf die Erbschaft von einer 38-Jährigen zu warten, darauf würde ich mich auch nicht einlassen. Aber sich dabei so blöd anstellen, es so auffällig machen?

„Chef, läuten Sie das Glöckchen, es ist Bescherung!"

„Sieberer, gehn S', alberner geht's ja nicht mehr! Was haben Sie denn?"

„Gerichtsmedizin oder Tatortanalyse – oder zuerst die Handy-Auswertung, was immer Sie möchten!" Meine schroffe Begrüßung steckt er reaktionslos weg.

„Na, geben Sie mal her ... zuerst das von unserer Totenärztin!"

„Wie belieben. Zusammenfassung gefällig?"

„Na dann legen Sie los! Präzise bitte!"

„Die schlechte Nachricht zuerst: Der Tatzeitpunkt lässt sich nur mit gewissen Unschärfen festlegen, also von 19 bis 21 Uhr. Mit 90 Prozent Sicherheit."

„90 Prozent, komm damit mal dem Staatsanwalt! Aber gut, immerhin. Und, Sieberer, *wie* wurde sie ..."

„Mit einem ‚sehr stumpfen' Gegenstand."

„Flach!"

„Wie, flach?"

„Na sehr stumpf ist – fast – flach eben. Ein Brett, eine Steinfliese oder so."

„Nicht ganz so flach, eben doch irgendwie ... rund, abgerundet."

Ich schließe die Augen und rufe das Bild vom Tatort in mir auf. Fotografisches Gedächtnis, darin bin ich besser als die meisten anderen. „Diese Flasche, Sieberer! Diese Magnum-Flache, die ist doch ... na eben *fast* flach – und doch rund. Fingerabdrücke! Auf der Flasche?"

„Moment, Chef, natürlich, jede Menge: Frau Bergé ..."

„Kaum verwunderlich, Millberg? Giselle Millberg?"
„Ja, auch, die hat den Champagner ja gekauft. Giulia ..."
„Die sagte ja, sie hätte sich ein Glas genehmigt. Noch wer?"
„Ja, noch zumindest eine Person noch."
„Marco! Oder ihr unbekannter Besucher? Wir brauchen schleunigst deren Abdrücke zum Abgleich!"
„Verstanden, Chef. Diese Fingerabdrücke fanden sich alle am Hals der Flasche, der untere Teil steckte ja tagelang im Eis ... Wasser. Dann sind noch welche an der Theke, am Wasserhahn ... aber die Flasche ist wohl wichtiger. Ja und da wären noch DNA-Spuren aus dem Schlafzimmer oben ... männliche ... ein Haar und Hautschuppen."
Er nickt und fährt fort: „Moment, wir hätten fast etwas übersehen ..."
„Wir?"
„Nein, also die Frau Doktor merkt da noch an, dass Frau Bergé einen auffällig dünnen Os frontale, also Stirnknochen hatte, also ... hat."
„Na ja, war ja auch eine eher zierliche Frau."
„Ja, aber selbst für eine zierliche Frau außergewöhnlich dünn ... lese ich da heraus. Was man aber normalerweise selbst gar nicht weiß, nicht einmal auf einem Röntgenbild so leicht zu erkennen."
„Dass es also vergleichsweise wenig Energie bedurfte, um ihre Stirne so einzudrücken."
„Exakt, Chef, aber wie wir ja schon wussten: Sie fiel ja auch noch auf den Hinterkopf." Er deutet auf eine Stelle hinter seinen Ohren, „Da hat sie eine scharfe Kante erwischt, im Stürzen wahrscheinlich. Und die Frau Doktor kann sich nicht und nicht entscheiden, welche Verletzung tödlicher war."
Sieberer! „Tödlicher? *Die* tödliche ... Also wurde sie von der Wucht des Schlages von vorne ... also sie verlor das Gleichgewicht, fiel nach hinten, und ... Kann den Unterschied von Mord und Totschlag ausmachen, nicht unerheblich, Sieberer! Handy-Daten!"
„Äh, natürlich, Chef, Moment ... hier: zwei Gespräche mit Marco, acht und elf Minuten lang."

„Schau mal an! Denke kaum, dass sich der böse Neffe irgendwelche Tiraden oder Litaneien von ihr so lange angehört hätte. Was schließen wir daraus, Sieberer?"
„Sie wollte etwas von ihm."
„Exakt erkannt! Hat ihm ein Angebot gemacht, einen Vorschlag ... sich zu treffen. War ja doch nicht nur hartherzig, diese Lucrezia. Schau mal an. Das wird er uns erklären müssen ..."
„Gespräche mit Giulia, nicht weiter verwunderlich, oft und kürzer. Und zuletzt dreimal mit einem ‚Emilio' ohne Nachnamen. Dem hat sie sogar Bilder geschickt. Von sich. Eines nicht ganz jugendfrei."
„Emilio? Pfarrer Katzner fing bei einem ihrer Telefonate den Namen ‚Emilio' auf. Sie nannte ihn ‚Professor'."
„Der Liebhaber, den Giulia hörte, das heißt weniger ihn als sie?"
„Der DNA-Emilio, wer sonst? Immerhin haben wir seine Nummer. Rufen Sie doch mal an, Sieberer. Na machen Sie schon ... Und?"
„Hebt nicht ab, das heißt, es ist ausgeschaltet! Ich kümmere mich darum. Wenn's nur bloß keines von diesen Prepaid-Handys ist!"
„Na, glauben Sie, der verwendet dafür sein offizielles ... also für den Fall, dass er verheiratet ist, wohl kaum. Irgendwann kriegen sie dein Handy in ihre Finger ..."
Sieberer lächelt kumpelhaft: „Sie haben da so Ihre Erfahrungen?"
„Frechheit, Sieberer! Also ... kriegen Sie heraus, wer dieser Emilio ist inklusive Fingerabdrücke und DNA. Und bestellen Sie uns den Marco Cantor ein, gleich für morgen Vormittag, da ist einer wie der noch nicht ausgeschlafen ... also für möglichst früh!"

Kapitel 28
Arnold
Mittwoch, 2. März

Eigentlich ist ja jetzt Fastenzeit. Andererseits Ausnahmezustand, besonders für Stefan, der mir ja länger schon nicht gefällt. Aber seit dem plötzlichen Tod dieser Lucrezia, seit ihrem gewaltsamen Ende, wirkt er nicht mehr nur wie abwesend, sondern richtiggehend ver-

loren. Diese seltsam überdrehte Figur, diese aparte, aber auch rücksichtslose Dame hatte es ihm einfach angetan. Genauso wie seine antiquierten „Brüder". Beide Male nicht mein Fall, aber ist ja sein gutes Recht, nicht nur beim Wein einen schlechten ... also anderen Geschmack als ich zu haben.
Geistesgegenwärtig wie ich nun mal bin, habe ich ihm bei meiner Einladung das Versprechen abgeluchst, eines seiner verbleibenden Bartholomäer-Fläschchen mitzubringen. Wie ich schon bei der Türe sehe, ist er meinem Wunsch auch nachgekommen, artig in einem schon ziemlich zerbeulten Papier-Tragetäschchen: „Da! Zur Überbrückung. Es geht ja erst nach Ostern wieder weiter."
„Tief durchatmen, Stefan, das nächste Kistchen kommt bestimmt."
„Du, es ist gleich acht. Wirf mal deinen Laptop an, damit wir es nicht versäumen. Was denkst du? Und wichtiger noch, verzeih, aber was denkt Benjamin?"
„Er hat nicht alles mit ansehen können im Stream. Und meint, es gäbe eine ziemlich große Streuung. Zwei oder drei spielen in Giulias Liga."
„Also alles offen?"
„Unter die besten drei sollte sie es schaffen, dann im Finale ist alles offen."
Es hat soeben begonnen. Man sieht die fünf Mitglieder der Jury frontal dasitzen.
„Du, Stefan, schau doch mal! Der in der Mitte, das ist ein anderer!"
„Was, der Jury-Präsident? Den haben sie jetzt mitten im Wettbewerb ausgewechselt!"
Haben sie wohl vor unserem etwas verspäteten Einstieg darauf hingewiesen. Es folgt das wohl übliche Lob für alle – und das Bedauern und Trösten der Ausgeschiedenen. Und dass sie doch noch alle Chancen haben werden und nützen sollten. Und eben noch konsequenter ...
Bis sie dann endlich Oscar-reif ein Kuvert öffnen: „Kim Seoyang!"
Man sieht das zarte Mädchen aus Korea hochspringen, alle irgendwie Erreichbaren zu umarmen und mit spitzen Fingern dorthin zu tasten, wo aufkommende Tränen Wimperntusche und übertrieben aufgelegtes Rouge nicht zerstören sollen.

Es folgt ein „Maurice Pasternak", der seltsamerweise aus Italien kommt und allen ringende Hände entgegenstreckt. Na wenigstens keine Kusshändchen!
Wir schauen uns an. Nur noch eine Chance! Wo ist denn ...? Da ist kein Kuvert mehr. Stefan wird unruhig: „Die müssen doch noch ... Was soll denn das?"
„Stefan, es kommt auch vor, dass die nur zwei Preise vergeben, weil eben kein dritter würdig ist ... eigentlich ja nur sie selbst gewinnen dürften ..."
„Mach mich nicht fertig. Giulia muss doch ... ist doch zumindest ebenbürtig!"
Da zieht der Jury-Chef doch noch ein Kuvert aus seiner Brusttasche. Und lächelt süffisant. So ein eingebildetes Aas! „Giulia Cantor!"
Giulia erhebt sich langsam, wie ferngesteuert. Der Kerl hat ihr sichtlich den letzten Nerv gezogen. Sie setzt das am schlechtesten gespielte Lächeln auf, das mir je untergekommen ist. Und setzt sich wieder.
Und das war's dann auch schon. Also nach ein paar Ansagen und Einladungen das Finale in einer Woche betreffend. Niemand holt die drei Glücklichen zu einem Foto nach vorne. Und die haben auch nicht das geringste Interesse daran, sichtlich schon auf dem Sprung nach draußen. Jetzt erst wirft die Kamera einen Blick auf den freien Platz neben Giulia. Auf dem eine weiße Rose liegt.
„Komm, Arnold, lass uns auf Giulia anstoßen! Großartig, wie sie das geschafft hat!"
Moment! „Halt, nicht mit diesem Wein, der braucht noch gut eine Stunde. Ich hab einen großartigen Chardonnay eingekühlt. Mit dem bitte!"
Ich schenke ein, während Stefan sein Haupt wiegt: „Das heute galt ja der Giulia von vor fast einer Woche, als noch alles ... also als Lucrezia noch lebte. Aber wie soll sie das nach all dem in einer Woche schaffen? Ich weiß auch nicht, wie wir sie dabei unterstützen könnten."
„Ich werde Benjamin bitten, mit ihr Kontakt aufzunehmen. Also nur rein fachlich. Der hält große Stücke von ihr. Und das soll er ihr sagen. Von Meister zur kommenden Meisterin ihres Fachs. Weißt

du, er ist noch keiner von diesen Professoren, die alles besser wissen – und von denen sie jetzt sicher mehr als genug hat."
Er nickt: „Auf Giulia!"
„Auf Giulia!"
Stefans Handy läutet. Er schluckt und sieht nach: „Ruhandl! Das musste ja kommen."
„Und kommt jetzt sicher noch öfters. Du hast seine Nummer schon eingespeichert? Seid ihr denn ... allerbeste Freunde?"
Stefan bekommt meine Anspielung auf den berühmten Film natürlich nicht mit. In letzter Zeit bekommt er rein gar nichts mit, zuallerletzt Ironie. „Freunde, na ja, ja also fast. Irgendwie haben wir uns inzwischen aneinander gewöhnt. Er macht seine Sache gut, das kann man schon sagen. Soll ich?"
„Wird dir nicht viel anderes übrig bleiben. Stell auf ‚laut'!"
Da das Handy verstummt ist, ruft er zurück. Ruhandl erkundigt sich bei ihm über einen „Emilio", ob er den auch gesehen hätte.
„Ich habe gehört, wie sie mit einem ‚Emilio' einen Termin ausmachte, sehr zeitnah. Und dass sie mich wegen dieses ‚Emilios' ziemlich schnell verabschiedete. Sie wollte offensichtlich verhindern, dass ich ihm begegnete."
„Herr Pfarrer, sagten Sie nicht zuletzt, sie nannte ihn auch ‚Professor'?"
„Ja, so nannte sie ihn. Aber wissen Sie, in ihren Kreisen gibt es nur Leute mit Titel, notfalls mit erfundenen oder scherzhaften, also ... Das heißt, Moment, unten, also im Hausflur, da traf ich auf einen Mann, nicht mehr ganz jung ..."
„Könnten Sie ihn beschreiben?"
„Also, nein, eigentlich nicht. Ja doch, er hatte einen großen Strauß roter Rosen in der Hand. Aber den hielt er sich vors Gesicht, ja wirklich, war wohl Absicht, nicht nur weil der Strauß so groß war. Und dieser Eingang, der war sehr schummrig. Sein Mantel wirkte irgendwie gut und teuer auf mich, braun, aber nichts Auffälliges."
„Warten Sie, Herr Pfarrer. Ich schick ihnen trotzdem ein Foto. Vielleicht erkennen Sie ihn ja doch darauf, könnte ja sein. Nur ein Versuch ..."

Natürlich schafft es Stefan nicht, das Foto hochzuladen und gleichzeitig in der Leitung zu bleiben. Also drückt er Ruhandl weg und wartet. Das Bild eines Mannes so um die 60 erscheint. Selbstbewusst, um nicht zu sagen: hochgradig eingebildet. Mit dem Blick in irgendeine ungreifbare Ferne gerichtet.
Das ist doch! Fast gleichzeitig haben wir ihn erkannt, aber ich bin schneller: „Das ist doch dieser Juror!"
„Der *Chef*-Juror!"
„Der *ehemalige*, ausgetauschte, dieser … Professor …"
„Heinrich!" Jetzt war er schneller.
„Also Emilio Heinrich! Schau mal einer an, Stefan. Der Chefjuror im Bett der Tante!"
„Also ob das wirklich … ich kann mir nicht vorstellen …"
Ich kann mir das sehr gut vorstellen! Sein Handy klingelt wieder. Ruhandl hört sich ungeduldig an, fast ärgerlich: „Was ist denn? Jetzt sagen Sie schon, können Sie ihn doch erkennen, den Rosenkavalier aus dem düsteren Flur?"
„Nein, den nicht, ich sagte ja …"
„Auch gut. Die Rosen haben wir oben ja gefunden, wer sonst also …"
„Aber diesen Mann auf dem Bild, den kenne ich schon. Das ist doch Professor Heinrich, der Vorsitzende der Jury beim Paganini-Wettbewerb. Da bin ich mir sicher."
„Beim Wettbewerb? Tante Lucys Liebhaber? Das ist ja ein Ding, da wird der österreichische Korruptions-Index wieder steigen!"
Stefan erzählt ihm noch, dass eben dieser Oberjuror nun offensichtlich sein Amt zurückgelegt hat … oder auch entlassen worden ist, wie auch immer.
„Das kriegen wir schon raus. Auch wenn der gute Herr Professor derzeit untergetaucht zu sein scheint. Na kein Wunder, wenn das rauskommt! Na jedenfalls danke."
„Herr Oberinspektor, eins noch. Frau Bergé hatte unserer Pfarre ein Kreuz geschenkt, ein ziemlich großes. Wir waren damit in Italien – und bei der Heimreise wurde es uns gestohlen, aus dem Autobus. Nur als ich damals, also an dem Abend, an dem sie starb … als ich damals in den Keller ging, um sie zu suchen, und auf Carlo stieß, da sah ich es …"

„Keller? Sie sagten Keller? Was für ein Keller denn?"
„Na Frau Bergés Keller, dieser Weinkeller eben. Wir sprachen doch davon!"
„Von einem Keller, nein! Moment, Sie sagten ‚unten'…"
„Ja eben, unten im Keller."
„Und ich dachte, im unteren Teil ihrer Wohnung!"
„Tut mir leid, wenn ich …"
„Wie gibt's das denn, dass ich von keinem Keller weiß. Das ist ja unfassbar, eine unglaubliche Schlamperei. Da stellen wir ihre Wohnung aufs Penibelste auf den Kopf, und keiner sagt mit, dass es da noch einen Keller gibt. Na warte, der Sieberer, der kann was … Und dort soll ein Kreuz, euer Kreuz liegen?
„Ja ich habe es kurz gesehen, als ich bei Marco unten war. Ich könnte es nicht beschwören, dass es unser Kreuz ist, aber es war genauso verpackt. Und die Größe passte …"
„Aber Sie sagten doch, es wurde Ihnen gestohlen, doch nicht etwa von Frau Bergé?"
„Sicher nicht. Sie hat es uns ja geschenkt, also warum sollte sie … Es kann natürlich auch sein, dass sie ein anderes als Ersatz erworben hat, aber so schnell? In jedem Fall gehört es höchst wahrscheinlich uns, also wenn Sie …"
"Jaja, natürlich, aber erst, wenn alle Spuren ermittelt sind."
„Ja, natürlich."
„Herr Pfarrer, ich danke Ihnen, aber jetzt muss ich … dieser Keller, unglaublicher Schlendrian, so was hab ich noch nicht erlebt …" Aufgelegt. Wir schauen uns an. „Also Stefan, da gibt's jetzt gleich zwei Leute, in deren Haut möchte ich nicht stecken."
„Du meinst … Giulia?"
„Ja, natürlich, selbstverständlich nicht. Aber noch zwei: dieser Silberer …"
„Sieberer. Und der untergetauchte Professor."
Ich nicke. „So und jetzt ist Zeit für den Beaujolais deiner ‚Brüder'!"
Was folgt, ist Stille und Ehrfurcht … dann aber doch gestört durch einen schnellen Blick auf meine Armbanduhr: „Was? Schon halb zehn? Stefan, ich hab gehört, ihr Tod wurde heute an die Medien weitergeleitet, vielleicht …?"

Diesmal steigen wir pünktlich bei der „Zeit im Bild 2" ein. Von einem dreisten Diebstahl in Italien ist die Rede ... einen Michelangelo? Das muss doch nicht mehr sein heute! Ob Bild oder Skulptur, sagen sie noch nicht. Ich erinnere mich an den Diebstahl der Saliera und sag jetzt lieber nicht „Typisch Italiener". Und dann eine kurze Meldung über den Mord an der „Karriere-Brokerin", bei dessen Klärung die Polizei noch am Anfang stehe. Mehr nicht. „Aus ermittlungstechnischen Gründen", wie das oft so heißt. Selbst unsere zweite Weinflasche geht an Stefan vorüber, ohne dass er sich wirklich entspannen kann.

Kapitel 29
Gregor
Donnerstag, 3. März

So fein ist die Gegend hier direkt am Donaukanal gar nicht. Auf den ersten Blick nichts für eine Lucrezia Bergé. Aber wenn du hier ganz oben wohnst, fünfter, sechster Stock oder Dachgeschoss, muss die Aussicht schon gewaltig sein. Vor allem auf dieser Seite mit Blick bis in den Wienerwald. Saukalt heute, aber echt! Und wir sollen auf ihn heraußen warten. Dass von Marco noch nichts zu sehen ist, würde keinen wundern, der ihn kennt. Dabei ist es gleich neun. Dabei wollte doch er, dass ich ihn nicht mit diesem „oberschlauen Polizisten" allein lasse. Und da kommt der Herr Oberinspektor auch schon. Gut gemacht, Marco! Klar hat er seine Tante nicht umgebracht, aber da bin *ich* mir jetzt sicher. Für die Polizei gehört er zu den Verdächtigen, keine Frage. Wenn man da keine Probleme bekommen will, sollte man kooperieren. Auch Untersuchungshaft soll etwas recht Unangenehmes sein. Vor allem ohne Internet-Anschluss!
„Guten Morgen. Und? Wo ist unser IT-Genie? Schon drinnen?"
„Nein, Sie sagten doch, wir sollen draußen auf Sie warten. Muss gleich da sein, Pünktlichkeit ist nicht so ..."
„Warten Sie halt auf ihn. Ich muss ohnehin drinnen noch eigenes klären. Wenn er kommt, erwarte ich Sie beide im Keller."

Im Keller? Ich dachte, das werde so eine Art Lokalaugenschein.
„Hi Greg! Auch schon da?"
„Mann, fast eine Viertelstunde zu spät! Super Intro für dich. Du weißt echt, wie man sich beliebt macht, was? Der Herr Polizei ist schon drinnen, also unten im Keller. Sag mal, weißt du, warum im Keller ...?"
„Eine echte Sehenswürdigkeit, Tante Lucys Weinkeller. Klar doch, ich war immer nur da unten, um ihr das alles einzurichten."
„Einrichten?"
„Nein, Greg, keine Möbel. Elektronik, Kamera, Mikros, Großmonitor mit extrastarker Auflösung, entsprechend Power-Internet. Exquisite Ausleuchtung. Komplizierte Kühlschränke für ihre speziellen Fläschchen, alles weltweit steuerbar. Und alle dreifach abgesichert, dass nur ja nichts abstürzt. Nichts, was mich wirklich herausfordert, aber alles preislich ziemlich High End ... Aber das muss ich diesem Inspektor sicher eh gleich alles noch mal erzählen. Vamos, Amigo!"
Die Kellertüre ist nur angelehnt, von drinnen dringen Stimmen heraus.
„Und, Sieberer, schöner Keller, was?" Das klingt einschüchternd.
Und kommt auch so rüber: „Ja, Chef, wie man so aneinander vorbeireden ..."
„Und, Sieberer? Was macht das für einen Eindruck auf uns?"
„Eine Menge Zeugs, wahrscheinlich sauteures Zeugs, das ich zum Weintrinken nicht unbedingt bräuchte. Aber was das alles genau ... kann ... und wofür, echt keine Ahnung. Da brauchen wir den Neffen, wo bleibt der denn?"
Passt ja.
„Na da ist es ja, unser Genie ... Nur bis zum Tisch, nicht weiter! Wir können es uns nicht leisten, auch nur die geringste Spur zu versauen ... nach all dem!"
Sein Untergebener zuckt merklich zusammen. Ruhandl streut noch Salz in diese Wunde: „Ich habe nämlich erst gestern Abend von diesem Keller erfahren! Wer diese Schlamperei an die Medien weitergibt, dem drehe ich eigenhändig den Hals um, verstanden Leute?"
Drei Männer und eine Frau in Ganzkörperanzügen drehen sich kurz zu ihm und nicken wenig beeindruckt. Dieser Sieberer senkt seinen

Kopf noch tiefer. Versucht dann aber schnell abzulenken: „Chef, ich glaube, wir müssen da noch einen Wein-Sachverständigen zuziehen, einen Sommelier oder so. Also auf den ersten Blick liegen da viele Tausend Euro, *sehr* viele sogar."

Ruhandl nickt nicht einmal, ignoriert ihn einfach. Und wendet sich an Marco: „Waren Sie hier herunten, haben Sie das hier alles aufgebaut?"

„Genau. Nur hier herunten, oben war ich nie. Das heißt, vor ein paar Jahren ein paarmal …"

„Aber ich weiß doch inzwischen, dass Sie bei Ihrer Tante in Ungnade gefallen waren."

„Ungnade, nette Untertreibung. Dieses Biest hat mich gehasst, nein, verachtet hat sie mich. Als Versager, Sozialschmarotzer, was weiß ich …" Marco erzählt ihm von all den Gemeinheiten, mit denen sie ihm das Leben schwer gemacht hatte. Warum steigert er sich denn gar so hinein? Muss ihm doch klar sein, dass er sich mit all den Geschichten immer verdächtiger macht.

„Herr Cantor, jetzt erklären Sie mir doch, wie Sie mit ihr dann doch wieder – wie soll ich sagen – ins Geschäft gekommen sind."

„Eines Tages hat sie mich angerufen, noch gar nicht so lange her. Sie hat eben begriffen, dass ich der Beste bin, also absolut top in meiner Profession. Hab mich das natürlich auch gefragt. Aber einerseits brauchte sie mich für all das Zeugs hier – und andererseits hat sie endlich kapiert, dass ich doch nicht der hoffnungslose Verlierer bin, für den sie mich seit Jahren gehalten hat. Natürlich hab ich das hier alles schwarz gemacht, und gute Geschäfte waren eben ihr Ding."

Er lächelt mehrdeutig, nur ironisch, oder doch auch ein wenig ängstlich: „Wie gut sind denn Ihre Connections zum Finanzamt, Herr Inspektor?"

„Mein lieber Herr Cantor, das sollte jetzt Ihre geringste Sorge sein!"

„Ja, übrigens … es steht noch einiges aus. Sie hat bisher nur das Material bezahlt, meine Arbeit, und das waren schon so etliche Stunden … wann bekomme ich das denn?"

Ruhandl sieht ihn entgeistert an: „… und das Ihre *aller*geringste! Verstehen Sie denn nicht, dass Ihr Hass auf sie … ich sage ja nicht, dass der ungerechtfertigt war … also das ist doch genau der Hass

… die Emotion, aus der heraus schon viele Menschen erschlagen wurden."

„Aber ich war doch nie oben! Dort ist es doch … Und sie hatte Schulden bei mir, wie gesagt, gar nicht wenig, also für mich … Da erschlag ich sie doch nicht!"

Jetzt schaue ich wahrscheinlich genauso entgeistert. Blöder geht's ja wohl nicht mehr. Ich muss eingreifen: „Herr Oberinspektor, glauben Sie mir, der Marco, nein … undenkbar. Der ist der gutmütigste Kerl, den man sich nur vorstellen kann. Wenn er sich ärgert, also wütend wird, dann bekommt das höchstens sein Keyboard zu spüren."

„Schön, dass Sie für Ihren Freund eintreten. Nicht dass ich Ihre Einschätzung geringachte. Aber ich muss mich an Fakten halten."

„Fakt ist, dass Herr Cantor nicht oben war. Sie aber dort ermordet wurde." Hat ja lange gedauert, bis sich dieser Sieberer wieder erfangen hat.

„Stimmt, Sieberer, stimmt fast. Aber Fakt ist nicht, was einer behauptet, sondern nur, wenn es sich nachweisen lässt. Sie haben also nur hier im Weinkeller mit ihr gesprochen, verhandelt …?"

„Sagte ich doch schon. Alles, was sie von mir wollte, galt ja der Ausstattung dieses Kellers. In ihrer Wohnung wollte sie nichts von mir. Also haben wir das alles gleich hier vor Ort besprochen. Und ich habe sie auch immer hier eingeschult, also in alles, was schon fertig war. Also außer am Montag, als wir sie gefunden haben. Da war ich oben, sie schuldete mir ja noch eine Menge Geld."

„Ich weiß. Aber jetzt sagen und erklären Sie mir doch im Detail, was Sie hier installiert haben!"

Das meiste, was jetzt folgt, weiß ich schon, wenn auch nicht in allen Einzelheiten. Zuletzt geht Marco dann aber noch auf eine Sache ein, die Ruhandl besonderes interessiert: „Also das war das Einzige, das für mich wirklich eine Herausforderung darstellte: Fallweise war sie Mitglied so einer Art Video-Konferenz. Sie bekam den Link und loggte sich jeweils ein. Ohne Programm auf ihrem eigenen Rechner, alles nur im Web. Und nachher wollte sie, ich sollte zurückverfolgen, ‚wer diese Leute sind'. Seltsam, dass sie das nicht wusste. Weitere Hinweise gab sie mir keine. Ist nicht immer einfach, weil manche

ihre Identität ja konsequent verschleiern. Aber schließlich mein täglich Brot. Die Jagd nach der originalen IP-Adresse. Und was auch immer ich versucht habe: keine Chance! Und wenn *mir* das nicht gelingt, das können Sie mir glauben, dann sind die echt gut darin, sich zu verbergen. Auch sonst. Sie hat gesagt, dass man von diesen Konferenzen keinen Screenshot machen kann. Das hab ich überhaupt noch nicht gehört, dass man das verhindern kann. Selbst auf Digitalfotos vom Schirm ist alles total verzerrt und verwaschen. Ich meine, ich steigere mich in sowas rein, ich geb da nicht so schnell auf. Eines können Sie mir glauben: Da ist eine Menge Geld im Spiel. Um sich so abzuschotten, da brauchst du eine Menge Kohle! Sagte ich ihr auch. Und dann zog sie zurück und befahl mir, ich sollte doch lieber die Finger davon lassen, denn ‚die' würden sehr ärgerlich, wenn sie meine Nachforschungen checken."
„‚Die'? Sagte sie, wen sie da wohl meinte?"
„Nein, alles streng geheim. Und irgendwie hatte sie richtig Angst vor ‚denen'. Tante Lucy, aber hallo! Hatte doch vor nichts und niemandem Angst."
„Finanzgeschäfte? Vielleicht illegale Finanztransaktionen, Insider-Trading? Da gibt's viel, Chef, was im Verborgenen gemauschelt wird. Darknet und so. Herr Cantor könnte doch weiterforschen … diesmal für uns, wer und was da dahintersteckt?"
„Das sollten doch besser unsere eigenen Experten erledigen, Sieberer. Herr Cantor gehört immer noch zu unseren Verdächtigen, oder? Und Sie glauben doch nicht wirklich, Sieberer, diese Schattenmänner … oder -frauen schicken jemanden in Frau Bergés gut frequentierte Wohnung, um ihr mit einer Flasche den Schädel einzuschlagen? Nein, das passt nicht ins Bild. Da waren heftige Emotionen im Spiel, keine Transaktionen … Wie sind Sie überhaupt hier hereingekommen? Gab sie Ihnen einen Schlüssel?"
Wäre zu schön gewesen, wäre er auf diese ganz andere Fährte eingegangen. Hätte Marco aus der Schusslinie genommen – und diesem Sieberer endlich ein paar anerkennende Worte eingebracht. Wieder nichts. Marco greift in seine Hosentasche, holt seinen Schlüsselbund hervor – und zeigt Ruhandl einen Schlüssel: „Da, bitte!"

„Und der sperrt nur hier?"

„Hier und das Haustor, weil, Sie wissen ja: IT-Nerds arbeiten ja oft die Nacht durch."

Ruhandl wendet sich an das eifrige Spurensuch-Quartett, das jetzt nur noch ganz hinten bei den Weinregalen arbeitet: „Hat wer von euch kurz Zeit, diesen Schlüssel oben auszuprobieren, Wohnung, Hinterausgang, Lift, alles halt."

Einer von ihnen deutet auf seine Schutzkleidung: „Chef, wir haben keinen mehr übrig. Und wenn ich mit dem wiederkomme, versaue ich mir doch alle Spuren!"

„Verstehe. Sieberer, bitte!" Der knurrt zwar, aber immerhin war das die erste Höflichkeit, die er heute in Empfang nehmen konnte, und macht sich auf den Weg.

„Noch mal zurück zu Ihrer Tante: Wie hat sie denn Kontakt zu Ihnen aufgenommen ... nach all dem?"

„Mit einer SMS: ‚Lukratives Geschäftsangebot. IT-Ausrüstung für meinen Keller. Brauchst doch sicher Geld. Morgen um 10 bei mir im Keller. LB'. Das war's. Ja und dann noch Anrufe. Greg und Lena vermuten, Giulia hat sich für mich eingesetzt. Glaub ich aber nicht. Die hat doch nur noch ihre Geigerei im Kopf, sonst nichts. Und sich bei mir schon seit Monaten nicht mehr gemeldet. Okay, ich ja auch nicht."

„Noch etwas: Wissen Sie, dass Sie das halbe Vermögen Ihrer Tante erben werden?"

Das bringt jetzt selbst Marco aus der Fassung: „Ich? So was Blödes hab ich schon lange nicht mehr gehört! Giulia, na die sicher. Und vielleicht auch noch ihre Freundin, wie auch immer die heißt. Aber ich? Mir? Nein, da hätte sie noch eher dem Tierschutzverein ... und auch das schließe ich aus."

„Dann habe ich ja eine frohe Botschaft für Sie: Frau Bergé hat nie ein Testament verfasst. Und das auch nie verheimlicht. Kann man sogar im Wallstreet Journal nachlesen oder in so einer Art Zeitung halt in einem Interview. Giulia ist sicher, dass sie Ihnen das erzählt hat."

„Kann ich mich nicht erinnern. Wirklich? Also ich erbe jetzt ihre Millionen – also durch zwei! Verstehe, jetzt haben Sie mich am Haken! Und ihre Freundin, die ist aus dem Schneider ... die wäre ja blöd!"

Ruhandl nickt, ohne zu lächeln. „Die wusste davon, ganz bestimmt. Deshalb drängte sie ja so vehement darauf, dass sie heiraten. Denn ohne Testament geht sie leer aus …"
Ich möchte noch schnell erwidern, dass Morde ja auch aus Hass und Wut und ohne jeden Vorteil geschehen können. Aber da kommt Sieberer zur Tür herein und deutet aufgeregt auf den Schlüssel.
„Na, und?"
„Chef, der sperrt auch oben, beide Wohnungseingänge."
Nein, also nein! Das war's jetzt. Nur einer scheint das jetzt nicht begriffen zu haben: Marco. „Schön und gut, kann ja sein. Aber ich war nie oben, bin gar nicht auf die Idee gekommen. Ich war den ganzen Abend und die folgende Nacht hier herunten, hab die letzten beiden dieser Wein-Kühlschränke aufgebaut, programmiert, vernetzt … und, ja, ich geb's ja zu, danach ein US-Football-Match angesehen, als Überstunden auf ihre Kosten. Aber bei 0:21 hab ich abgedreht und bin gegangen. Die Packers waren einfach nur grottenschlecht."
Plötzlich beginnen Sieberers Augen zu funkeln: „Aber gehen S', Herr Cantor, seit wann gibt's denn Ende Februar eine NFL? Zwei Wochen nach dem Superbowl liegen die starken Herren doch alle auf Hawaiis Stränden oder sonstwo in der Sonne! Oder im Spital …"
„Wildcard-Weekend, Herr … War das letzte Spiel, das ich noch nicht gesehen hatte von den Finals. Eine Wiederholung im Stream, aber mit Original-Kommentar! Wenn Sie wollen, schau ich nach in der Surf-Verlaufsliste, Moment …"
Jetzt hat Sieberer doch noch seinen Chef überzeugt: „Kommen S', das können Sie doch in den Rechner hineinfälschen … also schon längst gefälscht haben. Das können wir doch jetzt nicht mehr verifizieren. Es tut mir wahnsinnig leid" – und dabei schaut Ruhandl nicht Marco, sondern *mich* an –, „aber wir werden Sie jetzt fürs Erste bei uns einquartieren müssen. Zumindest bis wir endgültig wissen, ob Sie nicht doch Spuren hinterlassen haben … oben."
Erstmals wirkt Marco verunsichert. Wenn ihm jetzt noch etwas hilft, dann nur noch seine ohrenbetäubende Naivität, mit der er sich in all das hineingeritten hat. Ich begleite ihn, soweit ich ihn begleiten kann …

Kapitel 30
Stefan
Samstag, 5. März

Also war das ein Föhnsturm heute Nacht, der meine Balkonsessel ganz schön durcheinandergeworfen hat, sodass ich sie jetzt alle aus einer Ecke herausholen muss. Schlagartig ist es wärmer geworden, und schon riecht es ganz intensiv nach Frühling. Verführerischer Gedanke, wo doch immer noch weit bis in den April hinein mit Frostnächten zu rechnen ist – und in der Folge wieder einmal mit Nachrichten von der erfrorenen Marillenblüte in der Wachau. Erderwärmung hin oder her.
Wieder einmal ist es Bach, der um die Kirche herum an meine Ohren dringt. Hat sie wieder durchgespielt? Gestern kam erstmals ein Beschwerde-Mail von Anrainern. Und dummerweise habe ich vergessen, sie gestern Abend in die schalldichte Krypta umzuquartieren. Bei dem Sturm wird sie aber diesmal niemand gehört haben. Noch sechs Tage. Wenn sie das bloß durchhält. Ob ihre Kontrahenten ebenso manisch zur Sache gehen?
Ruhandl hat mich gebeten, mich um zehn Uhr vor Lucrezias Wohnung einzufinden. Er will mit mir vor Ort „noch etwas klären". Mit mir? Vielleicht geht es ihm ja mehr um den Keller. Wirklich ein starkes Stück: Da filzen sie ihre Wohnung millimeterweise – und ich erst muss ihn darauf hinweisen, dass sie noch einen Keller besessen hat, und was für einen. Und dachte, ich hätte es ihm schon gesagt. Ich werde mich bezüglich ihrer Studio-Ausstattung sehr zurückhalten und die Bruderschaft auf keinen Fall ins Spiel bringen. Die haben es nicht verdient, in diesen Mordfall hineingezogen zu werden. Jeder Versuch, sie aufzuspüren, wäre sowieso die reinste Zeitverschwendung. Noch mehr als fünf Wochen sind es bis zum nächsten Treffen. Sie fehlen mir, diese liebenswürdigen, feinen Herren. Ob Lucrezias Tod beim nächsten Mal Erwähnung finden wird? Muss doch sein, auch wenn sie noch kein Vollmitglied war.
Und ich werde nichts unversucht lassen, dass er unser Kreuz rausrückt. Wie auch immer das dorthin gekommen ist. Jetzt ist Fastenzeit, gerade jetzt gehört es doch in unsere Kirche.

Ich könnte zu Fuß hinuntergehen an den Donaukanal. In der kalten Jahreszeit habe ich ohnehin viel zu wenig Bewegung. Vielleicht fällt mir ja unterwegs etwas für die morgige Predigt ein. Dann muss ich jetzt aber … und die Winterjacke kann ich ruhig hängen lassen. Und schon bin ich doch wieder spät dran. Ein ganz schön weiter Umweg um diesen Franz-Josephs-Bahnhof herum. Ich will ihn doch nicht warten lassen und komme ganz schön ins Schwitzen. Schnell noch vorbei an 1-Euro-Shops und Asia-Läden, einem Fitnesscenter, einem Café, jetzt schon mit Tischchen heraußen und … Gerald! Er sitzt vor einer sehr kleinen Tasse in der Sonne, wischt eifrig auf seinem Smartphone und hat mich jetzt auch bemerkt.

„Ja, servus Stefan, wo rennst du denn hin? Setz dich her, ich muss dir was zeigen!"
„Geht leider nicht. Ich muss zu der Wohnung von Lucrezia. Du weißt schon, ich hab dir …"
„Natürlich, die ermordete Bankerin. Darf ich raten: Dein Freund Ruhandl will sich mit dir alles nochmals in Ruhe ansehen. Tatortbegehung?"
„Freund? Na ja … ja genau das. Aber ich hab's eilig!"
„Aber schau doch schnell. Ihr wart doch kürzlich in Florenz?"
„Ja, aber ist schon einen Monat her, du, ich hab's jetzt wirklich …"
„Gib's zu, ihr wart das, oder? Habt ihr den Michelangelo gestohlen, ha? Unglaublich, dass so was passieren kann. Ich schick dir's aufs Handy!"
„Ja, tu das, bis bald!" Ist doch fast schon zehn. Aufs Handy, auch gut. Aber das liegt zu Hause, wie ich das oft so mache, wenn ich nicht gestört werden möchte. Ist ja Samstag. Einen Michelangelo gestohlen? Gibt's doch nur ganz weniges von ihm. Aus den Uffizien, wo sonst … der David kann's ja wohl nicht sein, bei der Größe. Diese schlafende, liegende … Ariane? Auch locker drei Tonnen Marmor! Nein, dieses Rundbild, diese Heilige Familie, nur das kann es sein! Trotzdem, unglaublich. Wir haben es noch gesehen und jetzt? Gerald soll nicht so dumm reden, wir sind da aus dem Schneider nach mehr als einem Monat. Blödmann.

Ich schaffe es dann doch noch ... fast. Ruhandl wartet schon. Diesmal allein.

„Herr Pfarrer, meine Verehrung!" Er lächelt seltsam mit einer ganz leicht angedeuteten Armbewegung, als würde er auf seine Uhr schauen. Was er aber nicht tut. „Ja, ich würde mit Ihnen doch lieber zuerst in den Keller schauen."

„Ach ja, in den Keller?"

Jetzt bekommt er sein vieldeutiges Lächeln zurück. Er hat alle Schlüssel parat und fährt mit mir in Lucrezias Privat-Lift direkt hinunter.

„Ja, schauen Sie mal. Also ... was hat die hier herunten bloß gemacht? Ja, schon klar: Wein gesammelt, gelagert und vielleicht auch getrunken. Es finden sich aber nur wenige Spuren, die wir fast alle zuordnen können. Also bis auf ein paar Fingerabdrücke auf den Flaschen. Nur wird's nichts bringen, wenn wir jetzt allen Weinhändlern Wiens die Fingerabdrücke abnehmen. Auch wenn wir das nur bei den hochpreisigen Läden machen müssten. Sie war doch nicht die Frau, die hier herunten Saufgelage gefeiert hätte?"

„Bestimmt nicht. Sie hat mir den Keller einmal kurz gezeigt, aber getrunken haben wir dann oben."

„Ja gut, aber was soll das hier alles. Massiver Eichentisch, okay, macht sich gut als Ablage, verstehe ich. Stimmungsvolle Beleuchtung ebenfalls. Aber der überdimensionale Monitor, all diese Kameras und Mikrofone. Und wofür dieses hyperschnelle Internet mit all den Absicherungen ... also wenn das stimmt, was dieser Marco mir erzählt hat. Prüfen wir gerade nach, aber daran zweifle ich gar nicht. Internet-Kriminalität? Bitcoin-Diebstahl? Das waren doch nicht ihre Methoden!"

„Ganz bestimmt nicht!" Was würde es ihm denn helfen, wenn ich jetzt damit herausrücke, was ich weiß? An die Bruderschaft kommt er ja doch nicht heran. Und ich steh da wie der letzte Trottel, wenn ich „mit so was" komme. Auch die Kisten mit der ganz bestimmten Prägung werden ihm kaum etwas sagen. Und die wenigen verbliebenen Weine werden der Polizei unter ihren anderen ja ebenfalls edlen Gran Reservas und so auch nicht auffallen.

„Na gut, wissen Sie also auch nicht, wofür das alles ... Sieht auch noch sehr neu aus, das meiste jedenfalls. Vielleicht hat sie's ja noch

gar nicht in Betrieb genommen. Würde erklären, warum unsere Spezialisten so gar nichts finden, nichts Gespeichertes, keine Verbindungsdaten, nur ein paar Test-E-Mails."
So, und jetzt bitte ganz weit weg von diesem Thema! Auf den ersten Blick ist mir aufgefallen, dass unser Kreuz nicht mehr in jener dunklen Ecke lehnt, in der ich es vor einer Woche noch gesehen hatte. „Herr Oberinspektor, etwa ganz anders: Wo haben Sie denn unser Kreuz hingebracht? Gerade jetzt würden wir es in der Kirche brauchen. Das Kreuz kann doch nichts zur Klärung des Mordfalles beitragen."
„Was für ein Kreuz? Hier war kein Kreuz!"
Ich erkläre ihm die Vorgeschichte, den Diebstahl bei der Raststätte – und dass ich es eben hier gesehen hatte. „Marco hat es zwar kaum beachtet, aber gesehen hat auch er dieses Kreuz. Wie es wieder zu ihr kam, das weiß ich nicht. Vielleicht hat man sie erpresst und sie musste es auslösen, kommt ja vor … Ich kann auch nicht ausschließen, dass das ein neu von ihr erworbenes Kreuz war, als Ersatz eben. Obwohl, es sah unserem sehr ähnlich, also in Größe und Verpackung eben. Und dass sie in so kurzer Zeit … aber ihr war so manches zuzutrauen. Könnten Sie nicht nachfragen, ob nicht doch jemand von Ihren Leuten …"
"Das können wir ausschließen. Da *war* kein Kreuz!" Vorsicht, das klingt jetzt schon richtig verärgert. Alles, was mit dem Keller hier zu tun hat, trifft bei ihm einen wunden Punkt. Aber ich kann es doch auch nicht einfach dabei belassen! „Wenn ich recht verstehe, hatten außer Marco und Lucrezias Freundin Giselle vielleicht noch niemand hier Zutritt!"
„Also wir von der Polizei haben es jedenfalls nicht gestohlen!"
Gut, jetzt sollte ich das Thema wohl besser nicht weiter erörtern.
„Ich glaube, das bringt hier nichts mehr. Fahren wir nach oben!"
Was wir dann auch wortlos tun. Er sperrt auf. Die große, leere Wohnung wirkt trotz des wolkenlosen Sonnenscheins gespenstisch.
„Fällt Ihnen irgendetwas auf? Ist etwas anders als in Ihrer Erinnerung? Sie waren ja mehrmals hier, Herr Pfarrer."
„Genau genommen nur einmal. Einmal im Keller und beim dritten Mal, Sie wissen ja …"

„Egal. Schauen Sie sich bitte genau um!"
Ich weiß nicht recht. Alles wie gehabt. Im Vorzimmer nur ein Mantel und ein Paar Schuhe, sonst nichts. Akribisch langsam geht er mit mir alle Räume durch ... Was bitte sollte mir da auffallen? So aufgeräumt, ja manchmal richtiggehend steril, wie diese Wohnung nun mal ist. So sauber, dass man im Nebenzimmer der Küche auf einem Holztisch den eingetrockneten Ring eines Sektglases erkennen kann. Hier wartete Giulia ab, gönnte sich, wie sie sagt, ein Gläschen, brachte das zurück – und ging, weil sie nicht mehr warten wollte. Nichts Neues.
Wir steigen ins Obergeschoss, von der Sonne richtig aufgeheizt. Im Badezimmer liegen wenigstens ein paar Tuben und Tiegel herum. Ruhandl führt mich auch noch nebenan ins Schlafzimmer, wo jetzt vergleichsweise durchaus Unordnung herrscht: das aufgewühlte Bett, die beiden Gläser, ein achtlos auf den Boden geworfener Morgenmantel ...
„Und hier, irgendetwas, das irgendwie anders ...?"
„Herr Oberinspektor, hier war ich doch nie, wie sollte ich ...?"
„Ja natürlich, selbstverständlich ... Entschuldigung, Herr Pfarrer!"
Unten untersuchen wir noch einmal eingehend ihre Küche. Fast durchgehend aufgeräumt und blitzeblank. Kein Wunder und keine Kunst, wenn man nie kocht. Immer noch steht der Sektkübel auf der Bar, sogar noch mit der Magnum-Flasche und einem letzten Rest Wasser drinnen. Ich schaue erstaunt.
„Die haben wir wieder zurückgebracht nach einer Reihe von Untersuchungen. Wiegt leer 1730 Gramm, mehr als der Inhalt. Schwer genug wäre sie ... Nur ganz leichte Fettanlagerung auf dem Etikett, aber fast alles durch Wasser und Eiswürfel verwischt. Von einer Handfläche? Von ihrer Stirn? Ich denke aber doch, dass das die Mordwaffe war. Am Flaschenhals nur Abdrücke von denen, die sie in der Hand hatten: Giselle, Giulia, dieser Emilio – und die meisten von Lucrezia.
Zuletzt will er mit mir noch den Inhalt ihres Safes durchgehen. Da kann ich ihm noch am ehesten Erhellendes mitteilen. Ich weiß ja, welche wertvollen Autografen sie sammelte: „Sie hatte ein Faible für diese Grabkapelle der Pazzis in Florenz, also im Kloster Santa Croce: Sie sammelte Originalschriften oder zumindest Autogramme von Machiavelli, Galilei, Rossini und ... Michelangelo natürlich nicht.

Obwohl ... stimmt das, dass zuletzt in Florenz ein Michelangelo gestohlen wurde?"
„Hab was gelesen in einem Rundschreiben ... weiß aber nichts Näheres."
„Wenn es sich dabei nicht um ein verschwundenes Kunstwerk handelt, sondern um irgendein Schriftstück?"
„Sie glauben doch nicht ...? Aber hätte der Diebstahl eines Schriftstücks so viel Staub aufgewirbelt?"
Ich muss schmunzeln. „Na ja, unterschätzen sie eine Lucrezia Bergé nicht! Freund und Feind sind bei ihr übereinstimmend einer Meinung: Sie bekam stets, was sie wollte. Also fast immer, es gab da aber eine Ausnahme ..."
„Herr Pfarrer, ich spekuliere gerne mit ihnen weiter, wenn irgendwo etwas mit der Handschrift Michelangelos auftaucht. Bis dahin bleib' ich lieber bei den Fakten: Nichts davon findet sich hier. Und was für mich noch viel entscheidender ist: auch kein Testament. Wir haben alles auf den Kopf gestellt."
Tatsächlich befindet sich im Safe sonst nur eine Mappe mit persönlichen Dokumenten und Verträgen, unter anderem dem Kaufvertrag von Giulias Geige.
„Dass beide zu gleichen Teilen erben, ist wichtig. Noch wichtiger, ob Marco davon wusste, was er ja vehement leugnet. Und selbst wenn er das Zeitungsinterview doch kannte, ob er das auch für die Wahrheit hielt ... das ist entscheidend. Aber die Antwort darauf finden wir nicht hier. Ich danke Ihnen, Herr Pfarrer, danke für Ihre Zeit. Ich denke, ich werde Sie in den nächsten Tagen noch einmal ... Keine Aussagen, nein, eher noch einmal mit Ihnen ... beratschlagen, abwägen. Also wenn ich alle Fakten auf dem Tisch habe. Aber natürlich nur, wenn Sie sich dafür ..."
„Aber sicher doch! Und sollten noch irgendwelche Fakten auf ihrem Tisch landen ... also bezüglich' unseres Kreuzes, noch viel lieber. Auf Wiedersehen!"
„Natürlich, Herr Pfarrer." Nichts interessiert ihn weniger.
Durch Küche und Vorzimmer gelange ich zur Türe, die er hinter mir schließt. Eine große Hilfe war ich ihm ja nicht. Trotzdem will er noch einmal mit mir alles durchgehen. Eigentlich erstaunlich. Ge-

nauso erstaunlich wie diese Schuhe im Vorzimmer. So etwas Flaches hätte Lucrezia höchst wahrscheinlich nie getragen. So etwas Abgetragenes ganz bestimmt nicht. Erst im Hinausgehen fiel mir auf, dass ich die kenne. Sehr gut sogar. Hab ich sie Giulia nicht mindestens zweimal nachgetragen? Genau diese blauen Ballerinas, die eigentlich gar nicht zum Winter passten. Aber warum sollte man auf Schuhe großes Augenmerk legen, wenn man sie dann ja doch nicht trägt? Erst seit wenigen Tagen trägt sie Stiefletten. Soweit ich weiß, war sie ja nicht mehr in Lucrezias Wohnung, seit diese gestorben ist. Soll ich umdrehen und ihm das jetzt noch sagen? Eigentlich ja, kann ja alles … Aber irgendetwas hält mich zurück. Er will ohnehin bald nochmals mit mir sprechen.

Kapitel 31
Ruhandl
Samstag, 5. März

Ich bereite mich gerne vor, akribisch, um mich einstimmen zu können. Google Earth zeigt mir ein sehr gepflegtes Haus, Gründerzeit wie so viele Häuser im siebenten Bezirk. Eine Konditorei, eine Trafik und ein richtiger Schuhmacher – dass es so etwas überhaupt noch gibt! Sogar die Türklingeln kann man erkennen, glänzend wie Messing. Hier wohnen wohl mehr Professoren und Anwälte als anderswo.
Der Herr Professor hat mich gebeten, zum Gespräch in seine Wohnung zu kommen – „krankheitshalber". Will damit sicher auch verhindern, dass die Atmosphäre eines Verhörs oder auch nur einer Vernehmung aufkommt. Da kennt er mich aber schlecht. Dafür brauche ich keine Sichtbeton-Bunker, nicht einmal ein Mikrofon. Und Dreck am Stecken hat er ja auch so, ganz ohne Mord und Totschlag. Und der Fachbegriff für seine „Krankheit" heißt „Timor scandali", die Angst vor einem Skandal – und die ist berechtigt.

Als ich dann unten vor den Messingschildern stehe, erkenne ich „Prof. E. H." als das entscheidende. Eine helle Frauenstimme antwortet, die Türe surrt. Ein nach allen Seiten hin verglaster Lift lässt mich bis ins Stockwerk unters Dach schweben. Beim Musizieren muss er nur auf die Nachbarn unterhalb Rücksicht nehmen. Denn einen zweiten Eingang gibt es in diesem Stockwerk keinen. Sein Vater war seinerzeit laut Sieberers Recherche ein sehr erfolgreicher „Advocat" gewesen. Gut möglich, dass ihm das ganze Haus gehört. Beim Grundbuch hatten sie heute Morgen eine Server-Störung ...
Die Türe öffnet mir kein Dienstmädchen, sondern ein asiatisches Gesicht, das ich unschwer als das seiner Frau identifiziere. Im Alter etwa gleichauf mit Frau Bergé, also ebenfalls deutlich jünger als das kranke Musik-Genie. Ihr Lächeln versucht mit aller Gewalt herzlich zu wirken, ist aber wie eingefroren, verändert sich auf dem langen Weg zu ihrem Emilio um keinen Millimeter.
Zuerst hatte ich noch gerätselt, wie sich ein Professore Emilio so einrichtet. Altdeutsche Wuchtmöbel? Oder kühles, mehrfarbiges, italienisches Design der 90er-Jahre – oder doch eher spartanisch-asiatisch? Schon jetzt erspähe ich von all dem etwas. Jeder Raum präsentiert sich total anders eingerichtet, das Designer-Zimmer nur eher skandinavisch. In Not und Krankheit bevorzugt er jedoch ein eher abgedunkeltes Zimmer, in dem Omas breiter Lehnstuhl den Ton angibt. Nur das Teeservice stellt offensichtlich eine Leihgabe des japanischen Zimmers dar.
Soeben hat er davon getrunken und stellt die Schale wieder ab.
„Herr Polizeidirektor, Sie werden verstehen, dass ich sitzen bleibe."
„Selbstverständlich, Inspektor, also genauer Oberinspektor, das ist mein korrekter Titel. Ich will mir ja nichts anmaßen, Herr Professor." Das muss es dann aber auch schon gewesen sein mit diesem albernen Thema.
„Nur ein grippaler Infekt, aber ein sehr hartnäckiger. Ich stehe ihnen natürlich gerne zur Verfügung."
Seine Frau hat auch mir Tee gebracht und es gelingt mir, sie mit einer fast unmerklichen Handbewegung zum Rückzug zu bewegen. Sie schließt die Türe. Ob sie lauscht, kann ich nicht beurteilen.

Es würde mich auch nicht im Geringsten stören. Und wenn diese Frage ihren Mann verunsichert, na umso besser.
„Herr Professor, Frau Bergé hat Ihnen viel bedeutet, nicht wahr?"
„Ach, Herr ... was für eine großartige Frau. Ein ganz seltenes Musikverständnis ... also für eine Frau, die nicht selbst Musikerin war. Ihr entging nichts. Für ihre Nichte überließ sie jedenfalls nichts dem Zufall. Denn sie wusste, wer diese Giulia ist. Und Sie haben ja keine Ahnung, was für eine große Rolle all diese Zufälle in einem Musikerleben ausmachen! Besonders, ja ganz besonders wenn es sich entscheidet, wer..." Er zeigt vielsagend mit dem Daumen nach oben, dann nach unten. „... oder wer eben so – aufsteigt oder untergeht. In diesem so heiklen Moment war sie zur Stelle. Ja und diese prachtvolle Geige. Also wenn ich keine Amati spielen würde, sofort würde ich zugreifen!"
„Sie schätzten Sie aber nicht nur als Kunstsachverständige?"
Er schaut mich groß an, hüstelt anhaltend.
„Sie waren doch ihr ‚Emilio', also auf gut Deutsch ihr Geliebter."
Um ihn nicht allzu sehr zu verschrecken, spreche ich zunehmend leiser.
Mit einem Schlag lässt er die Spielereien: „Sie kann es ruhig hören, wir haben uns ausgesprochen. Dieses ganze Theater haben wir hinter uns. Lucrezia hat mich umgehauen. Mit ewiger Liebe hat das nichts zu tun, auch nicht mit Heiratsversprechen. Ich wollte sie – und was mehr wiegt: Sie wollte mich! Und wie sollte denn ein sensibler Mensch wie ich gleich zwei Urgewalten gleichzeitig widerstehen? Ihrem Eros – und ihrem Willen? Eine Zeit lang stemmt man sich gegen die Strömung – und dann muss man einfach loslassen, sich fallen lassen. Flow nennen sie das heute – nur so kann man wahre Musik ..."
„Wie lange lebten Sie diesen ‚Flow' bereits mit ihr?"
„Was zählt da schon Zeit, wenn man die Ewigkeit berührt?"
Da muss ich jetzt wohl nichts sagen, ihn nur weiter fest anschauen.
„Zwei Monate in etwa. Ich liebe meine Frau. Lucy habe ich nicht geliebt, wozu auch? Ich habe sie genossen: ihre Blicke, ihre Energie, ihr Zupacken, ihren festen Körper, der doch so weich und fließend werden konnte ... Nein, ich schäme mich nicht dafür, wie

ich mich nicht dafür schäme, geboren worden zu sein oder ... Wein zu trinken!"

„Und vor einer Woche, also vor *genau* einer Woche, da waren Sie wieder bei ihr?"

Er nickt – und lächelt mit dem Erinnern.

„Von wann bis wann? Es tut mir leid, als Ermittelnder kann ich auf Ewigkeiten keine Rücksicht nehmen."

„So gegen halb sieben war es, denke ich. Ungewöhnlich früh, ist mir bewusst, aber ich hatte ja um acht wieder eine Verpflichtung."

„Auf die wir noch zurückkommen werden. Und was geschah dann?"

„Nein, wir sind nicht gleich zu ihr hinauf. Ich sollte noch eine Flasche öffnen ..."

„Champagner? Magnum? Heidsieck Monopole?"

„Ja, der! Genau der natürlich. Sie liebt ihn so sehr! Und wir tranken ein Glas in der Küche, vielleicht noch ein zweites. Ich hatte Durst. Aber dann ..."

„... gingen – oder eilten? – Sie hinauf mit einem weiteren Glas in der Hand?"

„Ja, stimmt! Was folgte, können Sie sich ja denken ... aber nein, können Sie sich nicht vorstellen, wie auch, ich ja auch nicht bis vor Kurzem. Also nichts für ungut, aber das ist meine Privatsache!"

Seine vorgespielte Kränklichkeit hat er nun gänzlich aufgegeben. Nein, mein lieber Professor, ich hätte auch so nicht übertriebene Rücksicht auf ihn genommen: „Haben Sie eigentlich noch lange bis zu Ihrer Pensionierung? Ihren Job sind Sie jetzt ja wohl los, oder?"

Er springt hoch, kommt fast zum Stehen, lässt sich dann wieder fallen, aber angriffslustig nach vorne gebeugt: „Das ist ja unerhört! Wovon sprechen Sie denn da? Warum denn um alles in der Welt sollte ich ...?"

„Sie sind ... oder Sie *waren* doch bis vor Kurzem, also bis vor Ihrer Erkrankung, Mitglied in der Jury des ‚Paganini-Wettbewerbes', ja sogar Vorsitzender dieses verantwortungsvollen Organs zur Prämierung ..."

„Ich bin ja selbst eingesprungen, war dafür gar nicht vorgesehen, ist ja auch eine Menge Arbeit damit verbunden – ehrenhalber natürlich, ohne jedes Honorar. Nach Professor Breitenbachs Schlaganfall im Dezember."

„Egal. Tatsache ist, seither waren Sie Herr über Aufstieg und Misserfolg hoffnungsvoller junger Menschen, eine über jeden Verdacht der Korruption erhabene Persönlichkeit ... und dann springen Sie mit der engsten Vertrauten und Protegée einer Finalistin in die Kiste?"
„Jetzt werden Sie nicht ordinär!"
„Ordinär, wenn schon. Immer noch besser als unverschämt und betrügerisch! Seit zwei Monaten, sagten Sie? Also kurz *nach* Breitenbachs Erkrankung? Seither also waren Sie ihr ... verfallen?"
Er will sich noch einmal aufbäumen, sackt dann aber ganz langsam in sich zusammen: „Herr Ober... Direktor, das muss man doch nicht an die große Glocke hängen! Ich habe doch meine Konsequenzen ohnehin gezogen, indem ich mich zurückgezogen habe."
„Stimmt, aber erst als sie ermordet war ... und Ihnen klar wurde, dass das jetzt alles an die Öffentlichkeit gelangt. Wird es ohnehin, auch ohne mein Zutun. Korruption widert mich an. Aber ... geht mich doch letztlich nichts an, ich muss den Mord klären. Und da gehören Sie immer noch zu meinen Verdächtigen. Ich weiß ja noch nicht, zu welchen Leidenschaften Sie sich noch haben hinreißen lassen."
„Ich bin weg, musste ja schon längst. Ich war doch längst schon zu spät dran ... wegen meiner Frau."
„Ihrer Frau?"
„Ja, sie kam uns ja dazwischen. Ich weiß bis jetzt nicht, wie sie das rausbekommen hat. Hat mir irgendwie nachspioniert. Plötzlich stand sie da. Also vor der Tür."
„Die hat doch draußen nur einen Knauf, wie konnte sie denn da herein?"
„Hat einfach geläutet. Lucy war noch im Bad und hat mir zugerufen, das würde Giulia sein, ich solle aufmachen ... und dann ..."
„Flogen die Fetzen!" Es macht mir Spaß, den feinen Herrn mit Slang-Ausdrücken zu verunsichern.
„Und was für eine Szene sie uns gemacht hat, meine kleine Myungok. Hat geschrien und getobt, Lucy attackiert und bedroht, dabei sogar eines der Messer aus dem Block gezogen ..."
„Und Frau Bergé? Wie hat die reagiert?"

„Souverän wie immer. Sie hat sie fest angeschaut und gesagt ... so etwas wie ‚Reg dich ab! Er gehört ja dir, ich nehm ihn dir schon nicht weg. Gönn uns doch den Spaß! Du kriegst deinen Emilio schon wieder zurück, für den Rest deiner Tage'."
„Und das war's dann?"
„Ja ... oder auch nein. Meine liebe Myungok war so perplex. Fast hätte sie den Champagner angenommen, den ihr Lucy hinhielt, dann aber doch nicht – und diesen Augenblick habe ich genützt, um sie schnell bei der Türe hinauszuschieben. Lucrezia hat mir noch nachgerufen, sie bestellt mir ein Taxi. Ich musste doch endlich weg!"
„Wie spät war es da?"
„20 vor acht? Ich musste doch in den Musikverein! Zum Glück war das Taxi kurz danach auch schon da. Ging sich gerade noch mal so aus."
„Und Ihre Frau?"
„Die verließ das Haus mit mir, also immer hinter mir her. Ich wollte doch keine Minute mehr verlieren. Und mir das alles nicht noch länger anhören."
„Stieg sie mit Ihnen ins Taxi?"
„Nein, falsche Richtung. Und ich glaube nicht, dass sie wollte ..."
„Gut, dazu kann ich sie jetzt ja selbst befragen. Wo finde ich sie? Das heißt, eins noch: Ich meine, Frau Bergé war doch das eine oder andere Jahr jünger als Sie. Und dass sie gerade jetzt Interesse für Sie an den Tag legte, als Sie unerwartet Vorsitzender wurden ... gab Ihnen das nicht zu denken?"
Er scheint verärgert, blickt auf und lächelt mir dann unverschämt entgegen: „Und diese wunderbare Gelegenheit hätte ich ausschlagen sollen? Eine, wie sie vielleicht nie wiederkommt? Und ... mein Gott, ihre Giulia hätte doch sowieso gewonnen, also ... sie wird es noch. Natürlich liegt's oft auch an der Tagesform ..."
„Ja, ja, auch an der des Jurors!"
Er deutet in Richtung Wohnzimmertüre und ich verabschiede mich.

Myungok wirkt erschreckend zerbrechlich und eingeschüchtert. Gut, eine stämmige oder gar korpulente koreanische Geigerin, also das könnte ich mir ja auch gar nicht vorstellen. Aber es liegt nicht nur an der Situation, die ihr sehr peinlich sein muss. Es liegt auch an diesen tatsächlich altdeutschen Möbeln: klobig, dunkles Edelholz, in jeder Hinsicht … schwer. Warum bitte stellt man sich so etwas heute noch vor Augen? Wahrscheinlich waren die einfach da, immer schon, stammen noch vom Herrn „Advocaten". Und kann man so etwas überhaupt abtransportieren?

Es ist durchaus meine Art, bereits eingeschüchterte Verdächtige ansatzlos in die Zange zu nehmen. Spart mir Nerven – und spart Zeit, ihre und meine. „Sie waren also die Letzte, die Frau Bergé noch lebend gesehen hat. Sie wissen, was das bedeutet?"

„Also das weiß ich doch nicht, das können Sie doch nicht wissen, ob danach noch jemand kam. Und außerdem, ich ging doch mit meinem Mann! Es muss doch nach uns noch jemand …! Sagt er denn etwas anderes, das kann er doch nicht, das stimmt doch nicht!"

„Nein, nein, er sagt genau das Gleiche … Nur … er könnte lügen, könnte Sie decken. Als Wiedergutmachung oder schlicht aus Eigennutz. Und wer sagt mir denn, dass Sie nicht nochmals zu ihr hinaufgegangen sind? Sie müssen doch eine große Wut auf sie gehabt haben. Sie waren ihrer ironischen Art zuerst nicht gewachsen. Aber nach wenigen Minuten hatten Sie einen Vorsatz gefasst …"

„Hören Sie auf! Was erlauben Sie sich? Als wir gingen, lebte sie noch. Und ich lief nur noch nach Hause. Nur noch weg von dort. Fast eine Stunde ist das bis hierher, ich habe mich sogar einmal verlaufen – und das alles mit diesen Schuhen!" Sie läuft ins Vorzimmer, kramt in einem Schrank herum und kommt mit eleganten, ziemlich hochhackigen Schuhen wieder zurück. „Mit diesen Schuhen … ich hab's gar nicht bemerkt, also erst hier, wie blutig ich mir die Fersen gelaufen bin. Da, schauen Sie! Man sieht es immer noch!"

Ich sehe gar nichts, nur ein Pflaster. Kommt doch öfters vor bei Frauen, die ständig neue Schuhe kaufen. „So eine hektische Flucht, ja, die würde doch auch zu einer Flucht nach einem Mord passen."

„Das stimmt nicht, niemals! Ich wusste doch, wie sehr Emilio sich vor dem Skandal fürchtete, wenn das aufkommt! Mir war klar, dass er nie wieder zu ihr geht. Ich hatte ihn zurück, er hat mich angefleht, also am Tag danach … aber das wusste ich doch schon, als wir von ihr wegliefen. Nein, ja, es hat mich wütend gemacht, aber ich hatte

keine Angst, ihn zu verlieren. Bei der war doch klar, dass sie ihn abserviert, sobald das Finale gelaufen ist."
„Da haben Sie wohl recht, dessen war auch er sich bewusst."
„Wenn es eine Jüngere gewesen wäre …"
„So wie Sie einst die Jüngere waren?"
„Sie sind verletzend. Ich habe ihn immer geliebt, auch heute noch! Schauen Sie, Künstler sind da anders, eben… Sie brauchen die ständig neue Inspiration, diese erotische Spannung. Da, schauen Sie, ich spiele gerade etwas von der Clara Schumann." Sie zeigt auf offen liegende Noten auf diesem unsäglichen 300-Kilo-Tisch. „Die waren doch so ein inniges Liebespaar, und er? Mal ein Mädchen, mal ein Jüngling. So schnell konnte die gar nicht schauen, da hatte ihr Robert mit dem jungen Dorforganisten … und schon musste der Urlaub abgebrochen werden. Und hat ihn doch so geliebt!"
„… und ihn dann im Irrenhaus verkommen und versauern lassen. Aus dieser liebevollen Clara wurde mit den Jahren eine ziemlich harte und rachsüchtige."
„Sie übertreiben."
„Nur ein wenig. Wenn auch Ihre Liebe in Hass umgeschlagen ist gegen ihn – und natürlich gegen diese Lucrezia?"
„Sie werden mir das nie nachweisen können, weil es nicht so *war*."
„Da haben Sie wohl recht … vorläufig."
Sie springt plötzlich auf, läuft zur Türe, ruft nach ihrem Emilio, der auch – soeben vollständig genesen – mit ihr zurückkommt.
„Was wollen Sie denn noch von meiner Frau? Wir haben alles gesagt, mehr war da nicht! Und ich bitte Sie jetzt, uns unverzüglich zu verlassen."
Wenn ich keinen Auftrag mehr habe und er mich ohnehin, so wie die Dinge liegen, rausschmeißen kann, bin ich sehr schnell und ohne jede weitere Höflichkeit in der Türe. Und weiß, dass er sein schroffes Verhalten sehr schnell bereuen wird. Tatsächlich steht er im letzten noch möglichen Moment neben mir: „Sie müssen uns doch verstehen, Herr … Oberdirektor! Nach all dem. Ich bitte Sie inständig, von dieser … Leidenschaft nichts an die Öffentlichkeit zu bringen."
„Es würde Ihren Ruf ruinieren, ja, ja. Unwiederbringlich. Ich kann nichts versprechen. Wenn alles stimmt, was Sie mir sagten, also wirk-

lich alles, bleibt Ihr Name in der Presse unerwähnt – und Ihre Kollegenschaft bekommt keinen Wind davon. Also … wenn …"
Ich spüre sein Aufatmen. Und das ist viel zu dezent, um gespielt zu sein. Also ist da wirklich nichts weiter? Sieht ganz so aus. Aber seine Myungok, die ich eben noch in der Mangel hatte. Die ist noch lange nicht aus dem Schneider. Es gibt ja nichts, was für einen späteren Besuch einer anderen Person spricht, keine Aussagen und keine Spuren. Auch nicht von diesem Marco, den ich nicht ganz ausschließen kann. Auch nicht von Pfarrer Katzner, also von ihm nur an der Außenseite der Türe, was seiner Aussage ja entspricht. Und warum sollte denn der … Nein, der ist ein anderes Kaliber. Würd' mich aber interessieren, wie er die Sache einschätzt …

Kapitel 32
Arnold
Montag, 7. März

„HOC EST EFFECTUS MARGARITAS SUB PORCOS IACERE"
„Schau dir das bitte an, Arnold! Das heißt doch: ‚Du sollst die Perlen nicht vor die Säue werfen!'" Ich war gerade noch beim Frühstücken, da hat mich Stefan angerufen, ich soll schnell kommen. Ich bin ja Pensionist auf Abruf jetzt.
Wo sind die Zeiten hin, als die Pfarrer wenigstens noch anständig Latein konnten: „Dies ist das Ergebnis … also: Das kommt dabei heraus, wenn man Perlen unter die Schweine wirft. Nette Freunde, die du da hast … hattest. Mit den Schweinen sind ja wohl wir gemeint!"
„Aber warum? Und da, schau, was diesmal drinnen war in der Zwölfer-Kiste. Also ich meine, das erkenne ja sogar ich, was die mir da unterjubeln wollen. Zugegeben erst auf den zweiten Blick, weil, alt sind manche dieser Flaschen ja auch, aber da, schau einmal: Weihnachtsperle 1978, Weinviertler Veltliner!"
„Noch vor dem Weinskandal! Da wird aber auch kein Glykol mehr helfen, den zu retten. Nach 44 Jahren ist der so was von hinüber.

Schau dir doch diese trübe Suppe an und was da alles drinnen rumschwimmt. Obwohl ... so was musst du auch erst einmal so lange aufheben!"

Auch der Rest ist entweder längst über den önologischen Jordan hinüber oder billigste Supermarkt-Ware. Ich denke an Stefans „feine, geistvolle Herren" – und dass doch jedem von denen gleich übel werden müsste, wenn er so eine Flasche auch nur in der Hand hielte. Mir fällt das durchaus sympathische französische Paar ein, das sich in einer kretischen Taverne einst zu mir herüberbeugte, auf ihr Glas „Hauswein" deutete und mich hilflos fragte: „Est-ce du vin? Oh, sorry: Is this wine? Really wine?" Ich hatte diese Flüssigkeit schon probiert, und wusste damals auch nicht, was ich dazu sagen sollte, und zeigte nur auf mein Bier! Was sie auch verstanden.

Stefan hingegen versteht die Welt nicht mehr: „Was hab ich ihnen denn getan? Ich hab doch immer alles getan, was sie von mir wollten, oder etwa nicht?"

„Ehrlich? Keine Ahnung. Zu ihren Befehlen gehörte doch sicher auch, Leuten wie mir so manches nicht zu erzählen."

„Ja, schon, aber was weiß denn ich, wer die sind und wo, na all das Geheime halt von dieser Bruderschaft ... hab doch selbst keine Ahnung, konnte doch gar nichts Wichtiges ausplaudern!"

„Stefan, ich würde ja jetzt gerne etwas sagen, aber ... warum soll ich unsere Freundschaft aufs Spiel setzen, wenn du mir ja doch nicht glaubst?"

„Was? Jetzt komm schon!"

„Also gut. Ich glaube, die brauchen dich einfach nicht mehr. Hatten ihren Spaß mit dir, wie man so schön sagt: Sie haben sich einen Karl gemacht mit dir, also einen Charles natürlich... Oder gerade das ist ihnen mit dir *nicht* gelungen, weil du dich ganz wacker geschlagen hast. Vielleicht haben sie ein anderes Opfer für ihren herablassenden Humor gefunden. Oder wenden sich jetzt anderen Späßen zu."

„Das glaub ich einfach nicht, so wie die ..."

„Stefan, schütt das Zeug da weg! Wenn du willst, ich helf dir dabei. Schüttle den Staub von deinen Sandalen, um es biblisch zu sagen, und vergiss das Ganze möglichst schnell!"

Schweigsam öffnen wir die Hälfte der Flaschen und schütten den übelriechenden Inhalt weg. Die übrigen kann man ja immerhin zum Verkochen oder für Glühwein verwenden, bevor es wärmer wird.
„Wie? So spät schon? Ich muss ja zu Ruhandl, er wollte unbedingt noch einiges mit mir durchgehen."
„Du wirst noch einmal verhört?"
„Nein, nur ein Gespräch. Er will meine Einschätzung zu den Personen durchgehen. Vielleicht auch mit mir erwägen, wen ich …"
„… wen du für den Täter hältst?"
„Oder die Täterin. Kommst du mit?"
„Was, ich? Wozu denn das?"
„Ich würd' mich wohler fühlen. Und du steckst nicht so mit drin, kannst klarer abwägen …"
„Ja, meinetwegen, auch wenn ich nicht recht weiß … Du willst ihm von den ‚Bartholomäern' erzählen?"
„Nein, um Gottes willen, nein! Wozu denn auch, was haben die denn mit all dem zu tun, mit Lucrezias Tod?"
„Stefan, du hast mir doch unlängst von diesen Weinen in ihrem Keller erzählt, die es gar nicht gibt, nirgends mehr. Und den einen, den du genau unter die Lupe genommen hast, den kanntest du bereits …"
Er sieht mich entsetzt an: „Nein, was auch immer, ich darf da nichts verraten! Die haben damit nichts zu tun!"
„Du hast Angst, verstehe! Hätte ich auch an deiner Stelle. Ist deine Sache. Aber wenn du um elf mit ihm vereinbart hast, dann müssen wir uns beeilen." Erleichtert schlüpft er in seine Jacke und wir ziehen los.

Ruhandl überrascht mich immer wieder. Er begrüßt uns überaus freundlich, stellt keine langen Fragen zu meiner unerwarteten Anwesenheit. Nein, es macht überhaupt nichts aus, dass wir gut eine Viertelstunde zu spät kommen, er musste ohnehin noch … Doch jetzt steht vor Stefan eine Schale Kaffee, die er offensichtlich um Punkt zehn dorthin stellen ließ – und die jetzt natürlich längst ausgekühlt ist. Auch gut.

Auch dieser Sieberer ist wieder mit von der Partie. Ihn fordert der Herr Oberinspektor jetzt auf, den Ablauf dieses „ereignisreichen Abends" zusammenzufassen. Der greift zum Stift, um ein Zeit-Diagramm zu erstellen.
Er beginnt mit Lucrezias Freundin Giselle Millberg. Sie brachte den Champagner „deutlich vor 17 Uhr" und verließ die Wohnung „fluchtartig", ohne erneut aufzubegehren. „Wo sie danach war, wissen wir nicht, haben wir schlicht nicht erfragt … Egal, kommt als Tatzeitpunkt ja noch nicht infrage. Etwas vor 20 Uhr war sie tatsächlich im „Cipriano", wie wir bei einer kulinarischen Ermittlung von Alessandro, vulgo Alex Besenberg, erfahren haben. Sie aß kaum von ihrer Pasta, Spaghetti Vongole, und er verabschiedete sie ziemlich genau um 21 Uhr. Danach behauptet sie, nach Hause gelaufen und dort unverzüglich ihre Magnum-Flasche geleert und bis weit in den Sonntag hinein geschlafen zu haben … was ja durchaus plausibel klingt."
„Vorsicht, Sieberer! Nur wenn Ersteres stimmt, dann ist auch Zweiteres plausibel. Eineinhalb Liter Champagner, na ja …"
„Gegen 18 Uhr 30 erschien Professor Heinrich. Er und Frau Bergé brachten sich mit jeweils zwei Gläsern in Stimmung, um zehn, höchstens 15 Minuten später mit einem dritten Glas hinauf in ihr Schlafzimmer zu entschweben."
„Sachlich bleiben, Sieberer, immer schön sachlich bleiben!"
„… darum nicht später, da Giulia Cantor sich erinnern kann, um 18 Uhr 50 eingetroffen zu sein. Weil sie oft bei ihr vorbeischaute, auch unangemeldet, sie hatte ja einen Schlüssel. Und auch um ihrer Tante die Sache mit dem Geigenbauer noch auszureden. Von oben vernahm sie eindeutige Geräusche, nicht das erste Mal, hatte ihre Tante ja des Öfteren Herrenbesuch. Also schenkte sie sich nur ein Glas ein und verzog sich in das Nachbarzimmer."
Sieberer notiert auf einem Flip-Chart. Ich unterbreche ihn: „Entschuldigung, könnten diese „eindeutigen Geräusche" nicht auch von Giselle … Millberg stammen? Die entgegen ihrer Aussage doch noch einmal gekommen, sich ausgesöhnt und … na eben Versöhnung gefeiert hätte?"
Ruhandl selbst schaltet sich ein: „Was stimmt: Sie hörte keine Männerstimme, nur die ihrer Tante. Aber …"

Ich falle ihm ins Wort, hab ich doch eine geniale Lösung parat: „Mal angenommen, es war wirklich diese Giselle. Giulia ging ja ein paar Minuten später wieder. Unbemerkt. Es kam kurz darauf doch wieder zum Streit zwischen den Frauen. Giselle erschlug Lucrezia und rannte auf Umwegen zu ihrem Alessandro ins ‚Cipriano'. Kein Wunder, dass ihr danach die Muscheln nicht schmeckten."
Ruhandl sieht mich mitleidig an, wie ein Vollprofi einen Laien eben: „Haben Sie Emilio vergessen, den Professor? Und seine Frau Myungok?"
„Dass seine Frau dort war, dafür gibt es doch nicht die geringste Spur, oder?"
„Nein."
„Professor Heinrich kam, sah die Tote und suchte das Weite. Und seine Frau musste nachher dabei gewesen sein, musste es jedenfalls behaupten, um seine Unschuld zu bezeugen."
„Sie hat ihm ein Taxi gerufen, also lebte sie da noch."
„Professor Heinrich kam, sah die Tote, rief von ihrem Handy ein Taxi – und suchte das Weite."
Ruhandl stutzt: „Sieberer, wie wurde das Taxi gerufen?"
„Von ihrem Smartphone aus … per SMS. Und keinerlei Fingerabdrücke drauf, also auf der Vorderseite. Chef, das spricht für Herrn … Konzelmanns Theorie!"
„Kann sie selbst ja auch noch abgewischt haben. Wischen Sie ihr Handy denn nie ab? Und die DNA-Spuren in ihrem Bett?"
„Nicht jeder wechselt täglich!" Sieberer hat Oberwasser – und ich mit ihm!
Ruhandl denkt heftig nach. Es ist nicht nur sein Ehrgeiz, der ihn zweifeln lässt. Er schließt die Augen, versetzt sich sichtlich an den Tatort … „Die Schuhe!"
„Die Schuhe?" Erstmals, dass sich Stefan meldet. Ausgerechnet jetzt? Und warum schrecken ihn diese Schuhe auf?
„Giulia, also Frau Cantor sagte mir doch, sie habe im Vorzimmer Herrenschuhe gesehen. Altmodisch-elegante, sehr gut gepflegt. Wem sonst sollten die denn gehören? Und wir fanden nachher keine. Liegt also nahe …"

„… dass es die Schuhe des Professors waren." Stefan wirkt erleichtert. Er wird immer seltsamer, sonderlicher.
Einen Versuch war es wert: „Dann hat wohl doch er mit ihr das Bettzeug durchpflügt."
„Ja. Aber ich danke Ihnen, man muss alles einmal durchspielen. Sonst drehst du dich im Kreis – und der Täter lacht sich ins Fäustchen." Ruhandl kann auch taktvoll.
Sieberer ist wieder an sein Flip-Chart herangetreten: „Herr Katzner, stimmt das …"
„Herr *Pfarrer*, ich bitte doch!" Ruhandl schaut ihn von unten her an.
„Ja, natürlich, Herr Pfarrer Katzner … äh … also stimmt das, dass Sie den Anruf von Frau Bergé etwa um 19 Uhr erhielten?"
Stefan greift in die Tasche seiner Jacke: „Etwas früher. Wenn wir etwas Glück haben … ja, gerade noch in der Liste: 18 Uhr 36."
Sieberer trägt die Uhrzeit auf seiner Tabelle ein. „Da tranken die beiden gerade ihr erstes Glas, also ungefähr … Klang ihre Stimme irgendwie anders, aufgeregter als sonst?"
„Nein, nur … ich hatte das Gefühl, da war noch jemand … als stünde jemand neben ihr. Und sie könne nicht ganz frei heraus sprechen. Sie müsse mir unbedingt etwas zeigen – aber erst nach 20 Uhr."
„Und kurz vor 20 Uhr kamen Sie auch, warteten … und fuhren kurz nach 20 Uhr hinauf?" Stefan nickt „Im fünften Stockwerk öffnete niemand, auch nicht im sechsten bei ihrem oberen Eingang. Da aber hörten Sie etwas?"
Stefan nickt, merkt erst nach ein paar Sekunden, dass das eine Frage war. „Ja, von unten, gedämpfte Schritte, nur ein paar, in den Lift hinein, der stand da ja noch … und dann von ganz unten das Haustor, das ist recht laut, muss man gar nicht zuwerfen."
Und sind Sie sicher, dass die Schritte aus ihrer Wohnung heraus …?"
„Nein, eben nicht. Ich könnte das Schließen einer Tür auch überhört haben, weil ich ja selbst gerade klopfte und läutete."
Ruhandl selbst greift ein: „Sie sagten … wie Sneaker. Wie kommen Sie darauf, also die quietschen ja oft, vor allem wenn es jemand eilig hat. Waren diese Schritte eilig?"
„Eilig schon, aber ganz ohne Quietschen. Wie Sie das jetzt sagen, müssen das ganz weiche, ja vielleicht Hausschuhe gewesen sein.

Aber die Schritte können von einer der anderen Wohnungstüren gekommen sein. Ich hörte ja nur ganz wenige, weil sie ja so leise …"
„Dieser IT-Typ, Chef, also dieser Marco, der trägt doch auch Sneaker, also nie was anderes. Läuft auf Zehenspitzen raus aus ihrer Wohnung, als die Luft rein scheint, fährt runter, wirft die Türe zu, weil er flüchtet … oder nur zur Täuschung, er weiß ja, dass da jemand ist, und schnell rein in den Keller und so tun, als ob nichts …"
Ruhandl nickt: „Möglich, gut möglich. Spuren an der Türe können wir vergessen, weil er ja bei der Auffindung der Leiche selbst dabei war. Na ja, sehr viel ist da möglich, allzu viel …"
Stefan nützt die kurze Pause, wohl um seinen Part hier hinter sich zu bringen: „Da bin ich wieder runter, wieder öffnete niemand. Danach lief ich in den Keller, weil sie ja öfters dort war … und traf Marco bei der Arbeit. Das wissen Sie ja. Da war es so um 20 Uhr 15, denk ich mal."
Ich will Stefan wieder aus dem Spiel nehmen: „Sie könnte auch noch später ermordet worden sein, so bis gegen 21 Uhr?"
Ruhandl nickt zuerst, wirft dann aber ein: „Aber wo war sie zuvor? Sie wartete doch auf …" Er deutet auf Stefan. „Warum sollte sie sich versteckt haben?"
„Ja, aber es könnte trotzdem sein. Sie hörte Musik mit Kopfhörern, bemerkte nichts. Und dann später kam noch jemand …"
Ruhandl wird unruhig: „Ja, natürlich, kann alles sein, so viel kann sein – noch kurz vor acht und nach acht."
„Chef, wir hätten da noch diesen Bank-Typen, den sie einmal so auf die ihr eigene Art abserviert hat, und der sie zuletzt immer wieder … sagen wir mal, gestalkt hat. Der hat so was von kein Alibi …"
„Leugnet alles, keinerlei Spuren …"
„Kann man vermeiden, Chef!"
„So ein fahriger und konfuser Typ wie der?"
„Man kann sich verstellen …"
Ruhandl hebt nur noch resignativ beide Hände.
Stefan hat da natürlich noch etwas auf dem Herzen. Als Pfarrer muss er nachhaken: „Herr Oberinspektor, ich muss noch mal lästig werden: Dieses Kreuz? Also unser Kreuz? Ich frag mich, wo das hingekommen ist. Ich hab es doch gesehen! Es war auf einmal

wieder da! Und ich bin mir sicher, dass Lucrezia mich deswegen … Vielleicht hat sie es ja irgendwo aufgespürt oder man hat sie erpresst … und sie hat es dann gegen ein Lösegeld wieder zurückbekommen."

„Schön und gut, Herr Pfarrer, da *war* aber keines! Wie soll es denn ausgesehen haben?"

„Ja, also … genau genommen war es ja die längste Zeit verpackt. Nur bei der Segnung in dieser florentinischen Kapelle mit diesem Bischof, Moment, ich hab es natürlich fotografiert." Stefan sucht ewig auf seinem Smartphone, was Ruhandl dazu bringt, mich zu fragen: „Haben Sie auch ein Foto … vielleicht etwas schneller?"

„Nein, also ich muss zugeben, ich habe diese seltsame Veranstaltung geschwänzt, als Einziger. Aber Florenz hat so viel mehr zu bieten als diesen selbstgefälligen …"

„Da! Na bitte, wer sagt's denn, da hab ich's ja, schauen Sie doch selbst!" Ruhandl nimmt sich Stefans Smartphone, wischt das Bild etwas größer und … gerade dass es ihm nicht aus den Händen fällt: „Das … das gibt's doch nicht! Ja, wisst ihr denn nicht …? Sieberer, so schauen Sie doch, das ist doch … oder bin ich völlig …?"

Der schaut sich das Bild an, rennt zu seinem Laptop, klappert darauf herum und springt begeistert auf: „Nein, Chef, Sie sind nicht völlig … also ich meine, Sie haben völlig recht: Das ist es! Wir beide werden berühmt, das gibt's doch nicht! So leid es mir tut, aber so gesehen werden wir die beiden Herrschaften hierbehalten müssen."

Jetzt reicht's mir aber: „Was bitte ist denn da los? Haben Sie unser Kreuz jetzt – oder nicht!"

„Herr Pfarrer, Sie wissen also wirklich nicht, was das für ein Kreuz ist? Und Sie auch nicht, Herr Konzelmann?" Jetzt hält Ruhandl mir das Foto hin.

Okay, ja, jetzt verstehe ich, aber das kann doch gar nicht … „Von Michelangelo?"

„Von Michelangelo! Das Kreuz, das seit einigen Tagen die halbe Welt sucht. Also die Polizei und Geheimdienste der halben Welt. An die Medien ging noch längst nicht alles."

Ich muss Stefan ganz fest anschauen, dass er wieder aus seinem Schock aufwacht: „Stefan, dieses Kreuz ist von Michelangelo, aus

der Klosterkirche Santo Spirito, also genau genommen aus deren Sakristei."
Der protestiert, kann das einfach nicht glauben: „Aber das ist doch kein Michelangelo, dieses dünne Bürscherl ... der hat doch den David und den Moses und all diese muskulösen Kerle ... also ich mein', na die in der Sixtina, aber doch nicht dieser ..."
Irgendwie hat er ja recht, aber ... „Ist ja auch ein Jugendwerk aus seiner Lehrzeit. Der Abt des Kosters ließ ihn heimlich Leichen sezieren, irgendwo in einem Keller, war ja damals noch streng verboten. Und als Dank dafür hat er den Patres dieses Kruzifix gemacht. Hast ja recht, auf den ersten Blick ... aber, mein Lieber, das hier sollte man doch kennen bei den wenigen Sachen, die es von ihm überhaupt noch gibt."
„Arnold, also Herr Oberinspektor ... *Wir* haben es doch dorthin gebracht. Und ich habe es mir einmal anschauen können, schon in Wien. Damals war es doch noch nicht gestohlen!"
Ruhandl kann seine Aufregung kaum verbergen: „Das ist ja gerade der Clou an der Geschichte! Ich denke mal, dieses Kreuz hier, also auf dem Foto ...", er deutet auf das Handy, „... das ist ja auch noch gar nicht jenes von Michelangelo!"
„Also was jetzt?" Stefan versteht gar nichts mehr. Während es mir und Sieberer fast gleichzeitig dämmert.
„Chef, Sie denken ... eine Kopie?"
„Ja natürlich, was denn sonst? Frau Bergé lässt eine Kopie anfertigen, eine ziemlich gute sogar, oberflächlich betrachtet. Sie schickt euch damit nach Florenz. Hält es meist in der Verpackung versteckt. Vertraut auf eure ... sorry, geringe kunsthistorische Bildung, lässt das Kreuz segnen, verpackt es gleich wieder ..."
„Und dann wird es am letzten Tag der Reise still und heimlich ausgetauscht. Aber wie bitte, war denn das möglich? Bei all der Bewachung!" Sieberer sieht uns alle fragend an.
Ruhandl lehnt sich zurück, um seine Aufregung zu verbergen: „Doch, doch, wie das möglich war, unglaublich, aber das ergibt jetzt ein Bild. Aber wie *ihr* das möglich war? Wenn sich die CIA und der Mossad zusammentun, dann schon ... aber Frau Lucrezia Bergé im Alleingang? Jetzt kann ich es Ihnen ja sagen. Also was die Ermittlun-

gen in Italien bisher ergeben haben. Mattia Circoso, als vielverheißender junger Pater auch ‚Antonio' genannt, Mitglied des Konventes, in dessen Gästehaus Sie logierten. Ein durchaus gut aussehender Pater! Und gerade mal 31 Jahre alt, inzwischen in Gewahrsam. Seine Freundin Ludovica Tresori, Kunsthistorikerin, etwas jünger noch als er und flüchtig ..." Worauf will Ruhandl denn hinaus?
„Ein Pater, der fremdgeht, schön und gut, aber ...?"
„Un momento per favore, Signore Arnoldo! Pater Antonio ist ... also war der für die Kunstschätze des Klosters Verantwortliche. Also auch für deren Sicherheit. Die haben einige schöne, alte Sachen, aber natürlich nichts auch nur irgendwie mit diesem Kruzifix Vergleichbares. Alarmanlage selbstredend. Und das Kreuz hängt an Ketten etwa drei Meter hoch mitten in der Sakristei."
„Womit wir wohl als Diebe nicht infrage kommen!" Stefan schlägt mitten unter so vielen Unwägbarkeiten einmal einen festen Pflock ein.
„Normalerweise hängt es dort. Nicht aber, wenn die Kunstsachverständige es gerade untersucht."
„Aber diese Räume waren für uns doch versperrt! Und von der Untersuchung konnten wir doch nichts wissen."
„Natürlich, Herr Pfarrer. Lange Zeit war die Sakristei jetzt durchgehend versperrt. Deshalb war auch sichergestellt, dass Sie dieses echte Kreuz nicht zu sehen bekamen. Vielleicht haben die es da mit der Alarmanlage nicht so genau genommen. Sich auf diese schweren und gut gesicherten Türen verlassen, keine Ahnung. Jedenfalls ist der gute Pater voll in die erotische Falle dieser Signoria Tresori getappt. Sie sollte den restauratorischen Zustand des Kreuzes prüfen, dafür bot sich die Sperre ja an. Und sie hat offensichtlich alles unternommen, um ihn von seinen Tätigkeiten ... abzulenken, was ihr auch gelungen ist. Irgendwie ist es ihr gelungen, dass alle Sicherungen zum gegebenen Zeitpunkt deaktiviert waren – und eines der Tore offen stand. Er leugnet jedenfalls standhaft, von dem geplanten Diebstahl etwas gewusst zu haben. Kann ja auch stimmen, wenn sie ihm im betäubten Zustand die Schlüssel abgenommen hat."
Zum „gegebenen Zeitpunkt"? Und was für ein „betäubter Zustand"? Was meint er denn da? Etwa gar unsere Anwesenheit? Wir

waren doch tagsüber nicht in diesem Kloster! Und auch sonst nur in einem anderen Trakt. „Was für ein gegebener Zeitpunkt denn?"
„Der muss mit einem Novizen vereinbart gewesen sein. Den hatten die Diebe offensichtlich schon vor Monaten zu diesem Zweck ins Kloster eingeschleust. Bei dem Mangel an Ordenseintritten, wer prüft da schon so genau? Ist ja ohnehin erst die Probezeit. Der arbeitete in der Küche und mischte dem gesamten Konvent etwas Beruhigendes ins Mittagessen. Die waren damit friedlich, aber sehr wirksam ausgeschaltet. Irgendjemand hat euer Kreuz entwendet. Wo war es denn, also die Kopie, am Mittag eures Abreisetages?"
„Äh, wie? Das war noch in unserem Aufenthaltsraum, in dem wir aber fast nie waren. Zum Essen wurden wir ja ständig in teure Lokale ausgeführt ..."
Ich ergänze Stefan: „Jetzt wird mir auch klar, warum sie uns in so ein durchaus spartanisches Quartier gesteckt hat, wo sie sonst doch nur so mit dem Geld um sich warf!"
Sieberer schaltet sich ein: „Das Kreuz, Ihr Kreuz, also diese Kopie stand also weitgehend unbewacht, sogar unbeobachtet herum?"
Schon peinlich für Stefan, das zugeben zu müssen: „Es war ja auch ständig dick verpackt, eingewickelt, regte so natürlich nicht zur ... Betrachtung an."
Jetzt ist mir die Sache klar: „Die nahmen also die Kopie, die für sie problemlos zu finden war, brachten sie an lauter schnarchenden Klosterbrüdern vorbei in die offen stehende Sakristei, wickelten es aus, den echten Michelangelo hingegen ein, ließen die Kopie auf dem Untersuchungstisch liegen ..."
„Irrtum", fällt mir Ruhandl ins Wort: „Die Kopie hängten sie ordnungsgemäß wieder auf. Die da schon flüchtige Signoria hatte kurz davor berichtet, dass sie fertig und alles in Ordnung sei. Als ihr erotisches Opfer wieder erwachte, verschloss und sicherte Frater Mattei alles wieder, sodass der Diebstahl fast drei Wochen lang unentdeckt blieb."
„Und wie ist das dann doch entdeckt worden?"
„Herr Pfarrer, durch einen banalen Zufall: Die verführerische Dame hatte vergessen, für ihre durchaus umfangreichen Arbeiten eine Rechnung zu stellen. An Geld scheint es ihr jedenfalls jetzt nicht

zu fehlen. Und seither ist sie untergetaucht, absolut unauffindbar. Als daraufhin der verliebte Mönch ein sehr eigenartiges Verhalten an den Tag legte – fragen Sie mich nicht, welcher Art –, eigenartig jedenfalls für einen Pater, da war man alarmiert und musste sehr schnell feststellen, was geschehen war. Ihre plötzliche Abreise, die fehlende Rechnung, der fehlende Detail-Bericht... dem gingen die Mönche nach, so kam die Sache ins Rollen."
„Die Kopie war aber doch recht gut?", wende ich ein.
„Michelangelo schnitzte das Haar Jesu nicht, sondern er fertigte es aus Werg, das er mit einer Art Stuck überzog, höchst ungewöhnlich und für Schäden anfällig. Die Kopie wurde jedoch durchwegs geschnitzt. Für Fachleute genügt da ein Blick."
Jetzt dämmert mir gleich noch einiges mehr: „Herr Oberinspektor, dieser Stromausfall ... und diese hitzige Anti-Corona-Demo – war das auch ... Teil des Plans?"
„Ich sagte doch: NSA oder so! Also dieser fast dreistündige Stromausfall, der ging auf einen Hacker-Angriff zurück und erstreckte sich über einen ganzen Stadtteil. Und dass die sonntägliche Demo das einzige Mal überhaupt ausgerechnet auf dem Platz vor dem Kloster stattfand ... Dieses Chaos bei Ihrer Abreise kam dem unkontrollierten Abtransport der ‚heißen Ware' sicher gelegen. Und sollte doch noch jemand versucht haben, die Alarmanlage einzuschalten ... kein Strom! Alles abgesichert, das waren ausgefuchste Profis!"
Für die war es dann eben auch eine Kleinigkeit, das Kreuz aus dem Bus zu stehlen und in Frau Bergés Keller zu bringen. Dort sollte es ein paar Wochen „abkühlen", um nachher dann ... Ja, aber wer? Sie steckte mit denen sicher unter einer Decke. Hat sie das alles organisiert? Stefan sagte ja, ihr „fehle noch etwas von Michelangelo". Aber ein Kirchenkreuz, wo soll sie das denn verstecken? Aber von wem bitte sollte sich eine Lucrezia Bergé einspannen lassen?
„Herr Konzelmann, Sie denken so angestrengt nach." Ruhandl wendet den Blick jetzt so schnell nicht wieder von mir. „Ich seh's Ihnen doch an, Sie vermuten etwas?"
Ja natürlich, ja wer sonst hat denn diese Möglichkeiten – und um bei denen voll anerkannt zu werden, was für eine Chance für Lucrezia,

anerkannt und aufgenommen zu werden. Mit so einem Einstandsgeschenk! Ja, das ist es! „Die Bartholomäer! Wer sonst könnte … und sie mit ihnen im Bunde, jetzt verstehe ich!"
Stefan schaut mich entsetzt an, will mir deuten, ich solle den Mund halten. Aber es ist heraußen. Und soll auch so sein. „Stefan, das geht jetzt nicht mehr. Geheimhalten geht jetzt wirklich nicht mehr. Vielleicht stecken die ja auch hinter … ihrem Tod! Denk an diesen kalifornischen Promi-Winzer!"
„Herr Pfarrer, Sie verheimlichen mir doch nicht etwas … für unsere Ermittlungen Dienliches. Nein, ich komme Ihnen jetzt nicht mit dem Strafrecht, ‚Unterschlagung wichtiger Beweismittel' oder so, nein, sicher nicht. Aber … Sie haben mir etwas zu sagen?"
„Ja, aber das ist einfach unmöglich, die sind doch keine Verbrecher, weit entfernt. Und … wenn sie das wirklich getan hätten, dann brächte ich mich doch selbst in höchste Gefahr … aber das kann nicht sein …"
Ruhandl lässt ein paar Sekunden vergehen. „Herr Pfarrer!"
Endlich bricht Stefan sein verbissenes Schweigen. Und er erzählt die ganze Geschichte dieser „Bruderschaft", also *seine* Geschichte. So chaotisch und sprunghaft, dass ich einige Male ergänzen und Nachfragen beantworten muss. Zuerst nur deren Wein-Verkostungs-Versammlungen im Internet. Dann alles, was wir an ganz wenigen Fakten und etwas mehr Vermutungen zur Geschichte der „Brüder" herausbekommen haben. Dann über ihre martialische Waffenkiste und die Anlässe für ihre Treffen.
„Ich muss Ihnen zustimmen, Herr Pfarrer, wirklich sehr sympathische, gebildete und feinsinnige Herren, die in trauter Geselligkeit das Besondere genießen." Und dann schaut er Stefan ungläubig an und fährt in viel harscherem Tonfall fort: „Entschuldigung, aber sollten Pfarrer nicht über etwas mehr Menschenkenntnis und Urteilskraft verfügen? Arrogante Wichtigtuer sind das! Nicht einen Moment lang möchte ich mit einem von denen an einem Tisch sitzen!"
„Was die allermeisten, die mit ihr zu tun hatten, auch von Frau Bergé sagen würden. Sie passte gut zu denen, meinen Sie nicht auch, Chef?"

„Gute Einschätzung, Sieberer. Sehe ich genauso."
„Stefan, du muss auch das mit den Kunstgegenständen erwähnen!"
Der ist bereits so weichgekocht, dass er sich gar nicht mehr wehrt. Noch bevor ihn Ruhandl wieder ins Auge fasst, erzählt er von sich aus seine Einblicke in die Sammlung der „Fraternité". Von Caravaggios, die einfach so im Keller einzelner Brüder hängen, und den erlesenen Schätzen der „verborgenen Kapelle".
„Alles sicher rechtmäßig erworben, ganz bestimmt …"
„Einmal sagte einer, seine Vorfahren hätten Bilder aus einem durch Schulden erzwungenen Notverkauf direkt von Herrn Rembrandt erworben – spottbillig! Ich hab's recherchiert: Diesen Notverkauf gab es tatsächlich!"
„Na gut. Können wir von hier aus nicht entscheiden, was da legal gelaufen ist – oder auch nicht. Aber dass die hinter diesem dreisten Diebstahl stecken, dafür spricht viel. Herr Cantor wunderte sich doch über die technische Raffinesse, mit der ‚die' ihre Identität im Netz verborgen haben. Er sprach von einer Menge Geld, die man in solche Verschleierungen stecken müsse. Und dass ‚die' sogar Screenshots oder Bilder verhindern können."
Da haben wir's ja, das fehlende Motiv! „Die haben doch mit all ihren Möglichkeiten sicher bemerkt, dass Frau Bergé ihnen nachspionierte, sie enttarnen wollte, wenn auch wahrscheinlich nur für sich, aus Neugierde. Und das mögen die als Allerletztes!"
„Aber warum dann erst jetzt, Chef? Das hat sie doch schon vor geraumer Zeit versucht?"
„Sieberer! Sie wollten den Diebstahl mit ihr doch noch durchziehen. Dafür brauchten sie Frau Bergé. Sobald sie das Kreuz aus ihrem Keller aber einmal hatten, war sie nur noch eine Gefahr. Und wir wissen, dass die ohne jede verwertbare Spur arbeiten können. Denken sie an die Weinkisten. An denen findet sich nichts. Und die Zusteller hat niemand je gesehen. Die können das."
Stefan kann es immer noch nicht fassen: „Sie glauben also, die Bruderschaft hat sie ermordet … oder ermorden lassen? Dann bin ich ja auch in Gefahr!"
„Durchaus denkbar. Nur, wenn das so ist, werden wir das sehr schwer beweisen können. Und Sie, lieber Herr Pfarrer, nein, denke

ich mal nicht. Frau Bergé muss ja irgendeine Form von Kontakt zu ihnen gehabt haben, um den Diebstahl zu organisieren. Sie war viel gefährlicher für diese ‚Brüder' als Sie es sind." Ruhandl sieht auch keine Chance, diesen „Engel" irgendwo ausfindig zu machen. Auch von ihm gibt es nur die vage Beschreibung Stefans, die kaum weiterhelfen wird. Viel bleibt nicht mehr zu sagen. Als wir nach fast vier Stunden gehen, lassen wir einen ratlosen Ruhandl zurück. Gerade diese letzte Spur, die er für „sehr relevant" hält, führt nur in ermittlungstechnische Wüsten.

Auf unserem Rückweg spüre ich, dass sich Stefan immer noch gegen diese Wendung stemmt. Aber er sagt nichts. Ob ihm endlich bewusst wird, auf welche „wichtigen und kultivierten" Leute er da hereingefallen ist? Es fällt ihm sichtlich schwer, wieder zu uns ganz normalen Menschen herabzusteigen. Und zu seinen gar nicht so spektakulären Aufgaben in Canisius.

Kapitel 33
Stefan
Donnerstag, 10. März

So um die 20 Grad hatten wir heuer ja schon öfters. Aber seit ein paar Tagen zeigt die Sonne jetzt andauernde Wirkung, da sie erstmals nicht mehr um zwölf hinter dem Kirchendach verschwindet. Vormittags hat mich Sieberer angerufen und wollte noch ein paar Details zu den „Bartholomäern" aus mir herausfragen: möglichst genaue Angaben zu den Weinen, die genauen Daten der Treffen und deren Anlässe, aber auch der Zustellung der Weinkisten. Und er quälte mich mit allerlei Fragen zu diesem geheimnisvollen Boten oder „Engel". Was soll ich ihm denn noch erzählen über diesen farblosesten und uninteressantesten Menschen, dem ich je begegnet bin? Wäre er nicht deren Bote ...

Auch den Friedhofswärter hat er schon gelöchert, Frau Professor Hofbauer eingehend zu ihren Forschungsergebnissen über Geheimgesellschaften im Allgemeinen befragt. Und zu den wenigen

Hinweisen auf diese spezielle Gemeinschaft. Lucrezias Computer wurde nach allen Regeln der Kunst nach Verbindungsdaten durchleuchtet. Alles vergeblich. Nicht die geringste Spur ergab sich daraus außer einem nebulösen Verdacht, es könnte sich um „etwas Französisches" handeln.

Sieberer erzählte mir so nebenher noch, sein Chef habe sogar Kontakt mit jenen kalifornischen Behörden aufgenommen, die seinerzeit die Ermittlungen zum Selbstmord von Geoffrey Sorgers geleitet hatten. Am Selbstmord bestünde kein Zweifel. Aber die Nachforschungen, wer hinter der anonymen Anzeige gegen ihn steckte, die zu seiner Verurteilung wegen illegalem Antiken-Besitz und Anstiftung zum Diebstahl dieser Anubis-Statuette führte, seien trotz großer Anstrengungen im Sand verlaufen. Aber ich denke, Ruhandl verrennt sich da in etwas. Die haben doch fraglos die Mittel, dieses Kreuz aus Lucys Keller zu stehlen, ohne die geringste Spur zu hinterlassen. Und sie wusste doch auch kaum mehr über die Mitglieder der „Fraternité" als ... na ja, ich zum Beispiel. Sie stellte für diese geheimen „Brüder" doch keinerlei Gefahr dar. Warum sie also erschlagen?

Als gäbe es da nicht genug andere Verdächtige ... Aber das ist jetzt nicht mehr meine Sorge. Ich will das Ganze nur noch vergessen so schnell und gründlich wie möglich. Die letzten beiden noch verbliebenen Flaschen habe ich Arnold und Eberhard geschenkt, die leeren zugegeben wehmütig im Glascontainer versenkt. Dieses Kapitel ist jetzt abgeschlossen. Ich fühle mich um gut zehn Jahre älter als noch vor Kurzem, antriebslos ... zu müde, um etwas Neues ins Auge zu fassen oder gar zielstrebig anzugehen. Und das wenige Wochen vor Ostern. Und ausgerechnet während es rundum Frühling wird. Trotzdem tun ein paar Minuten ungetrübter Sonne gut.

Es läutet. Ich muss eingeschlafen sein. Aber nicht lange ... Nein, jetzt nicht! Hab ich das jetzt geträumt – oder ist da wirklich jemand? Es läutet nochmals. Auch diesmal eher zaghaft. Ich springe auf, also was sich bei mir halt „springen" nennt, und eile zu meiner Wohnungstür.

„Darf ich kurz reinkommen!"

Das war keine Frage. Giulia steht schon im Vorzimmer und drängt sich mit ihrem Geigenkasten an mir vorbei, nicht ohne im Vorübergehen ihre Stiefletten abzustreifen …
„Du kannst sie ruhig anbehalten!"
Aber das tut sie doch nie. Hat mich überhaupt nicht gehört. Wie auch, sie steht schon draußen auf meinem Balkon.
„Darf ich!"
Sie öffnet den Geigenkasten, holt ihren Schatz hervor, dessen Bogen allein ich mir nicht leisten könnte, stimmt ein oder zwei Saiten nur so im Drüberfliegen, schließ kurz ihre Augen, lässt sie geschlossen und legt los. Etwas aus Bachs eindringlichen Meisterwerken. Das Großartigste, das eine Violine solo überhaupt erschaffen kann. Oft habe ich diese Stücke gehört, meditiert, mitgeatmet … Musik, die unmittelbar einfährt. Wie Traubenzucker – oder ein besonders scharfer, hochprozentiger … nein, Unsinn. Ganz anders.
Es trägt den Klang weit über unsere Hinterhöfe und den Spielplatz. So hab ich die Akustik hier noch nie erlebt. Unsere vielen Bäume verhindern übertriebenen Nachhall. Was werden sich meine Nachbarn wohl denken über dieses Balkonkonzert? Ich höre Stimmen, aber verhalten, erstaunt, und da und dort ist jemand herausgetreten und lauscht. Atemberaubende Schönheit, Klarheit – lässt mich nicht los. Immer wieder neue Bögen, als möchten sie eine Kathedrale errichten – größer noch als die Kirche vor unseren Augen.
Morgen ist Giulias großes Finale. Wenn sie sich heute verkühlt … Aber zum Glück hat der stundenlange Sonnenschein die Steinfliesen aufgewärmt. Ich glaube, sie kann überhaupt nur noch barfuß spielen, zumindest mit dieser Hingabe, auf diesem Niveau. Wenige Takte vor dem Schluss bricht sie plötzlich ab, reißt ihre Augen auf und schaut mich an, starrt mich an, mehrere Sekunden lang – und zittert plötzlich heftig.
„Ist dir kalt, gehen wir hinein?"
„Ich muss Ihnen etwas sagen, Herr Pfarrer, das sehr wichtig ist."
„Wir waren doch per Du, Giulia."
„Ich will Sie auch gar nicht zu irgendeiner Art von Zurückhaltung drängen."
Ich verstehe nicht. „Zurückhaltung, wo soll ich mich denn …?"

„Sie müssen kein Berufsgeheimnis einhalten, schon gar kein heiliges Beichtgeheimnis. Wäre ja auch verlogen. Ich geh doch sonst nicht beichten."

„Sollen wir nicht doch hineingehen? Die Sonne kommt jetzt nicht mehr." Nach drei Uhr bleibt sie hinterm Kirchendach.

Das erste Mal reagiert sie auf irgendetwas, das ich zu ihr sage: „Ja, gut, es ist wirklich kühl geworden hier heraußen." Das allein erklärt ihr Zittern aber nicht. Sie wendet sich der Balkontür zu, bemerkt jetzt erst wieder die Geige in ihrer Hand, verstaut sie mit automatischen Bewegungen im Geigenkasten und folgt mir hinein.

„Du zitterst ja die ganze Zeit, soll ich einen Tee ..."

„Der hilft mir nicht. Ich hab auch keine kalten Füße, wenn Sie das meinen."

„Hast du Angst vor morgen? Vor dem großen Finale? Du hast doch alles getan, was nur möglich ist, und wenn du morgen so spielst wie jetzt eben ... Du hast doch die größten Chancen."

„Ich werde ... Glauben Sie mir, ich werde so spielen ... morgen. Aber ich weiß gar nichts mehr. Ob ... also ob ich überhaupt Geige spielen *kann*. Ich weiß es nicht! Ob das alles nicht nur ein verlogener Zauber ist von Anfang an ... alles nur erlogen, eine trügerische Fata Morgana. Und morgen, da bricht dann alles in sich zusammen, meine ganze Welt, mein ganzes Leben, all das, mein ganzes Üben bis zur Besinnungslosigkeit, es wird zu nichts ... löst sich auf in nichts! Alles nicht genug, viel zu wenig, durch und durch nur durchschnittlich. Ein Trugbild ... Sie, sie hat mein ganzes Leben zusammengelogen, zurechtgebogen, erschlichen, erkauft von Anfang an, aber jetzt? Mit ihrem Tod wird alles zusammenbrechen, das ganze schöne Kartenhaus der ach so genialen Giulia. Alles vorbei, alles verloren, nein, nicht verloren, denn da war ja nie etwas da, nichts Erwähnenswertes, überhaupt nichts ..."

Was ist denn in sie gefahren? Der gnadenlos harte Wettbewerb? Oder doch der jähe Tod ihrer Tante? Sie wird doch nicht heute alles hinwerfen! Sie ist ja völlig überdreht!

„Bitte atme durch, fest, aber langsam durchatmen, Giulia! Ich verstehe ja, dass das alles zu viel wird, sogar dir, die du so hart zu arbeiten gewohnt bist. Alles mit der Ruhe. Deine Tante ... es war doch ihr Lebenstraum, dass du da morgen auftrittst ..."

„… und gewinne, ja, ja, das war ihr Lebenstraum inzwischen, dass ich morgen das Konzerthaus und übermorgen die ganze Welt erobere. Und was sie nicht alles dafür getan hat, dabei …" Wieder zittert sie hemmungslos. Immerhin nimmt sie jetzt die Decke, die ich ihr umwerfe, aber so als bemerkte sie das gar nicht.
Wieder schaut sie mich fest an, ihre Augen blitzen geradezu auf: „Der Heinrich! Dieser Saukerl von einem Heinrich. Der keine von uns in Ruhe lässt … mit denselben Fingern, mit denen der Herr Professor so schön und feinsinnig Geige spielt! Egal, bei mir ist er abgeblitzt. Die kleine Seoyang, die ist mit ihm ins Hotel gegangen, sicher mehrmals. Vor Wochen hab ich sie dabei gesehen. Teures Hotel, lässt er sich schon was kosten. Und auf einmal stand der jetzt vor mir, neben Tante Lucy!"
„Professor Emilio Heinrich?"
„… noch nicht einmal fertig angezogen. Und das Grinsen verging ihm auch nicht, als er mich sah, das wurde nur noch breiter!"
„Er hat dich? … Wie? Wann…?" Nur langsam begreife ich! „Giulia, du warst also noch da? An diesem Samstagabend? Du warst doch noch nicht gegangen, als er … als die beiden herunterkamen?"
„Natürlich waren sie beide überrascht, als sie mich sahen. Aber sonderlich gestört hat es sie nicht. Auch nicht als dann noch seine Frau hereinstürmte. Die beiden gingen noch, bevor ich ein Wort herausbrachte. Und Lucy lächelte nur, ich kann nur sagen … ordinär, und gefiel sich darin, als wolle sie die billigste Hure nachäffen. Sie können sich das nicht vorstellen. ‚Meine kleine Giulia', lachte sie mich an, ‚jetzt schau nicht so! Was glaubst denn du, mit welcher Lust und Vorfreude Professore Emilio für dich gestimmt hat? Sein Vorgänger in der Jury, dieser Breitenbach, meine Liebe, der wäre mir zu alt gewesen und zu schrumpelig. Aber den hat ja noch rechtzeitig der Schlag getroffen, den Armen. Mit meinen Rossini-Autografen hab ich Emilio angelockt … mit einer sehr speziellen Flasche Wein ganz schön wild gemacht … glaub mir, ich bin eine hervorragende Scheherazade! Hab's für dich gemacht, Giulia … Alles für dich! Aber nicht nur …'"
Sie muss tief durchatmen. Zweimal. „Verstehen Sie? Ich konnte es nicht fassen. Sie hat sich an den Hauptjuror meines Wettbewerbes

herangemacht. Dafür gesorgt, dass meine größte Konkurrentin nicht mehr zum Zug kam. Hat ihn bis in ihr Schlafzimmer ... Für mich! Wieso denn? Ich muss das doch selber schaffen mit meinem Spiel! Natürlich wisse sie, wie fantastisch ich spiele. Ich sei gut, sehr gut sogar ... aber die Welt sei böse. Und erinnerte mich an meinen ersten Lehrer an der Uni, Prof. Nachhalter, der mich fertigmachen wollte, einfach so."
„Stimmt das denn, warum sollte ein Professor ...?"
„Ja, das war so, weiß auch nicht, warum mich der ... Sie erzählte mir, wie sie den ausgetrickst hatte im Stil der eiskalten Bankerin. Der sei nur außerordentlicher Professor gewesen, also noch auf dem ‚Schleudersitz', wie sie sich ausdrückte. Dessen Chef, der Rektor, war Kunde ihrer Bank. Und dem gab sie einen äußerst lukrativen Insider-Tipp. Illegal natürlich. Der habe zugegriffen und in kürzester Zeit ordentlich Gewinn eingestreift. Und aus lauter Dankbarkeit hat der den Nachhalter an die Luft gesetzt. Kein großes Problem, so unbeliebt sich der allseits gemacht hatte. Gerade noch rechtzeitig, bevor der mich negativ abschließen konnte."
Es ist wirklich erstaunlich, ja erschreckend, wie Lucrezia alle ihre dubiosen Fähigkeiten, Beziehungen und Trümpfe zu Giulias Gunsten ausgespielt hat. Aber in diesem Fall doch auch irgendwie Notwehr.
„Ich war fassungslos, was sie überhaupt nicht begreifen konnte. Versteh doch, sagte sie, ich musste dich doch beschützen, Liebes. Die entscheidenden Leute ... überzeugen, abhängig machen, ein klein wenig erpressen, verliebt, nein, schon ein bisschen wahnsinnig werden lassen." Sie äfft dabei Lucrezias Stimme stark übertrieben nach. In all ihrer Aufregung ist sie blass und wie kurz vor einem Kreislauf-Kollaps. Und lässt mich doch nicht zu Wort kommen.
„Sie hat ihr ganzes infames Spiel, mit dem sie bei der Bank groß geworden ist, einfach weitergespielt! Ja aber doch nur für mich, wie sie mehrmals betonte. Für mich? Alles, was ich bisher erreicht habe ... hab gar nicht *ich* erreicht? Ich hab sie angeschrien: Du hast das alles manipuliert, erschlichen, erzwungen? Was sind dann all meine Leistungen wert? Nichts, alle auch nur erschlichen, erlogen!"
„Giulia, niemand kann bestreiten, wie gut du bist! Nicht nur talentiert, sondern brillant, nicht nur virtuos, sondern ... mit ganzem Herz, Gefühl ...!"

Als ob sie mich nicht hört, fährt sie mit ihren Erinnerungen fort: „Lacht mich nur mitleidig an, rühmt sich, wie erfolgreich sie doch darin gewesen sei, alles für mich ... Weil ich unbeholfenes Mädchen sonst doch nie ... Und dass es diesen aufgeblasenen Professoren-Genies doch recht geschähe ... und es ihr oft einen Heidenspaß gemacht hätte. Sie musste mich doch davor retten!"

Nach und nach begreife ich, wie sehr ihr diese völlig neue Sicht ihres Lebens, das ja immer mehr zum Geigerin-Leben geworden war, jeden Boden unter den Füßen weggezogen hat.

„Aber was konnte denn der Fabian dafür?"

Ich verstehe nicht gleich: „Fabian? Ach so, der Jazz-Pianist, dein früherer Freund, hieß der Fabian?"

„Sie war es, die uns auseinandergebracht hatte! Weil der mit seinem amateurhaften Spiel meine ganze Technik verdorben hätte, sagte sie. Und mein ‚gesundes Musikempfinden'. Sie hat, das musst du dir einmal vorstellen, sie hat ihm eine Studentin an den Hals gehetzt, gut bezahlt natürlich, damit sie sich an den Fabian ranmacht, bis sie ein paar kompromittierende Fotos mit ihm auf dem Handy hat. Mehr nicht. Aber ich sollte glauben ... war so blöd und habe es geglaubt, dass er mich betrügt. Und hab mit ihm Schluss gemacht. Lucys Werk! Dieser schlichte Barmusiker hätte mich vernichtet, warf sie mir noch stolz entgegen."

Zorn und Verzweiflung kämpfen in ihr. Wieder zittert sie, es schüttelt sie richtiggehend durch. Ich möchte sie instinktiv in den Arm nehmen. Aber ein scharfer Blick hält mich zurück. Bevor sie wieder in sich zusammensackt: „Aber ich war glücklich! Wie noch nie seit Mamas Tod ... und danach nie wieder."

„Hat sie überhaupt nicht begriffen, was sie durch all das in deinem Leben angerichtet hat? Hat sie das wenigstens zu begreifen versucht?"

„Lucy? Wie denn, sie doch nicht! Die überlegene Allwissende und alles Beherrschende? Nein, sie wollte mich nur beruhigen, kam mit Flasche und Glas auf mich zu: Los, komm, trinken wir noch einen Schluck! Auf deine unaufhaltsame Weltkarriere! Und auch auf deine Tante Lucy, die sie dir ebnet!"

Langsam steigt eine böse Ahnung in mir auf. Die ich aber wegschieben möchte.

„Da spürte ich plötzlich sehr viel Kraft in mir. Eine wütende Kraft, die sie wegstoßen wollte, so weit wie möglich, mit einem Schlag! Wie sollte ich diese Geige jemals wieder zur Hand nehmen? Wer war ich denn jetzt überhaupt noch? Ist das, was ich da lebe, überhaupt noch *mein* Leben? Ich war doch nur noch ihr Geschöpf, ihr ferngesteuertes Roboter-Geschöpf. Wo gerade noch mein Leben war, mein anstrengendes, mein erfolgreiches, mein vielversprechendes Leben, da war mit einem Schlag nichts mehr. Sie wollte uns gerade einschenken. Champagner, als gäbe es etwas zu feiern! Sie hatte nichts begriffen. Interessierte sich nicht im Geringsten für mich und das, was ich ihr gerade an den Kopf geworfen hatte. Ich wollte nur weg … *sie* weit weg von mir haben, griff nach der Flasche, dieser schweren Flasche, wie schwer, war mir gar nicht bewusst, aber auch kein Hindernis, so wild entschlossen, wie ich war, und gar nicht mehr schwach und gar nicht mehr zögerlich – und stieß sie von mir weg – einfach nur weg!"

…

„Und dabei hast du sie an der Stirn getroffen. Und sie ist nach hinten gestürzt mit dem Hinterkopf auf die Tischkante."

„Das ging ganz schnell. Unfassbar schnell war es still. Nichts mehr da von ihrem andauernden, selbstgefälligen Grinsen. Aber auch niemand mehr da, den ich hassen musste. Nicht ein Atemzug mehr. Als wäre sie immer schon so dagelegen. In ihrem dunkelgrünen, seidigen Morgenmantel. Ich habe sie nur noch einmal angesehen, ganz kurz, und bin weggelaufen."

„Und du bist dabei niemandem begegnet?"

„Niemandem, den ich kenne. Es war ja längst dunkel. Kaum jemand auf den Straßen."

„Du warst außer dir, Giulia. Du hast ja sogar deine Schuhe vergessen!"

„Ach das, das passiert mir öfter. Hab es erst kurz vor meinem Haus bemerkt. Das ist dir aufgefallen!"

„Aber die Geige, die hast du mitgenommen."

„Die würde ich nie … Stefan, ich wollte sie nicht erschlagen. Zumindest in diesem Moment noch nicht. Ich wollte sie nur weg, weit weg von mir, sie nicht mehr anschauen müssen … Aber getan hab ich es. Das weiß ich."

„Was willst du jetzt tun?"
„Ich weiß es nicht."
„Und der Wettbewerb morgen, den wirst du ja jetzt sicher nicht ..."
„Den unbedingt! Ich bin es *mir* schuldig! Vielleicht auch ihr. Sie hat sich so dafür eingesetzt. Wenn ich das jetzt nicht durchziehe, werde ich nie wissen, was ich wirklich kann, wer ich wirklich bin, ob diese letzten Jahre das alles wert waren. Sonst hat sie mich endgültig um mein Leben betrogen. Kannst du das verstehen?"
„Ich versuche es ..."
„Hat sie das wirklich alles für mich getan? Oder hat es ihr einfach nur Spaß gemacht, einen Heidenspaß eben, andere zu manipulieren, zu vernichten, abhängig zu machen, zu erpressen ... hat sie es einfach nur genossen, ihre Fäden zu ziehen, ihre Netze zu spinnen, ja sogar diese Herren im Bett zu haben? Ich versteh das alles nicht!"
„Lucrezia hat das sicher auf ihre Art genossen, auf ihre perfide und zynische Art. Aber sie hat es sicher auch für dich getan. So wenig ich sie kannte, da bin ich mir sicher. Du warst für sie das Größte."
„Könnte ich jetzt doch einen Tee haben?"
„Natürlich."
„Giulia, was willst du jetzt tun? Willst du dich stellen?"
„Was wirst *du* tun?" Das kommt jetzt ganz unerwartet. Noch bevor ich etwas sagen kann ... „Ich sagte ja schon: Du bist zu keinerlei Geheimhaltung verpflichtet. Entscheide nach deinem Gewissen! Tu, was du für richtig hältst. Ich werde mich nicht beklagen."
Steht auf, greift sich ihre Geige und läuft hinaus. Lässt die Türe gerade nicht ins Schloss fallen, kommt zurück, lächelt mir zu, wenn ich richtig gesehen habe, schlüpft in ihre Schuhe ... Weg ist sie. Ohne Tee. Aber den kann ich jetzt selbst gut gebrauchen.

Kapitel 34
Lena
Freitag, 11. März

„Gregor, jetzt mach schon! Die Giuli, die flippt uns noch aus. Die hat doch sicher an keinen Schirm gedacht. Wenn die allein loszieht, die kommt doch pudelnass an ... zu ihrem ganz großen Abend."
Wo bleibt er denn? Wir haben ihr versprochen, sie in der Pfarre abzuholen. Dort spielt sie sich noch ein. Da ist er ja! Gut, immerhin, der Aufwand hat sich gelohnt.
„Geht's so?"
Stoffhose, Sakko, dezent hellgraues Hemd – und diese Krawatte, die ich ihm vor ... zwei Jahren geschenkt habe, soeben ausgepackt, da bin ich mir sicher. „Nicht schlecht, aber du weißt schon, dass wir auf keine Philharmoniker-Matinee gehen? Lauter Studenten werden da heute sein und Leute, die sich sonst keine teuren Karten leisten können. Also wenn du schon so ... soll ich dann nicht doch noch ...?"
„Du bleibst, wie du bist! Genau das Richtige für heute."
Dachte ich bis soeben ja auch, dass mein ziemlich roter Hosenanzug ... Immerhin schlägt der sich nicht mit seinen feinen Grautönen.
„Egal, wir müssen los! Haben wir eigentlich drei Schirme?"
Eigentlich nicht, aber Freunde haben unlängst einen bei uns vergessen. Denn seit Mittag schüttet es unaufhörlich. Wir rennen die gut zehn Minuten bis zum Pfarrhof, laufen gleich durch das Hintertürl zu Giulias Probesaal. Selbst durch den prasselnden Regen hindurch ist sie nicht zu überhören.
„Von wegen, sie zieht allein los. Die vergisst doch jede Zeit, sobald sie ihre Geige in der Hand hält!"
Da hat er wohl recht: „Und wann hat sie die einmal *nicht* in der Hand?"
„Wenn sie schläft."
„Hat sie sicher zuletzt vorgestern. Lauf bitte voraus und fahr den Wagen schon mal raus!"
Wir dürfen sie mit Stefans Wagen zum Konzerthaus fahren, wo heute das große Finale der letzten drei stattfinden wird.

Giulia hat gerade unterbrochen und trinkt ein Glas Wasser, als ich hineinkomme. „Was? Is' es schon so spät?"
Ich nicke, sie trägt ja keine Uhr. Nur ein bodenlanges, sehr einfaches und schmales Kleid. Meergrün. Das aber doch raffiniert seidig glänzt, doch nicht so einfach.
„Lucy hat es gekauft. Damals in Florenz ... extra für heute."
Tante Lucy war immer davon überzeugt, dass sie es schafft ... nicht nur *ins* Finale! Giulia war nicht immer schon *so* schlank, aber jetzt hat sie absolut die Figur dafür. Wenn sie spielt, wird sie wie eine Schlange aussehen. Diesmal denkt sie selbst an ihre Schuhe.
Ich gebe ihr einen Schirm und wir laufen los. Sie hält ihn eher über ihre Geige als über sich selbst. Dabei ist der Geigenkasten doch sicher wasserdichter als ihr Kleid.
Als wir ankommen, ist alles zugeparkt und Gregor muss zurück zur Karlsplatz-Garage. Es gibt nur einen Proberaum für alle drei. Giulia darf als Letzte spielen. Also sich auch erst als Letzte einspielen. Wurde ausgelost, sagt sie. Wer's glaubt. Zumindest Gregor glaubt's nicht: „Da wird doch bei allem und jedem geschoben!"
Wir versuchen, sie ein wenig abzulenken. Aber Giulia kann nicht verstecken, wie unsicher sie ist. Lucrezias Selbstsicherheit, dieser undurchdringliche Schutzpanzer, wie sehr ihr der jetzt fehlt! Ihre Lieblings-Professorin, eigentlich aus den theoretischen Musik-Fächern, übernimmt unsere Bemühungen, redet beruhigend auf sie ein, schaut sich mit ihr die Geige nochmals an, prüft ihre Saiten, nickt, so als sei alles in bester Ordnung. Sie entfernen sich von uns.
Plötzlich geht Stefan vor uns vorbei, bemerkt uns erstmals gar nicht. Mann! Stefan, wie rot soll ich denn hier noch aufkreuzen! Dann endlich, als Gregor ihm auf die Schulter tippt. „Habt ihr Giulia schon gesehen?"
Ist das Alzheimer? „Stefan, wir haben sie doch mit *deinem* Wagen hergebracht? Schon vergessen?"
„Ach so, ja, ja klar. Und wie geht es ihr? Wie wirkt sie auf euch?"
„Du, das kann ich gar nicht so richtig abschätzen. Da schaust nicht rein! Überraschend ruhig und konzentriert?" Ich sehe Gregor, der quer durch den Saal auf uns zusteuert.

„Ja, geb ich dir recht. Der entscheidende Moment ihrer Karriere! Und für sie ist das ja nicht irgendein Beruf, das ist künstlerische Berufung, Sendung! Und das alles so kurz nach dem plötzlichen Tod deines ... Lebensmenschens? Ich wär da nicht nervös oder so, ich würd' da durchdrehen!"
„Stefan, glaubst du, sie ist davon überzeugt, dass sie's gewinnt?"
Er schaut mich an, als wäre ich ihm auf die Zehen gestiegen, verzieht sein Gesicht, denkt lange nach. Denkt er wirklich nach? Und sagt dann nichts. Schüttelt nur den Kopf. Wird der jemals wieder?
Es ist freie Platzwahl. Wir suchen uns einen Platz nicht im Parkett, da ist schon bis über die Mitte hinaus alles besetzt. Auf diesen Querplätzen ist vorne noch Platz, da sehen wir gut. Stefan folgt uns. Er ist Stammhörer im Musikverein, nicht hier.
Nur die wenigsten würden unter normalen Umständen zu so einem Konzert kommen: dreimal dasselbe Paganini-Konzert, dreimal Violine solo-Partiten von Bach. Aber das hier hat ja auch etwas von einem Fußball-Match mit Fanclubs und da und dort sogar auch schon Transparenten. Stefan erzählt uns noch, dass ursprünglich zwei Paganini-Konzerte zur Auswahl standen. Und Giulia lieber das fünfte gespielt hätte wegen des Adagios. Aber dann entschied man sich dafür, doch nur das erste für alle, weil es dem Orchester nicht zumutbar wäre, gleich zwei einzustudieren ...
Die ersten zwei Sitzreihen wurden abmontiert, um der fünfköpfigen Jury Platz und auch ein wenig Abstand zukommen zu lassen. In der Mitte natürlich nicht dieser Emilio, der im Heftchen konsequent totgeschwiegen wird, als wäre er nie mit von der Partie gewesen.
Während die Mitglieder des Universitäts-Orchesters hereinkommen, fällt mir gegenüber auf dem Balkon diese leuchtend türkise Lederjacke ins Auge: Giselle? Dass sie hierher...? Nach Lucrezias Tod steht sie doch ohne alles da: ohne ihre große und doch so unglücklich Liebe, ohne berufliche Förderung, weitgehend mittellos? Ist Giulia wirklich das Letzte, was ihr von Lucy geblieben ist. Und ist sie deswegen hier? Ich will ja gar nicht daran denken, aber ihr Alibi ist alles andere als gesichert.
Applaus brandet auf, wie es sich gehört, obwohl geschätzt niemand wegen diesem jungen Dirigenten gekommen ist. Kaum zu glauben,

dass der schon an der Scala, der MET und in Friedrichshafen – also das schon eher – engagiert war, wie im Heftchen steht. Im nächsten seiner Heftchen wird dann auch schon Wien stehen.
Nicht erwähnt wird hier, warum dieser hagere Wuschelkopf namens Maurice Pasternak ausgerechnet aus Palermo kommt. Also los: Paganini, was sonst!
Das Ganze beginnt wie eine Verdi-Ouvertüre, wie eine seiner schwächeren. Und der arme Maurice muss fast vier Minuten darauf warten, bis auch er endlich mitspielen darf. Und muss dann auch noch dieses bereits fast totgespielte Eingangsmotiv übernehmen. Erst jetzt versinken die Frauen und Herren Juroren in ungeteilte Aufmerksamkeit. Wahrscheinlich ist dieses Stück ja noch viel schwieriger, als es ohnehin schon aussieht. Warum sind extrem hohe und zerhackte Töne eigentlich so viel mehr wert als gesanglich gestrichene? Und warum fallen Paganini zum Thema „Steigerung" nur ewige Wiederholungen, martialisches Marsch-Gestampfe und inflationärer Tschinellen-Einsatz ein? Gut, kann man sich schon anhören, trotz allem ... aber gleich dreimal hintereinander!
Der letzte Satz wird ganz von einem virtuosen Thema geprägt, das nun schon ins Ohr geht. Das erste Mal habe ich den Eindruck, dass es hier den Aufwand wert ist. Aber ist das wirklich ein „Rondo spirituoso", wenn sich diesem Motiv so wenig entgegenstellt. Hab ja nichts auszusetzen am Spiel dieses Maurice, verstehe ja viel zu wenig davon. Aber „inspiriert" hat mich das Ganze nicht wirklich. Gregor hat sich mehr an das Begleitheftchen gehalten und nützt die Pause, etwas davon zum Besten zu geben: „Durfte nicht in heiliger Erde begraben werden, der Paganini!"
„Was? Warum nicht? Weil er mit dem Teufel im Bunde war?"
„Na ja, vielleicht ja auch das ... aber vor seinem Tod ist ihm die Stimme weggeblieben und er konnte nicht mehr sprechen, also auch nicht beichten ... erst nach 36 Jahren wurde er auf den Friedhof ..." Aber da geht's schon weiter.
Applaus! Wie? Was? Was schon? Dafür gibt's jetzt nur eine Erklärung: Bach. Violine. Solo – das entspannt mich unglaublich.
„Lena? Sag einmal, hast du jetzt ...?"

„Gar nichts hab ich! Spielt doch gar nicht so übel, oder? Was meinst du?"
Selbst im Halbschlaf krieg ich mehr mit von klassischer Musik als Gregor voll munter. Zehn Minuten Pause werden angekündigt, in denen sich die Jury eifrig Notizen macht. Aus Stefan ist nicht mehr rauszubekommen als: „Abwarten, wir werden ja noch sehen, also hören. Nicht schlecht, aber noch Luft nach oben." Na ja.

Während sich Seoyang in Szene setzt, viel offensiver als ihr Vorgänger, muss ich ständig an Giulia denken. Das dauert ja alles unendlich lang. Jedes Mal fast eine Stunde! An was denkt sie jetzt? An Lucrezia? An Paganini? An irgendeine sauschwere Stelle, die selbst bei ihr einmal schiefgehen könnte? An die Mitglieder der Jury, die sie alle kennt – mehr oder weniger? Oder an jene Momente, in denen sie uns alle von ihrem Spiel, von dieser Musik überzeugen möchte? Oder lauscht sie irgendwo, in der Hoffnung auf Fehler und Schwächen der Konkurrenz?
Zuletzt reißt Seoyang den Bogen in hohem Bogen weg von ihrer Geige und strahlt. Tosender Applaus. Wie nicht anders zu erwarten besonders stark von links vorne. Ob Giulia über eine ebenso große Hausmacht verfügt wie sie? Sicher nicht. Und wenn, dann ist die über den ganzen Saal verstreut.
Wir schauen fragend zu Stefan hinüber. Der nickt. Klatscht immer noch. „Ob sie besser ... geigt, keine Ahnung, aber es kommt mehr rüber – als bei ihm. Definitiv. Also ich glaub ihr mehr das, was sie spielt. Ich meine den Bach, also normalerweise, wenn ich Bach höre, höre ich eben ... Bach. Aber bei ihr, wie soll ich sagen, auch nicht mehr von ihr, aber noch mehr von Bach, wenn ihr versteht?"
„Ich denke, er will sagen, sie hält sich selbst und ihre Technik im Hintergrund." Wo war er denn bisher? Arnold hat einen Platz hinter uns eingenommen. „Aber keine Sorge, das kann sie auch! Wenn sie bloß dem Druck standhält! Die da vorne, was verhandeln die denn so aufgeregt? Eine Jury hat gar nichts zu entscheiden ... zu bereden, bevor alle angetreten sind. Läuft da schon wieder etwas?"

„Nein, so wie sich die aufregen, geht's sicher um die Budget-Pläne der neuen Kultur-Ministerin. Geht doch immer ums Geld." Klar. Gregor ist es, der uns die Welt erklärt.
Aber jetzt ist es so weit! Giulia! Blass, ruckartig, wie aufgezogen, ausdruckslos. Sie sieht tatsächlich wie eine Schlange aus und versucht, Fuß zu fassen, sich aufzustellen. Nur ein kurzer Blick rundum. Auch zu uns her, wo der stärkste Applaus herkommt, wenn auch nicht vergleichbar mit jenem soeben noch für Seoyang. Der Dirigent kommt wieder einmal, blickt zum dritten Mal in dieselben Partitur-Seiten. Und als er loslegt, muss sie jetzt noch einmal diese vier Minuten durchstehen, natürlich barfuß, wie man aber erst jetzt erkennen kann. Steht sie unter Drogen? Oder ist sie einfach nur erschöpft? Nein, das war ein Fehler, ein schrecklicher Fehler, dass sie jetzt hier steht. Wir, wir können jetzt nichts mehr tun! Müssen Zeugen sein ... Ich blicke zu Gregor, auch er wirkt entsetzt. Sie müsste das doch nicht! Jeder würde verstehen, wenn sie ... Jetzt! Jetzt ist sie dran!
Mit ihrem ersten Ton, viel schneller, als ich begreifen kann, irgendjemand das begreifen könnte ... ist alles anders. Giulia ist da. Giulia *ist* diese Musik. Und zum ersten Mal heute ist das richtig gute Musik, voll inspirierende Musik, nein, nicht dämonisch, nicht dieses Paganini-Klischee, aber doch wie besessen von jedem Ton, jeder Wendung, jedem dieser wild hüpfenden Bogenstriche. Und sie selbst ... keine Schlange mehr, eher wie ... also wie eine Seeanemone, die sich im Strom dieser Musik wiegt. Giulia ist diese Musik, obwohl es so viel bessere gibt! Verleiht diesem Paganini Leben, erstmals an diesem Abend.
Und sie selbst mal in sich gekehrt, mal mit weitem Blick, manchmal strahlend, manchmal verzerrt bis zur Hässlichkeit, und überzeugt, nein, nicht von sich, überzeugt von jedem Augenblick. Auf einmal sind diese banalen Wiederholungen ... ja ich weiß nicht, wohin die auf einmal sind. Und diese langen 35 Minuten ... viel zu schnell hinter uns. Applaus, natürlich. Aber wichtiger noch: diese Sekunden der Stille – vor dem Applaus. Die einfach sein müssen, mussten ... zum Atemholen. Und sichtlich geht es hier allen so. Auch Giulia selbst. Nur sie braucht noch länger, um sich zu fangen, um sich zu verbeugen, stolpert beim Hinausgehen, ein kurzer Aufschrei – wegen ihrer Geige. Geht hinaus, wie sie gekommen ist. Und kommt so auch wieder.

Diesmal ist die Verwandlung weniger offensichtlich. Bachs gläubige Totenklage, aber doch eben eine Totenklage, diese Ciaccona. Giulias Wahl. Was kann einsamer sein als eine einzelne Violine in ihrer Klage, ihren Aufschreien. Warum tut sie sich das an? War es schon zu spät, auf eines der anderen Stücke zu wechseln? Doch dann beginnt ein ganzes Orchester zu spielen, greift den wilden Klagerufen unter die Arme, fängt sie auf, die jetzt nicht mehr allein ist, baut Bogen für Bogen ... etwas wie eine Brücke, die hinausführt, wohin auch immer, aber aus diesem Gefängnis hinaus, bis sie wieder allein, aber traumtänzerisch ... über diese Brücke eilt. Dann wieder zaghaft. Wohin?
Obwohl das keine Musik ist, die ich mir einfach so anhören würde, viel schwerer und spröder als wenn ein ganzes Orchester ... aber da war eines, ein ganzes, vielstimmiges Orchester, das aber nur sie war, Giulia und ihre Geige. Mittendrin, vielleicht nur ein paar Takte lang, aber ...
Stille. Applaus. Verhaltener Applaus, als würden manche noch lauschen, das Ende noch gar nicht begriffen haben. Stefan starrt gebannt vor sich hin. Sogar Gregor schaut jetzt nicht mehr in sein Heftchen. Aber ich bin viel zu sehr befangen, eingeweiht in Giulias Gefühlslage. Natürlich war sie für mich herausragend, aber ...
„Alles offen, also zumindest zwischen den beiden Mädels. Die Koreanerin ist technisch noch besser, also vielleicht einen Hauch. Hat aber auch nicht diese Ciaccona gespielt. Sag mal, is' was mit eurer Giulia, die war ja zeitweise wie weggetreten, hatte schon Angst um sie, hat den Faden aber nie verloren, nein, nein, großartig, könnte ich so nicht, also so emotional ..." Arnold hält uns, also hauptsächlich mir sein iPhone ans Ohr. Es ist Benjamin, diesmal aus Frankreich, hat alles per Video-Stream mit angehört. „Alles drinnen, halte ihr die Daumen, muss jetzt aber ..."
Ohne dass ich es bemerkt hätte, hat sich die Jury zurückgezogen. Seoyang steht drüben inmitten zahlreicher Fans, Familienmitglieder und Freundinnen. Vom Sizilianer ist nichts zu sehen. Und Giulia kommt ohne jede Eile auf uns zu. Wir winken ihr, aber das ist gar nicht nötig. Sie saugt dabei in langen Zügen von einer Trinkflasche. Nach großen Auftritten, also bisher ja eher Prüfungen, kann sie

manchmal zwei große Pizzen am Stück verputzen, sagt sie, und dann noch ein Tiramisu. Noch ist es nicht so weit.
Gregor und ich wollen sie ablenken, haben wir uns schnell zugeraunt. Aber sie ist nicht zu bremsen. Es sprudelt nur so aus ihr heraus. Lauter Nebensächlichkeiten, Banalitäten: dass das Künstler-WC ständig überfüllt war, dass ein Posaunist im Vorübergehen einen ordinären Witz ... und der Dirigent ein allzu aufdringliches Rasierwasser ... und dass ihre Wohnungsschlüssel sicher noch in der Pfarre ...
„Keine Sorge, Giulia, wir haben deine Handtasche mitgenommen."
Wie kann man nach so einem aufwühlenden Spiel ... so viel Unnötiges von sich geben? Übersprunghandlungen, aber gleich serienweise? Noch erstaunter über sie dürfte Stefan sein, aber der hat noch kein einziges Wort von sich gegeben. Jetzt macht doch schon!
Und dann kommen sie wieder herein, begleitet von nach und nach einsetzendem Raunen, ungleichzeitig aus den unterschiedlichen Richtungen, nehmen in größtmöglicher Steifheit Aufstellung, streichen sich über ihre Röcke und knöpfen ihre Sakkos schnell zu, überlassen ihrem Vorsitzenden das Wort, der sich mehrmals in ein schlecht funktionierendes Mikrofon räuspert, solange draufklopft, bis es dann doch tatsächlich pfeift, worauf der Typ am Mischpult ganz links vorne hektisch wird, herumschraubt und -schiebt, mit Erfolg, und der Vorsitzende nach einem letzten Räusperer und blumigen Lobesworten in alle Richtungen ein Kuvert aus seiner Sakko-Tasche zieht, als wären wir in Hollywood und könnte er sich keine drei Minuten lang merken, wer denn nun auserwählt ... während Giulia seelenruhig an ihrer Flasche saugt, die doch längst schon leer sein müsste, und die asiatischen Fans links vorne von einem Bein aufs andere steigen und hüpfen und bei geschlossenen Augen ihre Hände zu Fäusten ballen und sichtlich mit einem Schlag losschreien möchten und das auch ohne jeden Rückhalt und Höhenbeschränkung getan hätten, wäre der Name in dem Kuvert nicht ...
„GIULIA CANTOR!"
... gewesen.
Die geht in die Knie, verschwindet in unseren Standing Ovations, bricht in heftiges Weinen aus, schüttelt dabei ihren Kopf so heftig,

dass ihn nichts aufhalten könnte. Was bei der Jury natürlich für Verunsicherung sorgt, weil die ja nicht einmal wissen, wo sie denn jetzt hinschauen sollen.

Gregor und ich bugsieren sie nach weiteren Minuten nach vorne. Diesmal ist es richtiger Konzert-Applaus, kein Fangruppen-Getöse mehr. Ihr erster großer und verdienter Applaus! Eine voluminöse Rolle mit dem Siegeszertifikat und zwei Konzerte mit den Philharmonikern als Hauptgewinn für eine wie sie. Längst habe ich ihre unsägliche Trinkflasche in der Hand und Stefan ihren Geigenkoffer, den sie aber nie aus den Augen lässt.

Bevor die Fotografen ans Werk schreiten, trockne ich ihr noch schnell das Gesicht. Und repariere so gut es in wenigen Sekunden geht ihr ohnehin sehr dezentes Make-up. Viel wichtiger aber, dass ihre Augen jetzt strahlen, endlich wirklich strahlen.

„Verzeih mir! Bitte!"

Wie? Das war ganz leise, ganz ... wie ihre Musik eben. Galt aber doch sicher nicht mir, warum auch? Oder irgendjemandem um uns. Und strahlt wieder. Ich könnte mich auch verhört haben.

Kapitel 35
Stefan
Freitag, 11. März

„Nein, danke, ich geh lieber zu Fuß."
„Bei dem Wetter? Schau, das Taxi kommt gerade!"
„Nein, wirklich, ich ... ich brauch einfach frische Luft, fahr nur!"
Arnold drückt mir noch schnell seinen Regenschirm in die Hand, steigt ein – und ich bin endlich allein. Lena und Gregor sind mit Giulia noch losgezogen, irgendwohin zum Feiern. Auch da sollte ich unbedingt noch mitkommen, aber nein, das kann ich nicht. Wie soll ich denn feiern und wie soll ich dabei dann dreinschauen bei all dem, was ich weiß. So großartig sie heute auch war, so sehr sie sich ihren Erfolg verdient hat, wie soll ich denn nach allem mit ihr feiern? Und sie mit mir? Ich steuere gerade den Stephansplatz an. Die Gassen sind fast men-

schenleer. Und auf Mitternacht fehlt auch nicht mehr viel. War ja kein normales Konzert heute, sondern mit Ergebnisverkündigung und allem Drum und Dran fast vier Stunden lang!
Was soll ich denn jetzt? Ich muss eine Entscheidung treffen, und zwar sehr bald schon. „Wer etwas zu sagen hat, der sage es nun vor allen – oder er schweige für immer!" So heißt es doch, also zumindest in angelsächsischen Filmen. Und auf ein Dienst- oder gar Beichtgeheimnis kann ich mich auch nicht hinausreden. Das hat sie klar gesagt. Es deutet ja auch nichts darauf hin, dass jemand falsch angeklagt oder gar verhaftet würde. Ruhandl hat zwar mehrere irgendwie Verdächtige, aber keine heiße Spur, geschweige denn Beweise. Dann wäre alles klar. Dann würde sie sich sicher auch stellen. Außerdem verdächtigt er in erster Linie die Mitglieder der Bruderschaft. Und von denen wird er wohl nie einen zu Gesicht bekommen.
Giulia hat Lucrezia getötet, sie und niemand anderer. Das steht fest. Mit dieser Magnum-Flasche, die ihr Lucrezia noch dazu selbst hinhielt. Mord war das nicht, sie wollte sie … von sich weg, weit von sich weghaben, sagt sie selbst. Stieß sie weg, traf dabei ihre Stirn, ihre sehr schwach ausgebildete Stirn. Sie war eine zierliche Frau, robust an ihr war nur ihr Charakter … aber Giulia konnte doch nicht wissen, *wie* verletzlich sie war. Und dazu kommt der unglückliche Sturz, also der Stoß mit der Flasche war es vielleicht gar nicht …
Lucrezia dachte, sie mache alles richtig, sie sei die Selbstlosigkeit selbst in Person. Und das alles für ihre Nichte. Für wen auch sonst? Hat sie jemals verstanden, wie sehr sie das alles dann doch wieder für sich selbst getan hat? Für ihr maßloses Ego? Andere manipulieren, sie beherrschen, ausnützen – oder vernichten. All das, was sie nach ihrem Berufsausstieg nicht mehr … das ist ihr sicher abgegangen. Und dass sie sich als Frau für Giulias Karriere „geopfert" hat? Hat sie das so gesehen, sich selbst so betrogen?
Sie muss über Giulias entsetzte Reaktion so erstaunt gewesen sein, dass sie … nein, nicht nur erstaunt, sie hat Giulias Verzweiflung überhaupt nicht wahrgenommen. Konnte das gar nicht. Das war ihr ganz unbegreiflich, jenseits ihrer Vorstellungskraft. Und sie hat damit Giulias Wut und Entschlossenheit nur noch mehr ent-

facht. Sie hat vielen Menschen Steine in den Weg gelegt, hat sie mit Genugtuung stürzen sehen. Aber dass es noch unerträglicher sein kann, wenn dir jemand alle Steine aus dem Weg räumt, alle deine Wege ebnet … dass du zum Schluss gar nicht mehr weißt, ob du überhaupt noch auf deinen eigenen Beinen gehen kannst …
In letzter Zeit komme ich selten durch die Innenstadt. Letztens hingen da noch diese riesigen roten Kugeln von der Weihnachtsbeleuchtung. Meine Schuhe und meine Hose sind schon völlig nass. Unwillkürlich bin ich für meine Verhältnisse sehr schnell unterwegs.
Ob die drei noch feiern? Kann Giulia das alles hinter sich lassen? Ab morgen wird sie gleich wieder üben und üben … für die Philharmoniker-Konzerte. Und sicher auch für Lucrezia. Die hat zwar keinen letzten Willen hinterlassen, aber ihre „Kleine", ihre Nichte in den großen Konzertsälen dieser Erde, erfolgreich und bejubelt – und mit dieser ihrer Geige in der Hand … das war es doch!
Totschlag? Eher Verletzung mit Todesfolge? Sicher nicht Mord. Trotzdem: Das bedeutet Verhöre, Verhaftung, Untersuchungshaft, ein Prozess, irgendwann einmal, jede Menge Öffentlichkeit … und das Ende ihrer Karriere. Und natürlich keine Erbschaft, wohl auch den Abschied von ihrer Montagnana-Geige. Würde sie eine Haftstrafe bekommen über die Untersuchungshaft hinaus? Ich bin doch kein Jurist – und kann jetzt auch keinen dazu befragen. Und wenn der beste Anwalt ihr zur Seite steht, es wäre das Ende ihrer Karriere, das Ende ihres Lebens, zumindest soweit sie derzeit blicken kann. Giulia wäre in dieser Situation höchst suizid-gefährdet! Noch ein Menschenleben? Wem wäre damit denn gedient?
Und wenn nicht, wenn ich schweigen, niemals etwas sagen würde? Wird sie das durchhalten? Heute hat sie. Sie kann sich einreden, dass ihre Tante sowieso nie alt werden wollte.
Ich bin bei der Friedensbrücke angelangt. Den Donaukanal entlang peitscht mir immer wieder ein böiger Wind Wasser ins Gesicht. Dort drüben, dort oben, wo es jetzt dunkel ist, da ist ihre unglaubliche Wohnung mit Ausblick auf halb Wien. Dort oben lag sie zwei Tage lang, unbemerkt. Wie viele sind es, die sie betrauern? Außer Giulia. Ihre Liebhaber? Wenn, dann nicht lange. Giselle?

Ja, die schon, aber sicher auch mit Zorn im Herzen. Marco? Dazu reicht's wohl noch nicht. Die „Bartholomäer"-Brüder? Die ihr dieses unglaubliche Kreuz verdanken, ein Weltkunstwerk? Die trauern doch eher nur den alten Zeiten nach. Ja wer denn noch?
Ich? Sie hat mich fasziniert, in Staunen versetzt. Sie hatte vieles, von dem ich nur allzu gerne zehn Prozent hätte. Aber ich weiß jetzt zu viel, das mich nicht nur irritiert, sondern richtiggehend abstößt. Was mir auch zutiefst fremd ist ... Ihr Tod macht mich traurig. Was sie aus Giulia, also wozu sie Giulia getrieben hat, das noch mehr. Aber richtige Trauer, die fühlt sich anders an.
Ich muss weiter, bin völlig durchnässt, beginne schon zu zittern, warum auch immer. Ist nicht mehr so weit, muss nur noch um den Franz-Josephs-Bahnhof herum und die Stiegen hinauf. Bald schon kenne ich jedes Haus, jeden Hauseingang. Fast überall war ich hier schon Sternsingen. Die Nachbarpfarre hat uns dafür das Terrain überlassen. Wenn ich denke, für einen Halbtag treppauf und treppab gab's so um die 300 Euro. Lucrezia hat mir Anfang Jänner so nebenbei tausend Euro in die Hand gedrückt, als ich gerade mit drei Königen nach Hause kam, einfach so, weil „die Kleinen so lieb sind". Und ich hab das Geld heimlich auf unsere Gruppenergebnisse aufgeteilt, damit sich alle freuen können.
85 Stufen noch, vom Lichtental in den Thurygrund hinauf. Als ich oben stehe, halte ich einen Moment inne. Der Regen klingt langsam ab. Stehe ich über dem Gesetz? Darf ich derart brisantes Wissen zurückhalten, mich selbst zum Richter aufschwingen? Aber welcher Richter hat je geahndet, womit Lucrezia Bergé anderen Schaden zugefügt hat? Rufmord, Insider-Handel, Bestechung, Steuerhinterziehung ... bis hin zum Diebstahl eines unschätzbaren Kunstwerkes?
Lucy, sag du mir, was ich tun soll? Wenn du es noch irgendwie mitbekommst, was hier geschieht, und daran zu glauben liegt mir nicht fern, was ist dir wichtiger: deine Genugtuung und Rache – oder Giulias Lebensglück, auch wenn du dir Glück nur in Form von Karriere und Erfolg und Sieg vorstellen konntest? Wenn dein Leben irgendeinen Sinn gehabt haben soll, dann liegt der doch in ihrer Zukunft. Also ich werde den Mund halten. Auch wenn mir Ruhandl leidtut. Das steht jetzt fest, und dabei bleibe ich.

facht. Sie hat vielen Menschen Steine in den Weg gelegt, hat sie mit Genugtuung stürzen sehen. Aber dass es noch unerträglicher sein kann, wenn dir jemand alle Steine aus dem Weg räumt, alle deine Wege ebnet … dass du zum Schluss gar nicht mehr weißt, ob du überhaupt noch auf deinen eigenen Beinen gehen kannst …
In letzter Zeit komme ich selten durch die Innenstadt. Letztens hingen da noch diese riesigen roten Kugeln von der Weihnachtsbeleuchtung. Meine Schuhe und meine Hose sind schon völlig nass. Unwillkürlich bin ich für meine Verhältnisse sehr schnell unterwegs.
Ob die drei noch feiern? Kann Giulia das alles hinter sich lassen? Ab morgen wird sie gleich wieder üben und üben … für die Philharmoniker-Konzerte. Und sicher auch für Lucrezia. Die hat zwar keinen letzten Willen hinterlassen, aber ihre „Kleine", ihre Nichte in den großen Konzertsälen dieser Erde, erfolgreich und bejubelt – und mit dieser ihrer Geige in der Hand … das war es doch!
Totschlag? Eher Verletzung mit Todesfolge? Sicher nicht Mord. Trotzdem: Das bedeutet Verhöre, Verhaftung, Untersuchungshaft, ein Prozess, irgendwann einmal, jede Menge Öffentlichkeit … und das Ende ihrer Karriere. Und natürlich keine Erbschaft, wohl auch den Abschied von ihrer Montagnana-Geige. Würde sie eine Haftstrafe bekommen über die Untersuchungshaft hinaus? Ich bin doch kein Jurist – und kann jetzt auch keinen dazu befragen. Und wenn der beste Anwalt ihr zur Seite steht, es wäre das Ende ihrer Karriere, das Ende ihres Lebens, zumindest soweit sie derzeit blicken kann. Giulia wäre in dieser Situation höchst suizid-gefährdet! Noch ein Menschenleben? Wem wäre damit denn gedient?
Und wenn nicht, wenn ich schweigen, niemals etwas sagen würde? Wird sie das durchhalten? Heute hat sie. Sie kann sich einreden, dass ihre Tante sowieso nie alt werden wollte.
Ich bin bei der Friedensbrücke angelangt. Den Donaukanal entlang peitscht mir immer wieder ein böiger Wind Wasser ins Gesicht. Dort drüben, dort oben, wo es jetzt dunkel ist, da ist ihre unglaubliche Wohnung mit Ausblick auf halb Wien. Dort oben lag sie zwei Tage lang, unbemerkt. Wie viele sind es, die sie betrauern? Außer Giulia. Ihre Liebhaber? Wenn, dann nicht lange. Giselle?

Ja, die schon, aber sicher auch mit Zorn im Herzen. Marco? Dazu reicht's wohl noch nicht. Die „Bartholomäer"-Brüder? Die ihr dieses unglaubliche Kreuz verdanken, ein Weltkunstwerk? Die trauern doch eher nur den alten Zeiten nach. Ja wer denn noch?
Ich? Sie hat mich fasziniert, in Staunen versetzt. Sie hatte vieles, von dem ich nur allzu gerne zehn Prozent hätte. Aber ich weiß jetzt zu viel, das mich nicht nur irritiert, sondern richtiggehend abstößt. Was mir auch zutiefst fremd ist ... Ihr Tod macht mich traurig. Was sie aus Giulia, also wozu sie Giulia getrieben hat, das noch mehr. Aber richtige Trauer, die fühlt sich anders an.
Ich muss weiter, bin völlig durchnässt, beginne schon zu zittern, warum auch immer. Ist nicht mehr so weit, muss nur noch um den Franz-Josephs-Bahnhof herum und die Stiegen hinauf. Bald schon kenne ich jedes Haus, jeden Hauseingang. Fast überall war ich hier schon Sternsingen. Die Nachbarpfarre hat uns dafür das Terrain überlassen. Wenn ich denke, für einen Halbtag treppauf und treppab gab's so um die 300 Euro. Lucrezia hat mir Anfang Jänner so nebenbei tausend Euro in die Hand gedrückt, als ich gerade mit drei Königen nach Hause kam, einfach so, weil „die Kleinen so lieb sind". Und ich hab das Geld heimlich auf unsere Gruppenergebnisse aufgeteilt, damit sich alle freuen können.
85 Stufen noch, vom Lichtental in den Thurygrund hinauf. Als ich oben stehe, halte ich einen Moment inne. Der Regen klingt langsam ab. Stehe ich über dem Gesetz? Darf ich derart brisantes Wissen zurückhalten, mich selbst zum Richter aufschwingen? Aber welcher Richter hat je geahndet, womit Lucrezia Bergé anderen Schaden zugefügt hat? Rufmord, Insider-Handel, Bestechung, Steuerhinterziehung ... bis hin zum Diebstahl eines unschätzbaren Kunstwerkes? Lucy, sag du mir, was ich tun soll? Wenn du es noch irgendwie mitbekommst, was hier geschieht, und daran zu glauben liegt mir nicht fern, was ist dir wichtiger: deine Genugtuung und Rache – oder Giulias Lebensglück, auch wenn du dir Glück nur in Form von Karriere und Erfolg und Sieg vorstellen konntest? Wenn dein Leben irgendeinen Sinn gehabt haben soll, dann liegt der doch in ihrer Zukunft. Also ich werde den Mund halten. Auch wenn mir Ruhandl leidtut. Das steht jetzt fest, und dabei bleibe ich.

Die zwei Block zu mir nach Hause laufe ich nur noch, ohne Schirm, zahlt sich nicht mehr aus. Raus aus den nassen Sachen, die ich zum Trocknen aufhänge, wo auch immer noch Platz ist. Schnell unter die Dusche. Und obwohl ich das eher selten mache, setze ich mich an meinen Wohnzimmertisch, der nie ganz abgeräumt ist. Und obwohl ich das allein nie mache, wirklich nie, schenke ich mir einen Whisky ein, nicht nur zum Aufwärmen. Nein, so als gäbe es ... nein nicht zu feiern, aber doch etwas zu besiegeln.
Wusste gar nicht, dass ich so einen edlen Whisky habe, sicher ein Geschenk. Und er wärmt auch. Moment, da ist doch etwas. Irgendetwas irritiert mich, stimmt hier nicht, passt nicht ins Bild. Aber was? Ich komm nicht drauf. Noch ein Schluck. Der ist wirklich gut. Ich schaue mich noch einmal um: Nein, das hab ich mir nur eingebildet. Da ist nichts.
Nein, doch! Da fehlt etwas! Da, in meiner Vitrine, direkt vor mir. Irgendetwas ... eine Lücke, Mitten unter meinen römischen Artefakten. Natürlich! Der Becher! Den hatte ich doch ... Ja, den hatte ich selbst herausgenommen. Aber das ist Monate her. Hab ihn wieder hingestellt, nicht beachtet ... jetzt ist er weg! Dieser schäbige, ominöse Becher aus dem frühchristlichen Grab, mit demselben Muster wie auf der „Tischdecke vom letzten Abendmahl". Der von der Kuratorin des Diözesan-Museums schmählich ... ja eben verschmähte Becher. Ein staubiger Kreis ist geblieben. Wie einst die Weinkreise auf dem Tuch. Mehr nicht.
Ich springe auf, kontrolliere meine Balkontüren. Beide sind gut verschlossen, was denn auch sonst bei diesem Wetter! Keinerlei Einbruchspur, obwohl doch nur ich selbst Schlüssel von meiner Wohnung habe. Meine Eingangstür ist auch völlig unversehrt. Die Unsichtbaren! Sie verstehen es, auch hier spurlos zu bleiben.
Sie waren es, da bin ich mir sicher. Sie haben ihn sich geholt! Die „Bartholomäer". Wie sie sich das Kreuz geholt haben. Wie sie sich früher oder später alles aneignen, was sie wollen. Immerhin: Was ihnen wertvoll und heilig ist. Sonst wollte ihn ja niemand, meinen Becher. Ein wenig bestaunt, belächelt, zurückgewiesen. Sie werden ihn anbeten. Nicht nur Besitzgier treibt sie an, auch die Ehrfurcht, diesen für sie so unermesslichen Schatz nicht „den Säuen" zu über-

lassen. Nein, ich werde den Diebstahl nicht anzeigen. Ich werde gar nichts anzeigen. Und, seltsam genug: Ich fühle mich erleichtert. Wie schon sehr lange nicht. Erleichtert und befreit. Und leer.